FRIEDRICH
KALPENSTEIN

W0395254

Wie Champagner

ROMAN

TINTE & FEDER

Die Erstausgabe erschien 2014 unter dem Titel »Wie Champagner«
im Selbstverlag.

Veröffentlicht bei
Tinte & Feder, Amazon Media E.U. Sàrl
5 Rue Plaetis, L-2338 Luxembourg
April 2015
Copyright © der Originalausgabe 2014
by Friedrich Kalpenstein
All rights reserved.

Umschlaggestaltung: bürosüd° München, www.buerosued.de
Lektorat: Media-Agentur Gaby Hoffmann
Satz: Satzbüro Peters
Printed in Germany
by Amazon Distribution GmbH
Amazonstraße 1
04347 Leipzig, Germany

ISBN: 9781503946026

www.amazon.de/tinteundfeder

14. Mai

»Mensch, fahr zu!«

Hans riss das Lenkrad herum, hinter uns ein Hupkonzert. »Du weißt schon, dass mich der Scheiß hier meinen Lappen kosten kann, oder?«

Ich schaute Hans verständnislos an: »Wohnst in München, arbeitest in München. Ist doch egal! Mensch, hier geht es um was Wichtiges!«

»Ich mein ja bloß!«

In weiter Ferne sah ich den weißen Boxster. Typisch für das Weichei. War der Boxster nicht als Hausfrauenporsche bekannt? Bei dem verdammten Verkehr würden wir sie nie einholen.

»Shit! Jetzt auch noch hundertzwanzig!«, schrie Hans und bremste seinen Volvo Kombi scharf ab.

»Bist du bescheuert? Dann können wir ja gleich umdrehen. Jetzt oder nie, verstehst? Mann, drück drauf, verdammt!« Ich spreizte mein linkes Bein ab und versuchte, meinen Fuß aufs Gaspedal zu bekommen.

»Bist du völlig verrückt geworden? Bleib bloß auf deiner Seite, Freundchen. Sonst knallt's!« Hans ballte seine rechte Faust vor meinem Gesicht.

Das war deutlich; ich fuhr mein Fahrwerk wieder ein. Ich kannte Hans lange genug, um zu wissen, wann Schluss war mit lustig.

»Schau nach vorne!«, brüllte ich und stützte mich mit gestreckten Armen am Armaturenbrett ab.

Hans bremste schlagartig.

Ich hatte das Gefühl, mein Gehirn würde an der Vorderseite meines Schädels platt gedrückt werden.

Im nächsten Moment wieder Vollgas. Unsere Mitmenschen auf der Autobahn hatten mittlerweile schon eine ganze Reihe obszöner Gesten gegen uns gerichtet. Davon gab es mehr, als ich bis jetzt kennengelernt hatte.

Hans verlegte sich darauf, rechts zu überholen, dabei ließ er auch die Standspur nicht aus. Um ein Haar rasierte er seinen Volvo an einem polnischen Laster. Mechanisch betätigte er die Lichthupe.

Ich überlegte, ihm vorzuschlagen, das Fernlicht einzuschalten, doch als ich mir die Wirkung vorstellte, verwarf ich den Gedanken. Die Lichthupe verlieh Hans' Drängelei einen entschieden dramatischeren Zug.

»Ich hoffe, sie ist es wert!«, fluchte Hans.

Ich konnte mich nicht erinnern, ihn jemals so dermaßen angepisst erlebt zu haben. Immerhin tat sein Zustand seiner Fahrweise gut, so sah ich zu, ihn auf dem Level zu halten. »Hättest dich um deine Freundin auch mal so bemühen sollen, dann wär sie bestimmt noch da!«

»Kerl, du bist einen Entenschiss davon entfernt, dass ich dich hier und jetzt rausschmeiße! Dann kannst du zum Flughafen …«

»Da vorne sind sie. Mensch, jetzt drück drauf!«

Ich erkannte das Nummernschild. Und Anja auf dem Beifahrersitz. Vor uns zuckelte eine rote Schrottkarre mit hundertfünfzehn auf der linken Spur. Hundertfünfzehn sind eine angenehme Reisegeschwindigkeit.

Während ich Hans' Profil musterte, kam ich zu der Überzeugung, dass er die Pfeife in dem Wagen vor uns am liebsten in eine andere Zeitzone gerammt hätte. Wir überholten rechts.

»Hey, du Arsch, träumst du von einer nackten Weißwurst, oder was?«, bellte er zu der Schlafmütze hinüber und zeigte ihr eine Mattscheibe.

»Fahr lieber! Der hört dich doch sowieso nicht!«, murrte ich.

Hans wechselte auf die äußerste rechte Spur.

»Ist doch auch wahr!«, fuhr er zu schimpfen fort. »Wenn ich eins hasse, dann sind es solche verblödeten Oberlehrer, die meinen, sie müssten einen erziehen.«

Unversehens tauchte dicht hinter uns ein tiefergelegter aufgemotzter Kleinwagen auf. Die Marke des Wagens war nicht zu erkennen. *Pimp my Car* im Endstadium. In dem Wagen saßen zwei junge Burschen, die kaum älter wirkten als achtzehn. Der Fahrer rückte den Wagen immer wieder gefährlich nahe an Hans' Volvo heran und blendete in aggressivem Takt auf.

»Schau dir die zwei Arschgeigen an!«, grollte Hans beim Blick in den Rückspiegel. »Die Kleinen wollen auch schon mitspielen. Keine Haare am Sack, aber Stress machen. Na wartet, Jungs, ich werde euch schon …«

»Bleib cool, Hans! Jetzt machst du erst mal deine Scheibe sauber.« Hans betätigte den Hebel, der die Scheibenwischer in Gang setzte, sogleich schoss Waschwasser aus den Düsen. Einmal, zweimal, dreimal. Die beiden Jungs hinter uns wurden prächtig eingenebelt.

»Warten, Hans, warten …« Als sich die Scheibenwischer des Wagens hinter uns in Bewegung setzten, schrie ich: »Brems kurz und mach die Nebelschlussleuchte an!«

Hans grinste und folgte meiner Anweisung.

Astrein, nun ist aber Holland in Not. Unser Verfolger bremste scharf. Uns zerriss es fast vor Schadenfreude.

»Die haben sich doch jetzt eins a in die Hosen g'schissen!«, freute sich Hans.

»Ich würde sagen: Sicherheitsabstand wieder hergestellt! Komm, fahr zu, da vorn ist die Anja!«

Wir durften unsere Mission unter keinen Umständen aus den Augen verlieren.

Jetzt waren wir rechts neben dem Boxster. Ich ließ die Fensterscheibe herunter.

»Was machst denn jetzt, du Spinner?«, fragte Hans entgeistert.

»Halt du nur das Auto ruhig und lass mich machen!«

»Spinnst du? Wir sind doch hier nicht bei *Alarm für Cobra 11!*«

Ich löste meinen Sicherheitsgurt und reckte meinen Kopf aus dem Fenster. Auf der Standspur schräg vor uns stand ein Reisebus mit einem Platten. Mit einem Ruck zog mich Hans schnell wieder zurück. »Du Volldepp!«, schrie er, »willst deine bescheuerte Visage an dem Bus zermatschen, oder was?«

Mir ging die Pumpe auf zweihundert. Ich setzte neu an. *Es hilft ja nichts!* Wir befanden uns noch immer auf der gleichen Höhe wie der Boxster. Ich schälte mich aus dem Wagen und setzte mich auf die Fensterkante. Hans' rechte Hand krallte sich an meiner Jeans fest, während er gefährlich nah an den Porsche heranfuhr.

»Hey, Anja! Hey!« Ich sah, dass Anja sich angeregt unterhielt. *Oder ist das ein Streit?*

Ich hämmerte mit der flachen Hand auf das Dach des Volvos und schrie mir die Seele aus dem Leib. Um uns herum ein Hupkonzert.

Hinter uns schlängelte sich ein Zivilstreifenwagen mit Blaulicht durch die Reihen der Autos und kam schnell näher. Die Polizisten überholten uns, das Beifahrerfenster öffnete sich, eine Kelle schob sich ins Freie. Im Heckfenster des Streifenwagens stand in roter Leuchtschrift: BITTE FOLGEN!

Ich kehrte auf meinen Sitz zurück. Anja hatte mich gesehen, dessen war ich mir sicher. Und gerade jetzt, in diesem Moment, müssen die Bullen auftauchen.

»Super. Da haben wir den Salat. Ganz großartig. Danke, Herbert. Klasse!«

»Nun beruhige dich doch, vielleicht ist es ja nur eine Routinekontrolle!«, versuchte ich, Hans aufzumuntern. »Oder es ist, weil ich nicht angeschnallt war!«

»Natürlich warst du nicht angeschnallt, du Depp. Wenn dein Hintern außerhalb des Wagens hängt, bist du definitiv nicht angeschnallt.«

Hans kochte vor Wut. Wir folgten den Zivilen auf den nächsten Autobahnparkplatz.

Es dauerte eine Weile, dann öffneten sich beide Türen des BMW und die zwei Beamten kamen auf uns zu. Einer der beiden klopfte an das Fenster auf Hans' Seite, der andere sicherte, die Hand an seiner Knarre, seinen Kollegen ab.

Hans ließ die Fensterscheibe nach unten gleiten.

»Grüß Gott, die Herren. Na, haben wir Spaß?«

Ich hatte eine Antwort darauf parat, behielt sie aber für mich.

»Führerschein, Fahrzeugpapiere.«

Hans öffnete das Handschuhfach und kramte nach den Dokumenten, während er mir wütende Blicke zuwarf. Schließlich reichte er dem Polizisten die Papiere.

Der Beamte musterte sie flüchtig und fragte: »Haben Sie in den letzten vierundzwanzig Stunden Alkohol zu sich genommen?«

Hans verneinte.

»Gut, in dem Fall haben Sie ja bestimmt nichts gegen einen Alkoholtest einzuwenden. Bitte folgen Sie uns zu unserem Wagen.«

Hans öffnete die Tür und stieg aus.

Der Polizist schaute zu mir herein und befahl: »Sie warten bitte hier im Fahrzeug.«

Verdammt, jetzt ist die Anja wahrscheinlich schon am Flughafen angekommen. Wir waren so nah dran.

Ich schaute den beiden Zivilen und Hans nach. Einer der Polizisten öffnete den Kofferraum und holte den Alkomaten hervor. Ich sah, wie er ein neues Mundstück aufsetzte und Hans das Ding vor die Nase hielt.

Was, wenn das jetzt die letzte Chance für mich gewesen ist, Anja zurückzugewinnen? Wenn sie am Ende genau das tut, was ihre Eltern von ihr erwarten? Wie hat es nur so weit kommen können?

Good bye, Singleleben

Fünf Jahre hatte ich in meiner Junggesellenhöhle gewohnt. Es war eine super Wohnung. Achtundsechzig Quadratmeter nur für mich alleine. Mit Dachschräge in zwei Zimmern. Ich dachte an die Einweihungsparty zurück. Nach dieser Nacht hatten die Nachbarn zwei Monate lang nicht mit mir geredet.

Sie war toll gewesen, meine Wohnung. Mein Reich. Mit Blick in das Wohnzimmer einer alleinstehenden Frau, die den Tag stets leicht bekleidet mit Yoga begann. Manchmal fiel es mir saumäßig schwer, mich loszureißen und zur Arbeit zu fahren. Man konnte viel lernen, und sie war sehr gelenkig.

Während ich das letzte Stück Klebeband von den Fliesen im Bad zog, war ich erleichtert, dass ich endlich fertig war. Schöne Scheiße! Zwei Tage lang war ich mit Streichen beschäftigt gewesen.

Es gibt nichts Unsinnigeres, als eine Wohnung komplett herzurichten, bevor man auszieht. Der Vermieter will die Wohnung für die Übergabe in Alpinweiß gestrichen haben. Dann kommt der nächste Mieter und klatscht irgendein Mausgrau an die Wand. Im Laufe der Jahre verschwindet bestimmt der eine oder andere Quadratmeter auf Kosten der Farbe. Die Schicht wird nun einmal nicht dünner. Da lobe ich mir den Zusatz *besenrein* im Mietvertrag. Dann kann jeder machen, was er will.

Bevor ich die Tür der Wohnung ein letztes Mal zuzog, wandte ich noch einmal den Kopf und warf einen kurzen Blick zurück in den nackten Flur. Anschließend warf ich den Schlüssel, wie mit meinem Vermieter vereinbart, in den Briefkasten.

Gott sei Dank waren meine Sachen bereits in der neuen Wohnung in Schwabing. Zwar waren sie noch nicht aufgestellt und eingeräumt, aber immerhin hatte ich sie schon nach oben in den zweiten Stock transportiert. Viel war es nicht. Ich war gespannt darauf, zu erfahren, wann Anja mit ihren Sachen aufschlagen würde. Alles hat seine Zeit!, hatte sie gesagt, als wir gemeinsam mein Hab und Gut in der alten Wohnung inspiziert und sortiert und sie mir anschließend geholfen hatte, die ausgemusterten Sachen zum Wertstoffhof zu bringen.

Sie waren bestimmt schon in der neuen Wohnung angekommen. *Sie,* das waren Anja, Franzi und ein Freund von den beiden. Bis auf Franzi kannte ich niemanden von Anjas Freunden. Den einen oder anderen hatte ich zwar schon einmal auf der Straße getroffen, aber das war es dann auch schon.

Ich mochte Franzi. Eigentlich hieß sie Franziska. Aber sie hatte es nicht gerne, wenn man sie mit ihrem offiziellen Vornamen ansprach. Bei Franzi hatte ich das Gefühl, dass sie mich auch mochte.

Franzi betrieb ein kleines Café in Schwabing, das *Franzis,* immer gut besucht. Okay, es war nicht das, was man »angesagt« nennen könnte, aber trotzdem ziemlich bekannt in München.

Wie man es wohl anstellt, einen x-beliebigen zu einem angesagten Schuppen aufzupeppen? Wahrscheinlich liegt es an der Prominenz, die ein- und ausgeht. Die Frage ist nur, ob man das will. Die zahlen doch dafür nichts. Machen Zeche und erwarten, dass alles aufs Haus geht.

Aber Franzi war schon süß. Wäre Anja nicht gewesen, hätte ich mir auch vorstellen können, mit ihr zusammen zu sein. Morgens auf eine Latte Macchiato ins Café, abends nach der Arbeit schnell auf ein Bier vorbei …

Franzi träumte davon, ihr Café zusammen mit Anja zu führen. Sie war sich sicher, dass Anja mit ihrer Kreativität frischen Wind in das Café bringen würde. Aber Anjas Eltern würden niemals mitspielen. Und nicht nur das. Ich war mir sicher, dass sie im Fall des Falles ihre Tochter enterbt oder auch einfach den Kontakt zu ihr abgebrochen hätten.

Über Anjas übrige Freunde wusste ich so gut wie nichts. Tja, wie das halt so ist bei verliebten Pärchen. Am Freitagnachmittag vergraben sie sich in der Wohnung, am Sonntagabend kommen sie wieder raus.

Es war ein knappes Jahr her, seit wir zusammengefunden hatten. Anja war eine tolle Frau – brünettes, schulterlanges Haar, braune Augen zum Niederknien, schlank und sportlich. Ich hatte Anja von jeher bewundert. Jeder mochte sie. Und mich hatte sie im Skilager geküsst. Zwar unter Alkoholeinfluss, aber egal. Meine Klassenkameraden waren damals dermaßen neidisch gewesen, dass sie sich für einige Zeit von mir abgewandt hatten.

Ich hatte nie damit gerechnet, dass mir meine Jugendliebe nochmals über den Weg laufen würde. Und dann hatte ich sie auf dem Rückflug von Rhodos nach München getroffen. Ich hatte gedacht, nicht richtig zu sehen, als sie mit ihrer Freundin in den Shuttlebus zum Flughafen einstieg.

Im Skilager hatte es damals gefunkt. Und ich Dödel hatte danach bei meinen Kumpels geprahlt und bis ins Detail von jeder Knutscherei mit ihr erzählt. Als Anja davon erfahren hatte, war sie total gekränkt gewesen und hatte mir eine Abfuhr erteilt. Ich hätte mir in den Hintern beißen können.

Nie wieder hatte ich seither eine Frau wie sie getroffen. Und niemand hätte damals geglaubt, dass sich ein Mädchen wie Anja in mich verlieben könnte. Ich spielte schon damals nicht in ihrer Liga. Ich war einfach der Normalo von nebenan. Blond, grüne Augen und normale Figur. Ein wenig schwerer war ich schon immer gewesen, jedoch nie dick. Einfach zwei bis drei Kilo zu viel auf den Hüften.

Wenn ich so darüber nachdenke, habe ich mich bis heute kaum verändert.

Einmal, auf einem Klassentreffen, hatte Anja mir verraten, ihr habe damals meine unbeholfene Art so gefallen. Weil ich anders als die anderen gewesen wäre, hatte sie gesagt. Ob das gut oder schlecht war, war mir egal. Hauptsache, sie hatte mich geküsst.

Und dann hatte uns das Schicksal in Griechenland wieder zusammengeführt. Glücklicherweise hatte ein anderer Fluggast mit mir den Platz getauscht, und ich konnte auf dem Rückflug von Rhodos neben Anja sitzen. Ich denke noch oft daran, wie sie nach dem Start ihren Kopf an meine Schulter lehnte und wir uns gemeinsam mit einem Kopfhörer, den wir uns teilten, den Bordfilm anschauten. Natürlich war der Film an mir vorübergerauscht. Ich war viel zu sehr damit beschäftigt gewesen, jede Sekunde in Anjas Nähe aufzusaugen.

Einen Tag später trafen wir uns in München. Von da an war klar, dass wir zusammengehörten. Ein dreiviertel Jahr später beschlossen wir, zusammenzuziehen. Viel zu früh, fanden meine Eltern. Auch Anjas Eltern waren sichtlich nicht begeistert über die neue Beziehung ihrer Tochter. Wie es ausschaute, mochten sie mich schlicht nicht.

Allerdings vermute ich, dass das weniger mit mir selber zu tun hatte als damit, dass Anja erst anderthalb Jahre zuvor geschieden worden war. Von Jens. Dem Arsch. Jens Preussner. Dem eins neunzig großen Vollidioten. Von Beruf Sohn. Immer geschleckt und geschniegelt. Ich hatte ihn geschätzte zwei Mal getroffen. Zwei Mal zu viel. Jens war einer von der Sorte, die alle anderen Männer hassen: Schwiegermuttertyp, adrett gekleidet, blaue Augen, kein Gramm zu viel auf den Yuppiehüften. Kohle ohne Ende. Natürlich in erster Linie vom Papa. Auch er hatte selbstverständlich einen super Job in der Bank als Abteilungsleiter für Immobilien. Genau da, wo auch meine Anja arbeitete. Da hatten sich die beiden im Übrigen kennengelernt. Bei dem Gedanken, dass Anja diesen Vollpfosten weiterhin jeden Tag sah, ging mir das Messer im Sack auf.

Wahnsinn! Ich und eine geschiedene Frau. Für mich war die Ehe ein Buch mit sieben Siegeln. Aber irgendwie war ich stolz darauf, dass Anja mich gewählt hatte.

Wenn eine geschiedene Frau ein zweites Mal mit einem Mann zusammenzieht, muss der schon ein ziemliches Brett sein, oder?

Na bitte, ich wusste es doch. Immer hatten mich alle als Ewigsingle und Einsiedlerkrebs verspottet. Um ehrlich zu sein, ich war nie der große Aufreißer. Wie auch. Meine Eltern hatten mich eher konservativ erzogen und hätten am liebsten alle Mädchen aus der Nachbarschaft vor mir weggesperrt. Dabei war das überhaupt nicht nötig. Die interessierten sich meist nur für die Jungs, die schon ein Mofa oder später dann ein Auto hatten. Ich war zu dieser Zeit mit meinem silberfarbenen Zehn-Gang-Hercules-Fahrrad eher weniger interessant. *Mach erst eine anständige Ausbildung, die Hühner verdrehen dir noch früh genug den Kopf*, hatte meine Mutter immer gesagt.

Später begann ich eine Ausbildung beim Finanzamt. Was mich da geritten hatte, ist mir bis heute schleierhaft. Bereits nach einer Woche merkte ich, dass es mir keinen Spaß machte. Aber ich hatte einfach keine Lust, etwas Neues anzufangen. Ach, man gewöhnt sich an alles.

Anja hatte zur Schulzeit etwas in mir gesehen, das anscheinend die anderen Mädchen aus meiner Klasse nicht sahen. Ich war eher der Typ, der bei der Mannschaftswahl im Sportunterricht übrig blieb.

Aber egal. Das war Schnee von gestern. Ich hatte meine Traumfrau wieder, und die wollte an diesem Tag mit mir zusammenziehen. In München. Mitten in Schwabing. Altbau, zweiter Stock, ohne Aufzug.

Andere mochten es für ziemlich unvernünftig halten, in meinem Alter noch Miete zu zahlen. Gleichaltrige Arbeitskollegen von mir bauten gerade oder waren vor Kurzem in die eigene Bleibe eingezogen. Fürs Alter. Ebenerdig. Mit breiten Türen und ohne Stufen. Behindertengerecht. Oder, wie man heute sagt: barrierefrei! Und wenn Mutti später mit einem Paolo nach Rimini durchbrennen würde, säße Vati alleine im Erdgeschoss mit seinen eins zwanzig breiten Türen. Aber egal, Hauptsache der Bestatter würde später keine Schramme in den Türstock machen. Insofern hatte es sich doch schon gelohnt.

Ja, so konnte man das auffassen. Aber zum Bauen war es für uns so oder so noch zu früh. Immerhin musste ich die Möglichkeit in Betracht ziehen, dass es zwischen Anja und mir nicht klappte. Oder dass der Schleimjens plötzlich wieder zum Thema wurde. Der hatte es bislang nicht kapiert, dass er von Anja geschieden war. Das Letzte, was er vor Kurzem zu Anjas Mutter gesagt hatte, war: *Das ist jetzt bestimmt nur so eine Phase!* Und Anjas Mutter bestärkte ihn auch noch, denn sie war ebenfalls der Meinung, Anja wolle sich mit mir nur austoben. Also, ich konnte beileibe nicht behaupten, von Anjas Eltern mit offenen Armen empfangen worden zu sein.

Das neue Leben, es war definitiv eine große Umstellung für mich. Von meinem ruhigen Freising in die Großstadt. Und dann auch noch nach Schwabing, mitten hinein. Es hätte nur noch gefehlt, dass wir auf dem Marienplatz ein Zelt aufgeschlagen hätten. Schwabing war Anjas Wunschort. Was tut man nicht alles. Außerdem wollte sie in der Nähe ihrer Franzi sein. Die beiden waren damals zusammen auf Rhodos gewesen, ein halbes Jahr nach Anjas Scheidung von Jens. Oder sagt man *erster Mann?* Ich verwarf den Gedanken, denn noch war ich nicht ihr Zweiter, und noch gab es also keine Option auf einen Dritten.

Ankunft in Schwabing

Endlich war ich angekommen. Unsere neue Wohnung lag direkt an der Leopoldstraße. Eisdielen, Restaurants, kleine Boutiquen und Cafés wechselten sich ab. Zwar schien es, als ob der Verkehr niemals ruhen würde, aber Anja zog es unbedingt nach Schwabing, dorthin, wo das Leben pulsiert. Sehen und gesehen werden, lautete die Devise.

Das Haus war alt, jedoch komplett renoviert. Als wir bei der Besichtigung durch die schwere Eingangstüre ins Treppenhaus gelangt waren, war Anja bereits hin und weg gewesen. Die breite Holztreppe, der gedrechselte Handlauf und nicht zuletzt die kleinen Fliesen an den Wänden verzauberten uns vom ersten Augenblick an. Als wir in der Wohnung die Doppelfenster mit den tiefen Fensterbänken erblickten, war es endgültig um uns geschehen.

Einen eigenen Parkplatz hatten wir nicht. Das bedeutete: Kreisen.

Der Umzugswagen mit Anjas Sachen stand bereits vor der Tür. Na ja, wenigstens hatte ich einen Anwohnerausweis und brauchte nichts zu zahlen. Um die Ecke konnte ich parken.

Als ich zu Fuß in unsere Straße einbog, entdeckte ich auch schon die Frau, für die ich mein Singleleben aufgegeben hatte. Meine Anja.

»Überheb dich nicht!«, feixte ich.

»Hallo! Gut, dass du kommst!«

»Nicht so schnell! Servus erst mal!« Ich gab Anja einen Schmatzer auf die Stirn.

Das mochte sie nicht und wischte ihn mit dem Handrücken weg.

»Ja, hallo. Wir kommen hier ja gar nicht voran. Die Franzi kann nicht so schwer heben und der Thorsten …, na ja, was soll ich sagen?«

»Ich werde mir mal einen Überblick verschaffen. Wo sind denn unsere zwei Packesel?«, fragte ich und trat ins Treppenhaus.

»Die sind oben. Franzi hat gerade eine Pflanze hochgetragen. Thorsten trinkt was!«

»Was? Der soll arbeiten!«

»Jetzt sei nett! Schließlich helfen die uns!« Anja runzelte die Stirn und boxte mich in den Rücken.

»Ja, ja.«

Ich betrat unser Reich und kämpfte mich an den Umzugskartons vorbei ins Wohnzimmer. Die Wohnung war perfekt geschnitten. Vom Flur aus ging es nach links in die Küche, nach rechts ins Bad und in unser Wohnzimmer. Von dort aus führte eine weitere Tür in den Hobbyraum. Also unser Schlafzimmer. Auch dieses besaß eine zweite Tür, an die sich ein winziger Balkon anschloss. Fünf Quadratmeter Freiheit mit Blick auf die Leopoldstraße. Abgase inklusive.

Super Idee, die Kübelpflanzen direkt im Flur zu parken. »Na, wo sind denn unsere Möbelpacker?«, rief ich und horchte.

»Hallo Herbert! Gut, dass du da bist. Der Umzugswagen ist noch fast voll«, begrüßte mich Franzi. Dieses Mal war ihr Haar dunkelblond, was mich nicht überraschte, denn ich kannte sie lange genug, um zu wissen, dass die Farbe ihres Haares wöchentlich wechseln konnte. Sie hatte es zu einem Pferdeschwanz zusammengebunden, und sie sah süß aus in ihrer Latzhose, darunter ein T-Shirt. Ich quittierte ihre Ansage mit einem Bussi auf die Wange und noch einem auf die andere. So machte man das eben in München.

Ich stellte zufrieden fest, dass Thorsten kleiner war als ich. Thorsten hatte buschige Augenbrauen und trug eine dicke schwarze Brille. Sein dunkles Haar war kurz geschnitten. Ich musterte ihn eingehend. Er war schmächtig, um nicht zu sagen, dürr. Ich stellte mir vor, wie er sich mit den schweren Möbeln abquälte. Das konnte heiter werden. Immerhin leitete er einen Supermarkt, wie mir Anja einmal erzählt hatte. Das konnte ich mir nun, als ich ihm gegenüberstand, beim besten Willen nicht mehr vorstellen. So ein Typ *netter Nachbar von nebenan.* Wie sollte der es schaffen, sich bei seinem überwiegend weiblichen Personal durchzusetzen?

»Und du musst der Thorsten sein«, kombinierte ich stolz und streckte dem Schmächtigen die Hand entgegen.

»Ja, Thorsten mit Th!«, fränkelte er.

»Super. Ich bin Herbert mit He!« Na Bravo, ein Franke.

»Na, da habe ich jetzt ja Unterstützung«, freute er sich, »allein mit zwei Frauen, da bist du machtlos!«

»Na, dann verrate ich dir mal was: Wir könnten hier zu zehnt sein und wären machtlos. Kannst du mir glauben«, antwortete ich und zwinkerte Anja zu.

Anja lachte. Augenscheinlich freute sie sich, weil ich so nett mit dem Franken quatschte.

»Warum seht ihr eigentlich so fertig aus?«, wollte ich, an Thorsten gewandt, wissen.

»Na, zweiter Stock! Eine Kiste schwerer als die andere!«

»Warum nehmt ihr nicht den Aufzug?«

Thorsten guckte mich mit großen Augen an.

»Lass dich nicht von ihm verarschen, Thorsten! Hier gibt's keinen Aufzug.« Anja boxte mich in die Seite.

Ich beschloss, nicht weiter zu quatschen und mich stattdessen einzubringen. »Komm, Thorsten, wir gehen jetzt mal zu zweit runter und tragen Anjas Sofa hoch.«

Das konnte keinesfalls warten. Besser gleich jetzt, solange Thorstens Kräfte noch nicht komplett aufgebraucht waren.

»Und ihr seid also zusammen zur Schule gegangen, die Franzi und du?«, versuchte ich, das Eis zu brechen, während wir die Treppe hinunterliefen.

»Korrekt. Aber nur die letzten zwei Jahre. Wir sind damals von Fürth hierher gezogen, meine Eltern und ich.«

»Echt, aus Fürth kommst du? Hört man gar nicht!«

»Ja, ja, verarsch mich nur!« Thorsten grinste.

Ich öffnete die Ladefläche des Umzugswagens und trat unwillkürlich einen Schritt zurück. Anjas Zweiersofa. Rot. Sie hatte es von Ihrer Oma geerbt und komplett aufpolstern und neu beziehen lassen. Daneben, in einem Plastiksack, waren die gefühlten tausend Kissen verstaut, die ihren Platz auf unserem Schätzchen finden sollten. Ich hatte es bislang noch nicht geschafft, mich entspannt auf diesem Teil niederzulassen. Immer wenn ich mich darauf setzte, versank ich in ihm, entweder seitlich oder nach hinten. Ständig war ich damit beschäftigt, meine Sitzposition zu korrigieren. Wenn ich mich zurücklehnte, soweit es ging, waren meine Füße in der Luft. Bald hatte ich das Herumeiern satt und setzte mich vor dem Sofa auf den Boden. Meine liebe Anja packte stets blitzschnell die Gelegenheit beim Schopf, sich auf dem Sofa auszustrecken. Mit dem Ergebnis, dass sie kurz darauf einschlief. Meist sahen wir uns deswegen die restlichen vierzig Minuten des Films am darauffolgenden Tag noch einmal an.

Meine Couch durfte ich in unsere gemeinsame Wohnung nicht einbringen. Eine typische Männercouch, hatte sie geurteilt. Und sie wäre voll Achtziger. Was gibt es an einer schwarzen Ledercouch zu mäkeln? Sie war umrahmt von Chromrohren.

Sah total stylish aus. Ohne Kissen. Dreisitzer. Platz ohne Ende. Schließlich hatte ich das gute Stück achselzuckend meinem Cousin geschenkt. Der Glückspilz.

»Na, dann hüpf ich mal rein, und du ziehst das Sofa raus!«

»Klar, Chef!«, nickte ich.

Über Thorstens Gesicht huschte ein Lächeln. Er verschwand im Laderaum des Lasters und tauchte kurze Zeit später wieder auf, die Hände gegen die Armlehne gestemmt, das Sofa vor sich her schiebend. An seinen Schläfen traten die Adern hervor. Das Ding rührte sich nur millimeterweise vom Fleck. Meine Güte, so wie der anpackt, ist es, als würden drei andere loslassen.

»Lass mal Papa ran!« Mit einer Hand griff ich unter das Sofa und zog. Das Mistding bewegte sich immer noch kaum. Ich nahm die zweite Hand hinzu. Verflucht ist das Ungetüm schwer. Mir wurde die Größe der Aufgabe klar, das Sofa nach oben zu bugsieren. Ich erwog, vorsichtshalber einen Statiker zurate zu ziehen und das Sofa an eine tragende Wand zu stellen. Bei Altbauwohnungen ist das so eine Sache.

Nach langem Hin und Her waren wir endlich so weit, dass das Sofa nur noch mit zwei Beinen auf der Ladekante stand. Thorsten hüpfte wie ein Reh aus dem Wagen und griff unter das andere Ende des Sofas. Stück für Stück ließen wir es hinunter und trugen es zur Haustür. Thorsten lief erneut rot an. Ich verkniff mir ein überhebliches Grinsen. Genau genommen hatte ich gar keine Kraft dazu. Außerdem befürchtete ich, dass mein Gesicht genauso aussah.

»Na, Jungs, geht's? Oder sollen wir kommen?« Anja schaute aus dem Küchenfenster, Franzi neben sich.

»Bleibt ihr nur oben und macht Deko!«, schrie ich und versuchte, nicht aggressiv zu wirken. Sollten die beiden doch ihren Spaß haben. Aber mein Freund Thorsten musste sich ranhalten, sonst würde die Nacht anbrechen, bevor wir mit dem Möbelstück oben ankamen.

»Okay, du gehst vor und hebst das Sofa an, ich drücke es hoch!«, gab ich ihm Anweisung.

»Wenn du meinst. Aber um die Kurve kriegen wir es so nicht.«

»Na, das ist mir auch klar. Da drehen wir es mit der Lehne über das Geländer. Aber erst müssen wir mal bis dahin kommen!«

Im Zeitlupentempo schafften wir Stufe für Stufe. Ich hatte das Sofa mittlerweile auf meiner Seite geschultert, was allerdings bewirkte, dass das gesamte Gewicht mit der Seitenlehne gegen mein Gesicht drückte. Ich konnte nicht genau erkennen, wo wir waren. Egal, Thorsten würde schon sagen, wenn es brenzlig wurde.

»So kommen wir da nie rum!«, hörte ich von der anderen Seite.

»Ist ja klar. Du musst es anheben, damit wir fast senkrecht um die Kurve gehen!«, nuschelte ich mit dicken Backen in den Stoff.

Thorsten versuchte mit aller Kraft, das Teil hochzuhieven. Das Ergebnis war eher mager.

»Komm, setz ab! Wir tauschen die Seiten, sonst wird das nichts«, schlug ich Thorsten *mit Th* vor und ließ das Sofa auf meiner Seite herunter. Vorsichtig drückte ich mich zwischen Wand und Sofa vorbei. In diesem Augenblick ließ auch Thorsten los. Mir wurde flau im Magen, während ich beobachtete, wie sich das Sitzmöbel polternd selbstständig machte und anschließend Stufe für Stufe hinunter ratterte, zurück ins Erdgeschoss.

In der Zwischenzeit ging unten die Haustür auf, und jemand versuchte, das Treppenhaus zu betreten. Im selben Moment drückte das Sofa mit einem Ruck von der anderen Seite die Haustür zurück ins Schloss.

»Entschuldigung!«, rief ich und stürzte die Treppe hinunter, um die Haustür frei zu machen.

Der Mann der Stunde

»Sorry, wir haben da …, ach du. Hans! Gut, dass du kommst!«

»Na, Männer, alles senkrecht? Braucht hier jemand Hilfe?«, fragte Hans charmant.

»Na, was denkst du denn! Thorsten, das ist Hans. Hans, das ist Thorsten, ein Freund von Anja und Franzi.«

Die beiden gaben sich die Hände.

»Servus, Thorsten! Ich bin der Hans. Ein Spezi vom Herbert. Ich wär ja schon längst da, aber Schwabing an einem Freitagnachmittag, gell.«

»Hauptsache, du bist jetzt da. Wir brauchen dich nämlich unbedingt«, ich hoffte, er würde sich durch meinen Tonfall geschmeichelt fühlen. »Dieses Teil hier macht uns Sorgen!«

»Na, dann geht's mal beiseite, ihr Burschen.«

Hans schob sich an dem Sofa vorbei und hob es fachmännisch am vorderen Ende an.

»Jetzt nehmt's ihr das andere Ende und schiebt's mir das Teil nach oben. Ich dreh's dann um die Kurve!«

Ja, das klang nach Hans. Der mit dem Überblick.

Hans war mein bester Freund. Ein richtiger Urbayer. Er hatte sich gerade erst von seiner Freundin getrennt. Wir kannten uns schon sehr lange seit unserer gemeinsamen Kindergartenzeit. Später hatten wir uns zwischenzeitlich aus den Augen verloren. So lange, bis wir uns ein paar Jahre später auf einer Party wiedertrafen. Mensch, mit Hans hatte ich schon Dinge erlebt. Mit dem konnte man super Mädels aufreißen. Hans hatte sich nie darum geschert, was andere über ihn dachten. Wenn er eine Herde Mädels entdeckte, ging er einfach hin und quasselte drauf los. Für mich fiel dann auch jedes Mal eine ab.

Unsere gemeinsamen Urlaube waren legendär. Ob Ballermann oder Lloret de Mar, egal. Feiern, bis der Arzt kommt. In seiner Gegenwart fühlte ich mich stark. Ich glaube sogar, ich wollte schon immer ein wenig so sein wie er. Mit der Zeit gewöhnte ich mir auch seine Art an. Wie er ging und wie er sprach … Hans konnte blöd daherreden, und alle hatten Respekt vor ihm. Ich fand es toll, dass ein Typ wie er mit mir befreundet war. Hans war überall bekannt wie ein bunter Hund. Ich somit auch. Zwar kannte niemand meinen Namen, aber ich war der, der ständig mit dem Hans rumhing. Das genügte mir. Hin und wieder war ich schon skeptisch, warum er sich mit mir abgab.

Und dann lernte der Dödel seine Freundin kennen. Ab diesem Zeitpunkt verschwand er manchmal für Monate von der Bildfläche.

Das sei normal, erklärte er damals, als ich ihn endlich zum ersten Mal, seit er sich liiert hatte, wieder traf. Für ihn war es normal, aber für mich war es hart. Auf einmal stand ich alleine da und fuhr notgedrungen regelmäßig solo in den Urlaub.

Seit ein paar Wochen trafen wir uns zusammen mit ein paar Spetzln auf dem Bolzplatz. Hans war Programmierer bei einer Softwarefirma. Aber am liebsten ging er klettern und hing an irgendeiner Felswand. Ein richtiger Naturbursche eben. Mit einem langen, blonden Pferdeschwanz und Waschbrettbauch. Bei mir war bisher nur ein leichter Bauchansatz zu sehen. Ein *Onepack*. Anja zog mich oft damit auf, wenn sie mich ärgern wollte. Dann tätschelte sie ihn und sagte: Na, mein kleiner Waschbärbauch!

Da Hans ein bisschen größer war als ich, musste ich zu ihm aufschauen. Hans, mein Fels in der Brandung. Und nun war er, wie sich wieder einmal herausstellte, der Mann der Stunde.

»So Burschen, noch ein Stockwerk, dann hamma's g'schafft, gell!«

Hans beendete die meisten Sätze mit *gell*. Das passte irgendwie stets. Anja ging seine Art zuweilen auf die Nerven. Franzi dagegen fand Hans süß. Sie stand total auf ihn und wurde immer ganz wuschig, wenn er vorbeikam. Sie gab es aber nie zu. Umgekehrt war Hans' Interesse an Franzi bisher eher mäßig.

»So, Jungs, jetzt is' des Ding oben. War doch gar nicht so wild. Weiß gar nicht, was ihr habt's!«

»Ja, ja, ist ja wieder gut, Hans.« Ich war erledigt, versuchte aber, mir nichts anmerken zu lassen. Hans ging in die Wohnung, um die Mädels zu begrüßen.

»Servus, Mädels. Na, habt's schon ausgepackt?«

»Mensch, Hans, Hallo. Schön, dass du da bist. Hast das Sofa alleine hochgetragen, was?«, schmierte Anja ihm Honig ums Maul.

»Freilich. Und die Burschen haben sich draufgesetzt!«

Die beiden Frauen lachten, und Franzi schwebte Hans entgegen.

Thorsten und ich waren noch damit beschäftigt, uns zu sammeln.

»Grüß dich, Hans. Jetzt warst du immer noch nicht in meinem Café auf einen Latte Macchiato.« Auf Franzis Hals erschienen hektische Flecken.

»Ja mei, Madl. Dann schenkst mir halt mal ein g'scheites Bier aus, dann komm ich!«

Anja griff nach Hans' Oberarm.

»Na, Hans, hast du deine Muckis auch mitgebracht? Wir können einen starken Mann wie dich gut gebrauchen!«

Was ist das denn, um Himmels willen?

Es ist eine weibliche Unart, dieses Hochlebenlassen von Freunden der Partner. Als wenn sie sich anbiedern müssten, damit auch sie vom Freundeskreis der anderen Seite akzeptiert werden. An den Oberarm eines fremden Mannes zu fassen, war für mich so, als würde ich die Brüste einer anderen Frau betatschen. Das würde ich irgendwann mal bei der Franzi versuchen. Beidhändig. Und dann kommentieren: *Schön, dass du die beiden dabei hast! Die können wir gut gebrauchen!* Und dann schauen, wie Anja reagiert.

Nach knapp einer Stunde war der Umzugswagen leer, alles stand oben in unserer Wohnung. Während Anja und Franzi Kisten auspackten, baute ich mit Hans den Schlafzimmerschrank auf. Thorsten fuhr das Auto zurück.

Männergespräche

»Und wo sind jetzt deine Möbel?«, wollte Hans wissen.

»Na, ein bisschen was hab ich schon mitgebracht«, verteidigte ich mich.

»Wohl eher mitbringen *dürfen.* Gib mir mal den Akkuschrauber rüber!« Hans zog die Augenbrauen hoch. Das tat er immer, um seine Meinung zu unterstreichen.

»Da, meine Stereoanlage, die Boxen, die DVDs, alles meins.«

»Ja, des mag schon sein, aber deine Möbel. Der super Glastisch zum Beispiel, oder dein Chromregal, wo ist denn das?«

»Auf dem Sperrmüll.«

»Ja, bist du gelähmt! Auf dem Sperrmüll? Hättest ja mal einen Ton sagen können! Aber den Barspiegel, den hast du schon noch, oder? Den mit der Whiskeyflasche drauf, den du auf dem Volksfest geschossen hast?«

»Nö.«

»Mein lieber Schwan. Das fängt ja gut an mit euch. So war's bei mir auch. Und jetzt: Single. Wo hast denn die ganzen Playboy-Hefte? Sag bloß, die hast du in den Container geschmissen?«

»Ach wo.«

»Na Gott sei Dank.«

»Die hab ich im Finanzamt heimlich aufs Klo gelegt. Und stell dir vor, der Kuhn war fast eine dreiviertel Stunde drin!«

»Ach, Schmarrn, dein Chef, oder was?«

»Ja. Mich hat's fast zerrissen. Nach der Mittagspause waren alle Hefte weg!«

»Is' ja cool. Aber an mich hättest schon auch denken können. Jetzt, wo ich wieder solo bin.«

»Ja, hast ja recht. Wenn wir den Schrank aufgebaut haben, können wir uns um meine DVD-Sammlung kümmern«, erwiderte ich, während ich das nächste Seitenteil des Schranks fixierte.

Anja tauchte neben uns auf. »Apropos DVDs. Die Franzi und ich haben uns das mal angeschaut. Meinst du, es wäre möglich, die in einer Kiste irgendwo zu verstauen?«, fragte sie und drehte keck ihre rechte Fußspitze auf der Stelle.

»Warum? Was habt ihr gegen meine DVDs? Das ist immerhin eine ganz beachtliche Sammlung!«, wehrte ich beleidigt ab.

»Ja, aber das sieht doch ein bisschen prollig aus, meterlang DVDs im Wohnzimmer aufzureihen«, warf Franzi ein. »Ihr wollt doch erwachsen wirken, wenn mal Besuch kommt, oder?«

»Du findest schon ein schönes Plätzchen für deine Filmchen, gell, Schatz?« Anja gab mir einen Schmatzer auf den Hinterkopf und zog wieder ab.

Ich fasste es nicht. *Meine Filmchen* hatte sie gesagt. So sprach sie über ein paar Jahrzehnte Filmgeschichte.

»Weißt jetzt, was ich mein'?«, flüsterte mir Hans zu und zog abermals seine Stirn in Falten.

»Ach, so schlimm ist das jetzt auch wieder nicht. Sie will es uns halt gemütlich machen. Sonst nichts!«, entgegnete ich und winkte ab.

»Alles klar, du Hosenscheißer. Du kippst ja schnell. Wehret den Anfängen sag ich da bloß!«

»Sprach der Mann, der jetzt alleine wohnt!«

»Kannst dich schon lustig machen, maule aber später nicht, ich hätt nichts g'sagt!«

Ich fragte mich, ob Hans vielleicht doch richtig lag. Aber wir waren gerade erst zusammengezogen. Wenn ich mich schon gleich zu Anfang auf solche Spielchen einlassen würde, konnte ich es auch gleich lassen. Dann konnte ich in meiner Freisinger Wohnung hocken bleiben und mich freuen, dass alles so blieb, wie es bleiben sollte. Und in dem Fall würde ich nach wie vor alleine dort sitzen. So sah es aus.

»Weißt', ich frag dich ja solche Sachen nicht einfach so. Ich hab nämlich vorhin ein Gespräch zwischen der Anja und der Franzi mitbekommen«, meinte Hans, während er die nächste Schraube festzog.

»Und, was hast du da so gehört?«

»Na, ums Heiraten ging's halt. Ganz wichtig haben es die beiden gehabt. Und ob du schon gefragt hättest, wollte die Franzi wissen. Die Anja hat's ihr verneint und klang ganz schön enttäuscht. Wird das jetzt ernst bei euch oder was?«

»Nun komm mal wieder runter!«, beschwichtigte ich ihn und legte einen Regalboden ein. »Wir sind gerade erst zusammengezogen. Und ihre Eltern sind sowieso nicht so begeistert. Wie die mich empfangen haben, als wir sie zum ersten Mal gemeinsam besucht haben. Das hättest du mal sehen sollen! Die Mutter von der Anja hat mich von oben bis unten gemustert, als wär ich Fußpilz. Und ihr Vater hat beim Grüßen nicht mal aufgeschaut und weiter in seinem Buch gelesen!«

Verdammt! Jetzt hatten wir vor lauter Gequatsche vergessen, vor dem Zusammenschrauben die Rückwand des Schranks einzusetzen. Das hatten wir nun davon. Akkuschrauber auf Linksdrehung, und weiter ging's.

»Sag mal, Herbie, sind das eigentlich die gemeinsamen Möbel von der Anja und dem Ex? Oder habt ihr alles neu gekauft?«, bohrte Hans weiter.

Der will es aber wirklich wissen. Ist der sauer, weil ich jetzt, wo er wieder solo ist, mit der Anja zusammenziehe? Ich begann, mich zu fragen, ob er es mir vermiesen wollte.

»Na, ein paar Sachen sind neu, den Rest hat die Anja von zu Hause mitgebracht.«

»Du weißt ja, jedes Stück hat eine Erinnerung, aber ich hab nichts g'sagt, gell.«

Allmählich ging er mir auf die Nerven. Aber irgendwie, so schien es mir, hatte er recht.

»Weißt du, Herbert, die waren ja auch irgendwann einmal verliebt. Und da haben die es bestimmt auf jedem verdammten Möbelstück getrieben.«

»Schmarrn, so gemütlich ist das alles auch wieder nicht. Schau mal, die Kommode da!«

»Ob gemütlich oder nicht, ist doch scheißegal. Hauptsache, nicht im Bett. Wie lang ist denn bei dir dein letztes Mädel her? Kannst dich nicht mehr dran erinnern, gell? Aber wie rum du deinen Schniedel halten musst, das weißt du schon noch, oder?«

Darüber hatte ich noch nicht nachgedacht. Also, nicht über den Schniedel. Vermutlich hatte Hans tatsächlich recht. Aber die haben bestimmt zwischenzeitlich mal drübergewischt. Oder?

Aus der Küche ertönte Anjas Stimme: »Kommt ihr? Wir haben ein bisschen was zum Essen hergerichtet.«

Das ließen wir uns nicht zwei Mal sagen. Rund um unseren Küchentisch nahmen wir auf vier Umzugskartons Platz. Ich balancierte meinen Teller auf meinem Schoß. Wer weiß, was schon alles auf dem Küchentisch gelegen hat. Der nackte Arsch vom Jens vielleicht?

Wir hatten noch keine Küchenstühle. Die mussten wir erst noch kaufen. Anjas Stühle waren zu alt, und meine gefielen ihr nicht. Dabei waren es richtig tolle Swinger aus schwarzem Leder mit Chromgestell. Ich fand, dass sie verdammt gut ausschauten.

Als ich sie auf dem Wertstoffhof vor einen Container gestellt hatte, hatte der Mann dort gemeint, es wäre schade, sie wegzuschmeißen. Mir war das nur recht, sonst hätte ich sie auseinandernehmen müssen. Wegen der Mülltrennung.

Wir saßen noch lange in der Küche und unterhielten uns. Nach einiger Zeit war uns die Lust, weiter auszupacken, ohnehin vergangen. Die Glühbirne in der Fassung, die mit einem Kabel von der Küchendecke hing, trat ihren ersten Dienst an, bevor unsere zwei Gehilfen aufbrachen, um nach Hause zu gehen.

Ach ja, die Glühbirne war übrigens von mir.

Nachtruhe

Wir lagen im Bett. Vorher hatten wir lange gesucht, bis wir die Bettwäsche gefunden hatten. Später hatte Anja die Betten mit geschicktem Griff überzogen.

Ich werde das nie lernen. Das Personal in den Hotels habe ich von jeher bewundert. Wenn man sich vorstellt, dass die das jeden Tag etwa dreißig Mal machen …

Anja döste leise vor sich hin. Ich lag auf dem Rücken und starrte die Decke an. Von allen Seiten waren Geräusche zu hören. Oben gingen die Nachbarn durch die Wohnung, von nebenan ertönte Musik. Von unten drang Lärm von der Straße zu uns herauf. Also, unter einem Lärmschutzfenster hatte ich mir etwas anderes vorgestellt. Während ich da lag, kamen mir wieder Hans' Worte in den Sinn.

»Anja? Schläfst du schon?«

»Ja, fast«, nuschelte sie in ihr Kissen.

»Du, ich hab mich gerade was gefragt!«

»Jetzt mach doch das Licht aus und schlaf!«

»Ja, gleich. Du Anja? Das Bett, ist das deins?«

»Nein, das stand unten beim Sperrmüll, und ich hab's mitgenommen. Was soll denn die Frage?«

»Na, ist es dein Bett, oder war das euer Bett?«

»Na toll, jetzt bin ich ganz wach. Was macht denn das für einen Unterschied?« Sie setzte sich auf und knipste ihre Nachttischlampe an.

»Ach, für mich spielt das schon eine Rolle, ob du hier mit deinem Exmann weiß Gott was alles gemacht hast.«

»Wir haben es doch gerade frisch bezogen, Schatz!«

»Sag nicht *Schatz*, *Schatz* sagen alle«, antwortete ich und richtete mich ebenfalls auf.

»Was ist jetzt genau das Problem?«

»Also, ich fühle mich nicht sonderlich wohl in einem Bett, das ihr während der Ehe mit eurer Liebe imprägniert habt.«

»Was haben wir? Was hast du auf einmal? Das hat dich doch das ganze letzte Jahr nicht gestört.«

»Ich hatte mir bis heute einfach noch keine Gedanken darüber gemacht.«

»Und jetzt?«

»Ich kann in diesem Bett nicht schlafen. Morgen kaufen wir ein neues Bett, und aus.«

»Willst du jetzt etwa auf dem Boden schlafen?« Anja starrte mich mit großen Augen an.

»Natürlich nicht. Ich gehe auf dein Sofa mit meiner Decke!«

»Und das Sofa ist nicht *verseucht*, oder was? Das habe ich doch auch mitgebracht.«

»Nein, ist es nicht. Das hast du schließlich neu beziehen lassen. Gute Nacht!«

So also begann unsere erste gemeinsame Nacht in der gemeinsamen Wohnung. War ich etwa kleinlich? Nö, ich denke nicht. Womöglich würde in diesem Bett, wenn wir miteinander schliefen, in Gedanken jedes Mal Jens bei uns liegen. Soweit durfte es niemals kommen.

Nachdem ich im halbdunklen Wohnzimmer ein paar Mal über irgendwelche Kisten gestolpert war, erreichte ich das Sofa. Als Erstes befreite ich es von den unzähligen Kissen, die Anja auf ihm drapiert hatte. Die Seitenlehnen waren zu hoch zum Liegen. Also beschränkte ich mich auf die Sitzfläche. Auf diese Weise hatte ich allerdings im Liegen meine Knie im Gesicht.

Zweiter Versuch. Ich legte die Beine über die Lehne. Auch dieser Einfall besserte meine Lage nicht, denn nun lief mir das Blut aus den Haxen, und die drohten, vor dem ganzen Kerl einzuschlafen. Also wieder hoch, mit dem Kopf auf die Lehne. Diese Stellung war seit dem ersten Versuch nicht bequemer geworden. Wie auch?

»Und so willst du die erste Nacht in unserer gemeinsamen Wohnung verbringen?« Anja stand in der Tür.

»Ja mei!«

»Hast noch ein bisschen Platz da auf dem Sofa?«

»Klar. Acht Quadratmeter. Hab ja die Kissen runtergeschmissen!«

»Depp. Rutsch rüber!«

Sie schlüpfte unter meine Decke und schmiegte sich an mich.

»Okay«, knurrte sie. »Morgen kaufen wir ein Bett!«

»Ja, das wär gut!«

»Und was machen wir mit dem alten?«, wollte sie wissen.

»Na, das stellen wir wieder runter zum Sperrmüll, wo du es herhast!« Ich konnte mir ein Lachen nicht verkneifen.

Wir redeten noch ein bisschen über Franzi und Hans, dann schliefen wir ein. Der Tag war anstrengender gewesen, als ich gedacht hatte.

Brötchen in München

Am nächsten Morgen tat mir alles weh. Klar, auf dem viel zu kleinen Sofa eine Nacht zu verbringen, war orthopädisch gesehen eher ungünstig gewesen. Anja war, wie es schien, im Bad. Ich deckte den Frühstückstisch. Das heißt, ich begann damit, kam aber nicht weit. Das meiste Geschirr und auch die Gläser waren noch irgendwo in den Kartons versteckt. Ich zog mir ein Hemd über, schlüpfte in meine Jeans und klopfte an die Badezimmertür.

»Guten Morgen, mein Schatz!«

»Ich bin im Bad!«, rief Anja von drinnen.

»Ach, was du nicht sagst. Du, ich lauf schnell runter zum Bäcker. Möchtest du was Bestimmtes?«

»Nö, bring mit, was du meinst!«

»Gut!«

»Warte, vielleicht ein Croissant!«

»Okay!«

»Warte, oder doch eine normale Semmel. Oder eine Breze!«

»Na, was denn nun?«, drängelte ich.

Die Badezimmertür ging auf, und Anja streckte ihren Kopf heraus. »Guten Morgen, mein Mann!«

»Na das wüsste ich aber.« Wir küssten uns. »Was möchtest du denn nun?«

»Ach, bring einfach ein bisschen was Gemischtes!«

»Wenn du meinst. Bis gleich. Hab schon mal gedeckt!«

»Bist mein Held!«, rief sie, während sie die Tür wieder schloss.

Ich war mir sicher, dass ich das Falsche mitbringen würde. Ich zog die Tür hinter mir zu und lief hinunter auf die Straße. Das ist ein großer Vorteil, wenn man mitten in Schwabing wohnt. Man hat alles vor der Haustür.

Die Stadt erwachte allmählich. Ein Gemüsehändler zog die bodenlangen Jalousien seines Ladens hoch und stellte seine Kisten auf den Bürgersteig. Die Kehrmaschine drehte ihre Runden, um die Spuren der letzten Nacht zu beseitigen. Straßencafés öffneten. Ihre Besitzer stellten Tische nach draußen und verteilten Zuckerstreuer auf ihnen. Eine junge Frau kritzelte das Angebot des Tages auf eine schwarze Tafel. Die ersten Bettflüchtigen gingen bereits mit ihren Hunden Gassi. Zwei ältere Damen saßen vor einer kleinen Bäckerei und tranken einen Coffee to go.

Bei mir in Freising war es schön gewesen, keine Frage. Aber hier in Schwabing, das war ein anderes Kaliber. Es roch nach Großstadt. Frisch aufgesprühte Parfums vorbeilaufender Passanten, Kaffeeduft und der typische Bäckereigeruch. Eine frische Brise Morgenluft erreichte meine Nase und vermischte sich dort mit den Abgasen der Autos, die zusehends mehr wurden. Ich ging um die Ecke zum nächsten Bäcker.

»Grüß Gott!«, sagte ich.

Zwei Frauen und ein älterer Herr drehten sich kurz um. Die Bäckereifachverkäuferin tat so, als habe sie mich nicht bemerkt, und beschäftigte sich mit dem Inhalt der Kasse. Wieder zog ich den Vergleich mit Freising. Dort war es entschieden weniger anonym als hier. Vielleicht würde ich in ein bis zwei Monaten, wenn ich mich eingelebt hatte, auch hier freundlich begrüßt werden.

»Hallo«, grüßte ich erneut, »ich hätte gerne zwei Mohnsemmeln, ein Croissant, zwei Brezen und eine Fitnesssemmel.«

Die Verkäuferin wandte sich mir zu, griff in die Körbe und wiederholte meine Bestellung, während sie in die Kasse tippte. »Zwei Mohnbrötchen, ein Croissant, zwei Brezeln und ein Fitnessbrötchen.« Sie packte alles in eine Tüte.

Ist das zu fassen? *Brötchen* und *Brezel.* Wieder einmal fand ich eine Bestätigung für die These meines Kumpels Hans. München ist nicht Bayern, München ist München.

»Darf es noch etwas sein, junger Mann?«

»Das war's, danke!«

»Fünf Euro neunzig!«

Ich zuckte und verkniff mir die Bitte an die Verkäuferin, ihre Forderung zu wiederholen. Eigentlich hatte ich nicht die Absicht gehabt, Anteile am Laden zu kaufen. Ich wollte lediglich ein wenig Backwerk … Tja, Großstadt eben.

Beim Verlassen des Ladens fiel mir ein, dass wir fast nichts zum Frühstück im Haus hatten. Ich erweiterte meine Einkaufsliste und suchte die Straße nach einem Supermarkt ab. Marmelade, Honig, Müsli, Milch, Saft, ein paar Scheiben Wurst, das musste reichen. Die Käsetheke ließ ich links liegen. Ich mag keinen Käse.

»Fünfzehn Euro dreiundzwanzig, bitte!«

Ich beschloss, meine Meinung zu den Schwabinger Lebensmittelpreisen für mich zu behalten. Keinesfalls sollte Anja denken, dass sie sich einen Geizkragen geangelt hatte.

»Bin wieder da, Spatzerl!«

»Hast du ein wenig was mitgebracht? Im Kühlschrank ist Ebbe.«

»Natürlich.«

»Ah, Erdbeermarmelade. Gab's keine Kirsch?«

»Klar, auch Himbeere, Blaubeere und Rhabarber!«

»Hab den Wink verstanden, mein Göttergatte!«

Sie deckte den Tisch zu Ende.

»Was trinken wir jetzt eigentlich? Möchtest du einen Tee?«

»Ja, warum nicht. Aber wir brauchen unbedingt eine Kaffeemaschine«, konstatierte Anja.

»Ich hätt eine gehabt, aber die wolltest du ja nicht.«

»Na, die ist ja auch gewesen wie bei Oma. Wer trinkt denn heute noch Filterkaffee?«

»Du, das kommt wieder, wirst schon sehen!«

»Ja, genau. Wie Schlaghosen und Cordsofas!«

»Und was schlägst du dann vor?«, wollte ich wissen.

»Na, so einen Vollautomaten.«

»Weißt du, was die kosten?«

»Wofür wohnt man denn zusammen?«, rief sie aus der Küche. »Außerdem gibt es da immer Angebote!«

»Für das Geld bekomme ich aber eine Surround-Anlage!«

»Die kannst du dir aber selber kaufen!«

Das war typisch Anja. Weil auch ich ab und zu einen Kaffee trinke, war das unsere gemeinsame Anschaffung. Aber eine Surround-Anlage war meine Angelegenheit.

»Später bei der Trennung nehme ich aber die Anlage mit. Dann ist das meine *Fünf-Punkt-Eins!«,* merkte ich an und setzte mich an den Tisch.

»Versprochen. Es ist Deine *Fünf-Punkt-Deins!«,* sagte Anja und gab mir einen Kuss auf die Stirn. »Aber lass uns heute trotzdem in den Elektromarkt fahren, ja?«

»Okay. Aber nach dem Frühstück muss ich erst noch ins Bad. Ich bin ja noch nicht mal geduscht.«

Schäm dich!« Anja nahm sich das Croissant.

»Dafür war ich schon beim Jagen und habe Frau Essen gebracht, uh uh!«

Sie lachte und wir fielen über unser Frühstück her. Machte schon sehr großen Spaß mit meiner Anja. Wie sie da so saß und an ihrem Croissant zupfte. Und auf den Boden bröselte. Staubsauger brauchten wir auch noch.

Elektromarktwahnsinn

Im Elektromarkt ging es zu wie im Taubenschlag. Klar, Samstagvormittag. Wo sollte man da sonst sein. Entweder auf dem Markt, in der Waschanlage oder eben hier. Anja steuerte direkt die Kaffeeautomaten an. Wir gingen an einer Palette mit Filtermaschinen vorbei.

»Schau Anja, neununddreißig Euro fünfundneunzig!«

»Hm! Ist ja toll«, sagte sie abfällig.

Irgendwie fühlte ich mich nicht ernst genommen.

»Da, das ist so eine, wie ich sie mir vorstelle.« Sie zeigte auf ein edles Teil.

»Achthundertneunundneunzig Euro! Ja, lüg ich! Was kann die denn noch außer Kaffee kochen? Macht die auch den Abwasch?«

»Gut, dass du's erwähnst, Herbert. Einen Geschirrspüler brauchen wir irgendwann auch noch.«

»Aber wieso denn? Wir sind doch nur zu zweit. Da entwickeln sich so schöne Gespräche, wenn man zusammen den Ab …!«

Wir wurden unterbrochen.

»Sie interessieren sich für einen Kaffeevollautomaten?«, lächelte uns eine Verkäuferin freundlich an.

Mir lag es auf der Zunge, zu äußern, dass wir uns für eine Möglichkeit interessierten, wie man am schnellsten Geld vernichten kann, aber ich hielt mich zurück. Nicht, dass am Ende mein Humor hier nicht ankommen würde.

»Ja, genau«, antwortete Anja. »Können Sie uns da beraten?«

»Klar, dafür bin ich doch hier. Was möchten Sie denn damit machen?«

»Kaffee kochen wär' schon mal nicht schlecht!«, brachte ich mich in die illustre Runde ein.

Anja trat sachte gegen mein Schienbein. Hab ich's doch gewusst. Keinen Humor, die Damen!

»Das ist schon klar, junger Mann. Aber es gibt da wirklich die verschiedensten Modelle!«

»Die da wären?«, wollte ich genauer wissen. Jetzt hatte sie mich neugierig gemacht.

»Na, zum Beispiel können Sie bei dieser Maschine den Mahlgrad einstellen, die Tassengröße, die Kaffeestärke, Sie können Milch aufschäumen, Teewasser erhitzen. Sie haben einen vergrößerten Wassertank, einen vergrößerten Tresterfänger, Sie können die Brühgruppe zum Reinigen entfernen, können den Auslass in der Höhe verstellen, haben ein LCD-Display und, und, und!«

Und, und, und! Was denn sonst noch? Sie hatte bestimmt schon alles aufgezählt. Und dann kam das großartige *Und, und, und*, um das bereits Aufgezählte mit heißer Luft aufzublasen. Immer dieselbe Masche. Trotzdem. Die Verkäuferin hatte mich dieses Mal eiskalt erwischt. Nicht zu fassen, was es heute alles gab! Da hatte ich einfach all die Jahre meinen Kaffee an der Realität vorbei gekocht. Und hatte noch nicht einmal gemerkt, dass er mir nicht schmeckte. Ich hätte besser aufpassen sollen.

»Ist doch toll, oder?« Anja schaute mich erwartungsvoll an.

»Ich finde das Display toll!«, gab ich zum Besten, »aber warum soll man das Brühdings entfernen?«

»Die Brühgruppe! Haben Sie schon einmal Ihren Kaffeefilter in der Maschine vergessen, als Sie in den Urlaub gefahren sind? Ich sage nur: Schimmel! Und das haben Sie dann in der Maschine. Natürlich haben auch andere Geräte ein Spülprogramm, aber irgendwas bleibt da immer hängen. Und das gibt Ihrem Kaffee die gewisse Würze!«

Ich finde es fies, wenn die geschulten Verkäufer mit ihren Topargumenten über einen herfallen. Trotzdem. Jetzt wollte ich auch unbedingt eine Maschine wie diese.

»Was meinst du denn, Anja?«

»Also, ich finde die toll. Haben Sie noch etwas Ähnliches in einer anderen Preisklasse?«

»Junge Frau, das wäre so, als wollten Sie fragen, ob Sie einen Rolls-Royce zum Preis von einem Golf bekommen könnten!«

»Qualität kostet, Anja«, setzte ich hinzu.

»Für neunundvierzig Euro zusätzlich bekommen Sie noch eine verlängerte Garantie für fünf Jahre!«, meinte die Verkäuferin.

»Gut«, nickte Anja, »man lebt nur einmal! Können Sie uns die Maschine zur Kasse bringen? Wir wollen uns noch ein wenig umsehen.«

»Kein Problem. Ich bräuchte Ihren Namen und Ihre Anschrift für die Garantieverlängerung!«

»Anja kannst du das übernehmen? Ich wollte noch in die Hi-Fi-Abteilung!«

»Geh nur! Wir treffen uns bei den Staubsaugern!«

Du meine Güte. Über neunhundert Euro, um sich einen Kaffee zu machen. Gut, ich hatte gerade vor, ein paar Hunderter für eine Surround-Anlage auszugeben, aber das war ja auch etwas anderes.

Der Verkäufer führte mir eine Anlage nach der anderen vor. Natürlich mit Actionfilmen. Ist ja klar. Für eine Liebesschnulze reicht auch Mono. Da muss man eine Kussszene nicht von allen Seiten hören. Könnte ja auch am Ende ein Trauma hervorrufen.

Nach der Vorführung war ich ziemlich am Ende. Schließlich waren unzählige Raumschiffe und Pistolenkugeln durch meine Birne geflogen. Absolut cool! Ich entschied mich für eine Anlage aus der mittleren Preisklasse. Das gehörte sich so für einen vernünftigen Finanzbeamten. Und außerdem war ich mit Anja unterwegs und musste damit rechnen, an diesem Tag noch mehr Geld ausgeben zu müssen.

Anja stand bei den Staubsaugern. Sie sprach mit einem jungen Verkäufer, der eine Gebrauchsanleitung in der Hand hielt. Das fand ich klasse. Ein Fachverkäufer, der erst einmal die Anleitung lesen musste. Gut, nimm's nicht so wichtig, er kann schließlich nicht alle Geräte bis ins Kleinste kennen.

»Na, bist du fündig geworden?«, fragte Anja, als ich auf sie zukam.

»Klar, wäre ja ein Drama, wenn nicht. Und ihr? Kann ich euch vielleicht helfen? Wo saugt's denn?«

»Nein, der Herr kümmert sich schon drum. Ich habe gefragt, wie viel Watt der Sauger hat!«

»Also, meine Anlage hat achthundert!«, erklärte ich voller Stolz, erntete dafür aber zu meinem Leidwesen keine echte Bewunderung. »Lasst mal den Papa ran! Hier steht's doch. Zweitausend Watt!«

»Wo?«, wollte der Verkäufer wissen.

»Na, hier auf dem Karton. Ganz groß. Zweitausend Watt!«

»Tatsächlich!«, staunte er, »zweitausend Watt hat der!«

»Was meinst du, Herbert, ist der was?«

»Na, du bist hier der Profi!«

»Soll das heißen, das ist allein mein Gerät?«

»Quatsch. Ich sauge gern. Das Ding hat Strom und unten Räder dran. Was will ein Mann mehr?«

»Gut, wir nehmen ihn. An der Kasse ist schon ein Kaffeevollautomat für uns. Können Sie uns den Sauger dort hinbringen?«, bat Anja den Verkäufer.

Der Verkäufer nickte zustimmend.

»Und wir zwei Hübschen? Ich würde sagen, für heute reicht's, oder?«

»Ja!«, sagte Anja. »Lass uns noch Staubsaugerbeutel mitnehmen, und Kaffee!«

Meine Herrn! Innerhalb einer Stunde hatte ich mehr Geld ausgegeben als sonst in einem Monat. Ganz schön teuer, so eine Partnerschaft! Aber dafür würden wir in Zukunft prima saugen können, nachdem wir einen schimmelfreien Kaffee getrunken und meine neuen Lautsprecherboxen entlüftet hatten. Verdammt. Kabel brauchte ich auch noch. Sonst würde sich da gar nichts entlüften.

Kuchen und Cola

Zu Hause trug ich sofort meine Kartons ins Wohnzimmer, begierig darauf, die Anlage zu installieren, wurde aber in meinem Vorhaben jäh gebremst.

»Wo willst du denn hin?«

»Na, die Anlage auspacken. Wir wollen es doch schön haben!«

»Wir wollen Kaffee zu unserem Kuchen nachher!«

»Gut, dann packen wir eben die Maschine zuerst aus.« Anja beobachtete jeden meiner Handgriffe. Ich stellte die Maschine auf und entfernte die Schutzfolien.

»Was machst du denn da?«, wollte sie wissen.

»Na, ich mach das Plastik ab!«

»Ja, aber das ist doch zum Schutz da!«

»Zum Schutz vor was? Aliens?«

»Na, vor Staub und Schmutz und …«

»Hallo! Das ist hier die Erde. Da staubt es nun mal. Die ist doch nur für den Transport. Du kannst doch nicht überall die Folie dran lassen. Stell dir mal vor, du machst das bei deinem Lockenstab!«

»Das ist ja ein dummer Vergleich!« Anja grollte.

Nachdem ich alle Behälter eingesetzt und Wasser in den Tank gegeben hatte, schalteten wir die Maschine ein. Sie begann zu rasseln. Das Geräusch hörte sich nicht gesund an. Bei meiner alten Maschine hatte ich nichts gehört, wenn ich sie eingeschaltet hatte.

Nach kurzer Zeit waren alle Lämpchen auf Grün. *Toll! Vier Lämpchen!*

»Komm, wir lassen zum Test den ersten Kaffee raus«, schlug Anja vor und stellte zwei Tassen unter den Auslass. Super, was man da an Zeit spart. Anja durfte den Knopf drücken. Die Maschine machte einen höllischen Lärm. Okay, Zeit sparen wir nicht, weil die Maschine nun zum zweiten Mal mahlt. Sind ja zwei Tassen.

»Prost!«

»Prostata!«, erwiderte ich.

Der Kaffee schmeckte bitter.

»Heiland ist der stark. Der weckt ja Tote!«, japste ich.

Wir drehten am Mahlwerk.

Der zweite Versuch fiel kaum besser aus. Ich entdeckte an der Vorderseite der Maschine einen Knopf zum Verstellen. Darunter war eine Skala abgebildet, links wenige Bohnen, rechts viele.

Ich beschloss, Anja einzubeziehen und fragte sie: »Was meinst du denn, in welche Richtung wir drehen sollten?«

»Na, denk mal schwer nach, Einstein!«

Na gut. Also mach' ich's eben alleine. Und dabei hatte ich Anja eine Freude machen wollen.

Dritter Versuch. Ich trank.

»Gut, Anja, wir müssen einen anderen Kaffee kaufen. Dieser Espresso hier ist jedenfalls viel zu stark. Außerdem ist der bitter wie Sau!«

»Wie du willst. Wir können auch einen entkoffeinierten, magenschonenden, fair gehandelten Kaffee aus der Region erwerben!«

Ich schaute Anja misstrauisch an. Offensichtlich nahm sie mich nicht ernst. Und das, obwohl nach den diversen

Kaffeeproben mein Herz raste. Meine Hände zitterten. Und ich musste aufs Klo. Also, für mich war's das an diesem Tag mit Kaffee. Zum Kuchen trank ich Cola.

In den letzten Wochen hatte Anja nicht mehr von Heirat gesprochen. Ganz anders als noch ein halbes Jahr zuvor. Ich fragte mich nach dem Grund. Auch damals, als sie das erste Mal die Rede darauf gebracht hatte, hatte ich mich schon gewundert. Schließlich war sie schon einmal verheiratet gewesen, und das war in die Hose gegangen. Warum wollte sie diesen Unsinn ein zweites Mal wagen? Natürlich fühlte ich mich geschmeichelt, nach so einem tollen Hecht wie diesem Jens. Anja hatte damals zu mir gesagt, sie würde mich heiraten wollen. Danach hatte sie fast drei Tage lang nicht mit mir gesprochen. Das ist mir bis heute schleierhaft. Schließlich hatte ich *Danke* gesagt. Daraufhin war sie vom Sofa aufgestanden und ins Bett gegangen. Ohne Gutenachtbussi. Versteh einer die Frauen.

Jedenfalls hatte auch ich nach diesem Abend übers Heiraten nachgedacht. Heiraten! Warum überhaupt? Brauchte ich einen Trauschein? Sie wusste doch, dass ich sie liebte. Also brauchte ich keinen Vertrag.

Außerdem ist es ehrlicher, wenn man ohne diesen Ring beieinanderbleibt. Mit Ring muss man erst einmal bleiben, auch wenn man sich nicht mehr versteht. All das hatte ich schon bei Arbeitskollegen oder Freunden erlebt. Die Frau eines meiner ehemaligen Schulkameraden hatte sich von ihm getrennt. Das war noch keine zwei Jahre her. Die Kinder hatte sie mitgenommen. Dann probierten sie es noch einmal wegen der Kinder. Was ist das denn für ein Quatsch? Auf Probe zogen sie wieder zusammen. Das Ende vom Lied war, dass sie in eine andere Stadt zog, weit weg von ihm. Es wäre kein Platz in der Stadt für sie und sein Ego, hatte sie gesagt. Danach Anwalt und Scheidung. Der totale Rosenkrieg. Das brauchte ich nicht.

Ich war jedenfalls freiwillig bei meiner Anja. Klar, es wäre schöner gewesen, wenn sie, während sie mich ihren Bekannten vorstellte, hätte sagen können: Das ist mein Mann. Der doofe Jens hätte ganz schön blöd geguckt, todsicher! Nach allem, was ich am Rande mitbekommen hatte, hatte er die Scheidung bislang nicht verwunden. Ständig stieg er Anja auf der Arbeit nach. *Der Arsch, wenn er sich nicht vorsieht und ich ihn erwische, dann ist aber, ruck zuck, die Lippe dick. Der Schnösel. Hat immer noch nicht kapiert, dass Geld auch nicht alles ist.*

Meine Schwiegereltern in spe schienen Jens nach wie vor nachzutrauern. Es war nicht zu fassen! Selbst dann, wenn einer der Burner unter den Schwiegersöhnen ist: Die Eltern sollten gefälligst stets zu ihrem Kind halten! Und außerdem. Anjas Eltern hatten ja jetzt mich. Ich war zuverlässig, witzig, schaute gut aus …

»Na, wer ist der Schönste im ganzen Land?«

Ich schreckte auf. Anja hatte mich schon eine ganze Weile beobachtet, während ich im Flur vor dem Spiegel stand. Wie peinlich!

»Sag mal, Anja, ist das ein Melanom?« Ich zeigte mit meinem Finger auf eine Sommersprosse auf meiner Stirn.

»Du bist auch so ein Melanom. Eitel bist du!« Sie streichelte über meinen leichten Bauchansatz. Na super!

Sie ging ins Bad zurück. Dafür hatte sie ein Händchen. Auftauchen im falschen Moment. Sollte das jemals eine olympische Disziplin werden, meine Anja würde auf dem Treppchen stehen.

Während ich weiter übers Heiraten nachdachte, kam eine weitere Überlegung ins Spiel. Was, wenn Anja Kinder wollte? Darüber hatten wir noch nicht gesprochen. Oder doch? Mist, ich musste wirklich besser aufpassen, wenn wir miteinander redeten.

Ton von allen Seiten

Endlich hatte ich ein wenig Zeit für mich. Meine neue Surround-Anlage wartete schon darauf, in Gang gebracht zu werden. Ich liebe es, neues Spielzeug auszupacken. Fein säuberlich legte ich alle Kartons nebeneinander auf den Fußboden im Wohnzimmer. Vorsichtig öffnete ich den ersten mit einem Teppichmesser. Dabei dachte ich daran zurück, wie ich bei ähnlicher Gelegenheit einmal den Deckel eines Plattenspielers demoliert hatte. Wohl wegen solcher Fälle ist auf den meisten Verpackungen ein durchgestrichenes Messer abgebildet.

Ich stellte die Lautsprecher in die Ecken, die ich für sie vorgesehen hatte, und den Receiver neben den Fernseher. Dann begann ich mit der Verkabelung.

Anja kam herein. »Um Gottes willen! Was wird das denn, wenn es fertig ist?«

»Das ist der Schlüssel in eine andere Welt, mein Liebling!«

»Sieht eher aus, als würdest du die gesamte Hauselektrik erneuern. Bleibt das so?« Sie schaute mich verstört an.

»Klar. Müssen halt ein wenig aufpassen, dass wir nicht drüberfallen! Nein, das bleibt natürlich nicht so. Entweder ich bekomm die Kabel unter die Fußbodenleiste oder ich zieh einfach ein paar Kabelschächte!«

»Nein, bitte nicht. Die hässlichen Dinger!«

»Jetzt lass mich einfach machen!«, gab ich leicht genervt zurück und wandte mich wieder den Kabeln zu.

Nachdem ich alles angeschlossen hatte, kam die Stunde der Wahrheit. Ich wählte einen Film der Extraklasse. Einen von der Sorte, bei dem es im Kino zwei Stunden hell bleibt vor lauter Explosionen. Ich legte ihn ein und setzte mich aufs Sofa. Mit zwei Fernbedienungen bewaffnet, startete ich den Film. *Absolut cool!* Ich hatte tatsächlich das Gefühl, direkt dabei zu sein. Zugegeben, die hinteren Boxen waren noch ein wenig zu laut, aber sonst …!

Als ich zur Tür sah, erblickte ich Anja.

Sie gestikulierte und bewegte die Lippen.

Ich lächelte ihr zu.

Sie fuchtelte mit ihren Armen und hatte so einen bestimmten Ausdruck in den Augen.

»Was?«, rief ich ihr zu.

»Ach en er eh eiser!« Sie kam näher und nahm mir eine der beiden Fernbedienungen ab, richtete sie auf den Fernseher und schaltete ihn aus. Gerade in einem superspannenden Moment. »Bist du wahnsinnig? Du kannst doch hier nicht so einen Lärm machen!«

»Hast du das gehört? Wahnsinn, oder?«

»Ja, Wahnsinn! Geht's vielleicht auch leiser?«

»Klar!«, erwiderte ich, »aber das wär ja so, als würdest du Sebastian Vettel fragen, ob er vielleicht ein bisschen langsamer fahren könnte! Komm, setz dich, ich zeig dir was. Ich mach auch ein bisschen leiser!«

Ich schaltete das Fernsehgerät wieder ein, während Anja sich neben mich setzte. Der Film lief weiter, und unser Wohnzimmer wurde erneut von einem Lärmteppich überzogen. Ich schaute Anja an.

»Und? Jetzt sagst du nichts mehr, was?«

Sie spitzte die Lippen, zog ihre Augenbrauen hoch, sah mich an, dann wieder den Fernseher. Ich betrachtete sie fasziniert bei ihrem Versuch, bewusst nur Stereo zu hören. Frauen haben einfach nichts übrig für Surround-Technik.

Ich schaltete auf Pause.

»Und?«

»Ja, ganz nett. Braucht man das?«

»Braucht man eine Kaffeemaschine für fast neunhundert Euro?«, stellte ich die Gegenfrage.

»Die ist wenigstens nicht so laut!«

»Hat dafür aber auch kein Surround!«, flüsterte ich ihr abwechselnd in beide Ohren, während ich mehrere Male um sie herum lief. Ich, der Frauenflüsterer.

Es klingelte. Ich ging zur Tür, während ich immer wieder *Surround* vor mich hin sang.

Anja lachte und nannte mich einen Spinner.

Vor mir stand ein älterer, grau melierter Herr in Strickjacke, Jogginghose und Cord-Hausschuhen.

»Sagen Sie mal, junger Mann, geht's noch lauter?«

»Müsste ich probieren, weiß nur nicht, ob das so gut für die Boxen ist, weil …«

»Das war eigentlich nicht meine Frage. Ich halte gerade meinen Mittagsschlaf!«

Ich stellte mich weiter dumm: »Aber es ist doch schon 16 Uhr durch.«

Neben mir tauchte Anja auf. »Guten Tag. Wir sind gerade erst eingezogen. Schönborn! Anja Schönborn!«, begrüßte sie den Störenfried und streckte ihm die Hand entgegen.

»Bader mein Name, vom dritten Stock!«

»Angenehm. Das ist mein Freund Herbert Neumann. Es tut uns leid, wenn wir Sie geweckt haben. Es kommt bestimmt nicht wieder vor.«

Anja hatte eine freundliche Art.

»Na, dann will ich mal nicht so sein. Junge Leute, was? Aber bedenken Sie in Zukunft, dass Sie nicht alleine hier wohnen!«, sagte Bader mit mahnender Stimme.

»Stimmt!«, nickte ich. »Wir haben ja noch den Ficus!«

»Wie bitte?«

»Mein Mann meinte, wir werden künftig leiser sein. Bitte entschuldigen Sie nochmals die Störung!«, bat Anja und schloss die Tür.

»Der war ja nett«, meinte ich zu Anja, die mich entrüstet ansah.

»Musst du denn immer gleich witzig sein? Nicht alle verstehen deine Art von Humor!«

»Ja, leider. Die könnten sich ruhig alle ein wenig Mühe geben. Warum lässt du eigentlich immer das *Von* bei deinem Namen weg?«

»Weil mir das zu anstrengend ist. Außerdem bedeutet mir das nichts!«

Wir gingen zurück ins Wohnzimmer. Ich zerkleinerte die Kartons.

»Jetzt reißen wir uns aber ein wenig zusammen. Wir müssen uns ja nicht gleich von Anfang an bei den Nachbarn unbeliebt machen!«, schlug Anja vor.

»Gut, dann warten wir einfach eine Woche!«

»Genau das mein ich. Das versteht nicht jeder!«

»Ist ja schon gut. Dabei sollte sich der Opa freuen. Wenn er das nächste Mal eine Volksmusiksendung ansieht, kann ich ja gerne auch dorthin schalten und mach ein wenig lauter. Dann hat er auch Surround, und der Ton kommt sogar von unten!«

Da ich beim Auspacken das Styropor im gesamten Wohnzimmer verteilt hatte, kam der neue Staubsauger zu seinem ersten Einsatz. Das Dumme war nur, dass ich erst am Schluss bemerkt hatte, dass ich keinen Beutel eingesetzt hatte. Also musste ich die Styroporkügelchen einzeln aus dem Bauch des Saugers zupfen. Schöner Mist. Ein zweiter Staubsauger wäre in diesem Moment klasse gewesen.

Es klingelte erneut an der Tür. Verdammt. Ich hab doch nur gesaugt!

»Ich geh schon«, rief ich zu Anja.

»Pass aber dieses Mal auf, was du sagst!«

Das überhörte ich. Mit einem Ruck öffnete ich die Wohnungstür. Es war Franzi.

»Na, habt ihr schon alles ausgepackt?«, fragte sie fröhlich.

»Nein, noch nicht alles. Wir suchen noch die Ruhe und die Entspannung. Wissen aber nicht mehr, in welchem Karton die beiden stecken. Komm rein!«

Franzi ging durch ins Wohnzimmer. Ich mochte es, wenn sie da war. Die beiden Frauen hatten sich dauernd etwas zu erzählen. Franzi hatte ständig Geschichten aus ihrem Café auf Lager. Anja freute sich über unseren Besuch. Ich machte den beiden einen Kaffee.

Nachdem Franzi den ersten Schluck genommen hatte, erzählte sie, dass jetzt immer mehr Gäste in ihrem Café nach Filterkaffee fragten.

Anja blickte mich vielsagend an.

»Ich sag nichts!«, murrte ich und legte mich vor unseren Fernseher, unter dem ich den Receiver für die neue Anlage installiert hatte. Ich schnappte mir die Anleitung und begann mit den Einstellungen.

Franzi blieb nicht lange. Sie musste ins Café.

Wir versprachen, am Abend vorbeizuschauen. Im *Franzis* gab es unter anderem auch Kleinigkeiten zu essen. Wir waren vor lauter Technik nicht dazu gekommen, Lebensmittel einzukaufen.

Hallo, wir sind die Beckmanns!

Nachdem wir uns rasch zurechtgemacht hatten, verließen wir unser Heim. Ich sperrte ab. Zur selben Zeit öffnete sich die Tür von der Wohnung gegenüber.

»Hallo, Nachbarn!«, schallte es uns entgegen. »Herzlich willkommen hier im Haus!«

Wir drehten uns um. Vor uns stand ein Pärchen, etwa in unserem Alter.

Wir erwiderten den Gruß und schüttelten uns die Hände. Sie hatte brünette lange Haare, zu einem Pferdeschwanz zusammengebunden, er schwarze Haare und eine beginnende Glatze. Süß, wie die beiden in ihren Trainingsanzügen und Puschen vor uns standen. Ihre Hausschuhe waren aus rosa Plüsch und mit Hasenohren. Er trug Badeschlappen und war um einiges größer als sie. Um es anders zu sagen, sie war klein.

»Ich bin die Claudia, das ist der Uwe. Wir sind die Beckmanns!«, erläuterte die kleine Frau übereifrig und grinste so breit, dass ihre Mundwinkel fast bis an ihre Ohren reichten.

»Hallo Frau Beckmanns, Herr Beckmanns«, entgegnete ich artig.

»Nur Beckmann«, verbesserte er.

»Weiß ich doch, kleiner Scherz. Ja, wir sind die Neuen. Wir hoffen, wir sind nicht zu laut, ein paar Bilder müssen noch an die Wände und so.«

»Ach, das macht uns nichts«, winkte Claudia ab. »Tagsüber sind wir eh im Studio.«

»Studio?«, fragte Anja und spitzte die Ohren.

»Ja, unser Arbeitsplatz. Wir arbeiten beide im Fitnessstudio gleich hier um die Ecke!«, antwortete Claudia stolz.

Na, bravo. Das kann ja heiter werden. Anja drängelte mich ständig, mehr Sport zu machen. Und nun erhielt dieses Thema neue Nahrung. Nun, da sie es in den Tagen während unseres Umzugs gänzlich vergessen hatte.

»Ach, das hört sich ja spannend an!« Anja war sofort auf Sendung und witterte neue Freunde. »Was machen Sie denn morgen Abend?«

Geht's noch? Ohne sich mit mir abzusprechen?

»Ach, da haben wir eigentlich nichts vor, nicht wahr, Uwe?«

Uwe nickte.

»Na, dann kommen Sie beide doch zu uns. Wir könnten ja was spielen!«

Ich stöhnte innerlich. Es wurde immer besser.

»Oh ja, ein Spieleabend! Das haben wir schon lange nicht mehr gemacht, nicht wahr, Uwe?«

Uwe schüttelte wortlos den Kopf.

Was ist das doch für eine alte Plaudertasche.

»Trinkt ihr lieber einen Roten oder einen Weißen?«, wollte Anja wissen.

»Ach, wir trinken eigentlich gar keinen Alkohol. Wasser wäre toll. Oder vielleicht 'nen Tee, wenn ihr habt.«

Ach du gute Güte! Das nimmt ja gar kein Ende. Nach allem, was ich bisher von den Beckmanns gehört hatte, war mir selbst Anjas Vater noch lieber. Der hätte sich bestimmt bei einem Spieleabend die Kante gegeben und den Roten und den Weißen zusammengeschüttet. Rosé ist ja auch gut.

»Klar doch. Kommt einfach morgen um 20 Uhr rüber zu uns. Wir freuen uns, nicht wahr, Herbert?« Anja schaute mich mahnend an.

»Ja, klar freuen wir uns. Also, wir freuen uns!« Ich zeigte meinen Daumen und fügte ein »Hey!« an.

Der Verkehr auf der Straße hatte nachgelassen. Die ersten kleineren Läden holten ihre Auslagen herein.

»Die sind aber nett, findest du nicht?«

»Das kann ich noch nicht beurteilen.«

»Na, aber das merkt man doch, ob jemand nett ist, oder nicht?« Anja blieb stehen.

»Woran denn, sie hat noch nicht viel außer Wasser und Tee gesagt, und er nickt nur wie ein Wackeldackel«, entgegnete ich und blieb ebenfalls stehen. Dann setzten wir unsren Fußmarsch fort.

»Im Fitnessstudio arbeiten die. Ist das nicht toll?«

»Was soll daran denn toll sein? Vielleicht putzt sie da, er ist der Hausmeister und wartet dort die Folterkammer.«

»Quatsch. Also Herbert! Das sind bestimmt Fitnesstrainer. Hast du seine Muckis gesehen?«

»Nö, weil ich unentwegt auf ihren Busen gestarrt habe!«

»Depp!«

Nicht zu fassen.

Der Abend bei Franzi wurde lang. Hans kam ebenfalls, kurz, nachdem wir eingetroffen waren. Franzi strahlte ihn mit leuchtenden Augen an. Und er? Entweder tat er nur so, als würde er es nicht bemerken oder er war tatsächlich ein eiskalter Hund.

Anja stachelte mich an. Ich solle da mal nachbohren. Eigentlich Kinderkram für mich, der mir wurst war, aber ich musste wegen der Busengeschichte von vorhin Boden gut machen. Also verabredete ich mich für den Mittag des nächsten Tages mit Hans. Vor dem Supermarkt, damit endlich unser Kühlschrank gefüllt wurde. Ich hatte diese Woche ohnehin noch Urlaub, und er konnte mir helfen, das Zeug in die Wohnung zu tragen. Außerdem brauchten wir noch Tee für die Fitnessqueen.

Erst wollte Hans nicht, weil er in seiner Mittagspause etwas Besseres zu tun hatte. Wie zwei Schwule würden wir im Supermarkt rumlaufen, hatte er eingewandt. Zwei Männer, die einkaufen. Das gehe ja gar nicht. Aber als auch Anja auf der Idee bestand, stimmte er schließlich knurrend zu: »Okay, wenn du mich so schön bittest. Ich nehm mir einfach einen eigenen Einkaufswagen, dann sieht es so aus, als hätten wir uns zufällig getroffen.«

Also, der hat Probleme! Zuerst hatte ich noch gedacht, er würde prompt und tiefenentspannt zusagen. Aber bei dem Thema …

Studien im Supermarkt

Am nächsten Morgen blieben wir lange im Bett und genossen es, dass wir noch Urlaub hatten. Um elf stand ich auf, um mich auf meine Verabredung mit Hans vorzubereiten. Anja wollte weiter auspacken und die Wohnung gemütlich machen. Bis jetzt hing noch kein einziges Bild, geschweige denn eine Lampe. Diese Aufgaben hatte ich aber für mich reserviert. Erstens sind das Männerarbeiten, zweitens kam so endlich wieder einmal mein Akkuschrauber zum Einsatz.

Im Bad brauchte ich ewig, weil meine Sachen noch nicht an ihrem Platz waren. Endlich war ich abfahrbereit, schnappte mir die Klappbox und den Einkaufszettel und fuhr los. Anja gab mir Anweisungen, was ich Hans alles fragen sollte. Wie die kleinen Kinder.

Wie ich erwartet hatte, war Hans schon eingetroffen.

»Servus, Herbie!«, begrüßte er mich von Weitem.

»Hi, Hans, wartest du schon lang?«

»Grad' erst gekommen. Hast echt Glück. Normalerweise hab ich gar keine Zeit für so an Schmarrn. Einkaufen! Ich hab den Arsch voll Arbeit und schubs jetzt hier mit dir die Einkaufswagerl durch die Gegend!«

»Komm jetzt, lass uns reingehen. Es fängt schon zu nieseln an. Außerdem schiebe ich den Wagen.«

»Von wegen!« Er schnappte sich ebenfalls einen Einkaufswagen. Ich fasste es nicht. Hans hatte tatsächlich einen Riesenhorror davor, dass irgendjemand denken könnte, wir seien ein Pärchen. Dabei sah ich doch gut aus. Im Grunde hätte er stolz sein können, so ein Schnittchen wie mich zu haben. Wir hätten ja auch eine WG sein können. Egal, wenn der Hans das so will, dann soll er, er ist ja schon groß.

»Jetzt aber mal raus mit der Sprache! Ich bin doch nicht wirklich hier, um dir nachher deine Zwieberl in den zweiten Stock zu tragen«, bohrte Hans, während er zwei Tütensuppen in seinen Wagen legte. Aha, nun kaufte er auch ein.

»Kennst doch unsere Mädels. Wenn die einen Prosecco intus haben, reden die halt«, versuchte ich, ihm den Grund für unser Treffen zu erklären, und suchte nebenbei mit den Augen die Regale nach der Fertigmischung für die Bolognesesoße ab.

Hans griff nach der Mischung für Rahmgulasch. Gute Wahl.

»Ja, und über was reden die so? Beziehungskram, oder geht's um was Interessantes?«, wollte er in seiner charmanten Art wissen, während er das Angebot an Nudeln im obersten Regal prüfte.

»Na, jetzt stell dich nicht dümmer, als du bist! Um dich ging es halt! Und um die Franzi. Du, die steht auf dich, glaub ich!«

»Ah, habt's das ganz alleine rausgekriegt? Ihr seid's ja flinker als das FBI!«

»Das ist mir schon klar, aber du kennst doch die Anja. Ich soll dir das so nebenbei stecken und dann schauen, wie du reagierst. Das soll ich nachher der Anja sagen, die sagt's der Franzi, und die beiden analysieren das.« So, jetzt war das auch raus.

»Sagt's mal, spinnt's ihr jetzt alle komplett. Das ist ja wie im Kindergarten«, schimpfte Hans und warf eine Packung Puffreis in seinen Wagen. »Und?«

»Was, und?«

»Hast schon nachgeschaut?«

»Ja, was denn?«

»Na, wie ich reagiere?« Hans schaute mich spöttisch an. Das tat er gern, blöd daherreden. Anstatt mir zu helfen. Wie würde ich dastehen, wenn ich heimkam und nix wusste? Aber ich konnte Hans nicht einfach hinten herum ausfragen. Immerhin war er mein Freund. Das hätte er auch bei mir nicht getan. Also gestand ich ihm lieber die Wahrheit, und dann sollte er mir einfach verklickern, was ich sagen sollte. So einfach war das.

»Bevor du jetzt noch weiter blöd daherredest, sag mir lieber, was ich daheim berichten soll. Wenn du jetzt nämlich weiter rumspinnst, sag ich der Anja, dass du völlig aus dem Häuschen bist wegen der Franzi.«

»Das lässt aber mal schön bleiben, Burschi! Sonst rappelt's! Wie die Kinder, echt. Euch ist schon klar, dass mich gerade erst die Annette verlassen hat. Da hab ich sicher keinen Nerv für eine neue Beziehung. Jetzt kann ich endlich wieder mal die Sau rauslassen.«

»Aber irgendwas muss ich ja erzählen.«

»Ja dann sagst halt, dass ich momentan meine Ruhe möchte. Stimmt ja auch. Außerdem redet die Franzi schon ganz schön viel. Da kriegst ja einen Hörsturz.«

»Ja, irgendwas fällt mir da schon ein«, meinte ich; wir schauten beide in unsere Einkaufswagen. Hans hatte viel mehr in seinem Wagen als ich in meinem.

Auf dem Weg zur Kasse ließ er seinen Wagen stehen. So etwas hatte ich schon geahnt. So ein Spinner! Er hatte gemeint, er könne ja schließlich nicht die ganze Zeit mit einem leeren

Wagen spazieren fahren. Aber immerhin war er rücksichtsvoll genug gewesen, nichts aus dem Kühlregal zu nehmen.

Mir fiel ein, wie es sich damals zugetragen hatte, als er seine Annette kennengelernt hatte. Jeden Tag nach der Arbeit war er in den Supermarkt gefahren, hatte den Einkaufswagen vor sich hergeschoben und so getan, als würde er einkaufen.

Hans war fest davon überzeugt gewesen, dass man auf diese Weise die besten Mädels kennenlernt. Nicht in der Disco. Im Supermarkt. Und man könne gezielte Studien betreiben, hatte er behauptet.

Wenn eine Katzenfutter einpackt, Finger weg! Weil, die schmust mit dem Kater, und nicht mit dir. Genauso ist es mit Babynahrung. Und an der Fleischtheke muss man auf die Mengen achten. Wenn es mehr als zweihundert Gramm Fleisch sind, Finger weg. Dann kocht sie nicht für sich allein.

Er fuhr dann auch den Mädels rein, entschuldigte sich wortreich und fragte, ob er das am Abend bei einem gemeinsamen Essen wieder gutmachen dürfe. Der Schwerenöter. Aber die Masche hatte fast jedes Mal gezogen.

Als ich Hans' Trefferquote studiert hatte, hatte ich beschlossen, seine Methode auch einmal auszuprobieren. Leider hatte mir die Tante damals nur eine geschmiert, weil ich ihr mit meinem Wagen voll in die Hacken gefahren war.

Bei Hans sah immer alles leicht aus. Auch der Wertstoffhof gehörte zu seinem bevorzugten Jagdrevier. *Da kann man hilfsbereit sein*, sagte er. Einmal hatte er sein Altpapier in den offenen Kofferraum eines Kleinwagens geworfen. Als die Besitzerin des Autos ihn zur Rede stellte, entschuldigte er sich bei ihr und erklärte ihr, er habe den Kofferraum mit dem Papiercontainer verwechselt. Die anschließenden drei Monate verbrachten die beiden gemeinsam als Paar.

Wir verabschiedeten uns vor dem Markt. Hans hatte es eilig, wieder zur Arbeit zu kommen, und die Box mit meinen Einkäufen konnte ich auch alleine in die Wohnung tragen. Als er zu seinem Wagen ging, meckerte er noch. Weil er seine Mittagspause im Supermarkt verbracht hatte. Was wollte er nur? War doch nett gewesen.

Deckchen auf den Boxen

»Hallo Schatz, bin wieder zu Hause!«

»Hast du alles bekommen?«

»Ich denke schon. So viel war es ja nicht. Wo bist du denn?«

»Im Bad. Kannst du alles verstauen? Ich habe bis jetzt geräumt.«

»Ja, mach ich!«

Ich trug die Box am Wohnzimmer vorbei in die Küche. Unterwegs bremste ich und ging ein paar Schritte zurück. Ja, meine Süße hatte geräumt. Eine Mädchenbude hatte sie aus unserer schönen Wohnung gemacht.

Du meine Güte, was ist das bloß? Anja hatte tatsächlich meine Lautsprecher mit Deckchen und Teelichtern verziert. Überall stand Tinnef herum. Ich starrte das Ganze ungläubig an. Figürchen und Bilder von Blumen, Kerzenständer … der reinste Horror. Und überall Kissen. Was hat sie nur mit all diesen verdammten Kissen vor? Ich hätte ja nichts gesagt, wenn wir in einem Erdbebengebiet gewohnt hätten. Dann wäre sichergestellt gewesen, dass wir weich fallen würden, wenn es irgendwann einmal rappelte.

»Na, gefällt's dir? Jetzt haben wir es doch richtig gemütlich, nicht wahr?« Anja stand unversehens neben mir, ganz stolz auf ihr Werk, und zupfte an mir herum.

»Was ist denn das für ein Zeug? Ich meine, wann hast du das alles angehäuft? Das muss doch alles abgestaubt werden! Und hier, meine neuen Boxen …«

»Ich habe extrakleine Deckchen drauf getan, damit deinen Schätzchen nichts passiert. Nett, oder?«

Ich beschloss, keine weiteren Diskussionen anzuzetteln. In solchen Situationen war man einfach machtlos. Ich würde einfach demnächst meinen Boxen freien Lauf lassen, dann würden die Deckchen inklusive Teelichter so oder so von den Vibrationen herunterrutschen.

»Und? Hast du mit dem Hans geredet?«

»Klar, schönen Gruß soll ich dir ausrichten.« Ich räumte die Joghurts in den Kühlschrank.

»Du hast ihm aber nichts gesagt, dass wir geredet haben, oder?«

»Ach woher. Was denkst du denn? Der findet die Franzi richtig nett, hat er gemeint. Und hübsch. Freut sich immer, wenn er sie sieht.«

»Ach, da wird sich die Franzi aber freuen, wenn ich ihr das erzähle. Ich ruf sie gleich mal an.«

»Na, jetzt mach mal langsam! Nicht, dass die gleich über den Hans herfällt. Ich meine, der hat doch noch nicht mal seine Annette verarbeitet.«

»Ja, aber wenn er dann eine andere hat, ist es wieder zu spät. Das wäre doch toll, wenn die beiden zusammenkommen. Dann ist dein Freund mit meiner Freundin zusammen. Besser könnte es nicht laufen, oder?«

»Ja, stimmt schon, aber …«

Anja hörte mir nicht mehr zu. Sie griff sich das Telefon und wählte Franzis Nummer.

Da hast du was angerichtet! So genau hat der Hans das jetzt ja auch nicht gesagt. Eigentlich hatte Hans gar nichts von dem gesagt, was ich Anja gerade vorgeschwindelt hatte. Wurst! Sollte sie den Hans doch weiter anbaggern. Ich räumte die restlichen Einkäufe in den Küchenschrank.

Grüner Tee

Es klingelte. Pünktlich auf die Minute. Da Anja sich gerade im Bad zurechtmachte, öffnete ich die Tür.

»Na«, fragte ich ins Treppenhaus, »seid ihr gut durchgekommen? War wenig Verkehr?«

»Wir wohnen doch gleich gegenüber«, wunderte sich Uwe. Das konnte heiter werden. Er verstand meinen Humor nicht.

Ich bot den beiden an, die Schuhe anzubehalten, und sah nach unten. Beide waren in Socken gekommen. Die haben's gemütlich!

Ich führte das Pärchen durch den Flur in unser Wohnzimmer.

Anja begrüßte sie und zeigte ihnen die Wohnung. Wir öffneten jedes Zimmer und entschuldigten uns für unsere noch nicht ausgepackten Kartons. Anja erklärte zu jedem Zimmer, es sei noch nicht fertig eingerichtet.

Uwe antwortete jedes Mal, das Zimmer sei wie bei ihnen, nur spiegelverkehrt.

Während der Kartonbegehung einigten wir uns darauf, uns zu duzen.

Wir setzten uns. Ich fragte nach den Getränkewünschen.

»Habt ihr Tee?«, erkundigte sich Claudia. (Wir sollten bitte gerne *Claudi* sagen, hatte Claudia uns aufgefordert.)

»Klar«, nickte ich, »wir haben das gesamte Sortiment. Was möchtest du denn haben, Claudi?«

»Habt ihr einen Grüntee?«

»Der Pfefferminztee wäre grün«, schlug ich vor.

Das passte unserer neuen Nachbarin nicht. »Ich meine einen Grüntee! Und wenn es ginge, einen First Flush!«

Ich gebe zu, ich war überfordert.

Claudia erklärte mir, der First Flush sei die erste Pflückung nach dem Winter. Der Tee aus dieser Ernte sei besonders mild.

»Ich hätte ein Bier! Erste Zapfung nach dem Frühling!«

Das fand sogar Uwe lustig. Na bitte, du kannst also auch mit dem Stadtvolk.

Claudia erhob sich und huschte auf Söckchen in ihre Wohnung, um Tee zu holen. Als sie zurückkam, trug sie eine Kanne vor sich her.

»Ich habe ihn gleich aufgebrüht, denn das Teewasser darf nicht heißer als achtzig Grad sein«, erklärte sie mit einem entschuldigenden Lächeln.

Ich atmete tief durch. Man kann es auch übertreiben.

Uwe trank Wasser.

Wir unterhielten uns nett. Die zwei waren nicht so verkehrt, wie ich anfangs gedacht hatte. Allerdings waren sie für meinen Geschmack ein bisschen eigen.

Ich servierte ihnen Kartoffelchips, woraufhin Uwe dankend ablehnte. Er würde nach achtzehn Uhr keine Chips mehr essen. Das war neu für mich. Ich esse nach zwölf Uhr mittags keine Weißwürste mehr, das ist allerdings eine tiefbayerische Sitte.

»Und? Was arbeitet ihr beide denn im Fitnessstudio?«, wollte Anja wissen.

Uwe schaute Claudia an, legte seine Hand auf ihre und antwortete feierlich, als würde er eine strategisch wichtige Nachricht verkünden: »Wir sind beide Fitnesstrainer!«

Mit dieser Gestik eröffnet man anderen, dass man heiratet. Oder: *Wir legen uns einen Hund zu … Wir sind schwanger!* Auch Männer sagen so etwas gerne.

Anja war begeistert und drängte darauf, mehr zu erfahren.

Das freute die beiden, denn es sprudelte nur so aus ihnen heraus.

Um ein Haar hätte ich vom Zuhören einen Muskelkater im Ohr bekommen.

Als das Thema erschöpfend abgehandelt war, forschte Claudia: »Und? Was macht Ihr so? «

Ich schaute Anja an, nahm ihre Hand und erklärte mit glänzenden Augen: »Wir haben beide mit Geld zu tun. Die Anja gibt es euch, ich nehm es euch am Ende wieder ab. Spaß beiseite! Anja arbeitet bei der Bank, und ich bin beim Finanzamt!«

»Oh je, da sitzt ihr ja den ganzen Tag. Das ist aber schlecht für die Rückenmuskulatur. Macht ihr was zum Ausgleich?«, fragte Uwe besorgt.

»Anja joggt ein wenig, und ich schau Fußball«, erläuterte ich.

Uwe meinte daraufhin, dass man damit in unserem Alter nicht spaßen dürfe. Er lud uns gleich für den nächsten Nachmittag zu einem gemeinsamen Lauf in den Englischen Garten ein. Anja klatschte in die Hände. Meine Begeisterung hingegen hielt sich in Grenzen. Trotzdem sagte ich ihr zuliebe zu. Was wäre mir auch anderes übrig geblieben? *Schöner Mist!*, dachte ich, *jetzt artet das Ganze auch noch in Stress aus*, ließ mir meinen Unmut aber nicht anmerken.

Ermuntert durch die Aussicht auf das gemeinsame Vorhaben, stellte Uwe die Frage aller Fragen: »Seid ihr eigentlich verheiratet?«

Anja blickte mich an, als ob nur ich die Antwort darauf wüsste.

Dieser Art von Fragen war ich bisher immer ausgewichen. Seid ihr verheiratet? Wollt ihr Kinder? Welche Partei hast du gewählt? Das geht niemanden etwas an.

Schaut aufs Klingelschild und beantwortet euch solche Fragen selbst! Gut, neuerdings ist es ja in Mode gekommen, dass jeder seinen Namen behält. Aber was soll das dann, bitte schön, für eine Ehe sein? Das sieht ganz so aus, als wollten sich beide ein Hintertürchen offenhalten.

»Jetzt sind wir erst einmal zusammengezogen. Eins nach dem anderen. Nicht wahr, Anja?«, erwiderte ich.

Anja lächelte freundlich in die Runde und schwieg.

Hatte ich etwas falsch gemacht? Außerdem, unsere neuen Nachbarn wären die Letzten gewesen, die ich in meine Heiratspläne eingeweiht hätte. Und um ehrlich zu sein, ich hatte bis zu diesem Zeitpunkt noch nicht einmal richtig über dieses Thema nachgedacht. Da kam es gar nicht infrage, Claudia gegenüber meine Vorstellungen auf den Tisch zu legen. Das besprach ich lieber mit Anja alleine. Wenn unsere Wohnung fertig eingerichtet sein würde.

»Spielen wir jetzt was?« Claudia wedelte mit den Armen wie ein aufgeregter Pinguin.

»Also, um ehrlich zu sein, wir haben keinen Schimmer, in welchem Karton die Spielesammlung ist«, lachte Anja.

Das war für die beiden aber kein Problem, denn sie wollten *Stadt, Land, Fluss* spielen. Das fand ich jetzt wieder sympathisch. Ich holte einen Block, und wir legten die Kategorien fest: Stadt, Land, Fluss, Tier, Name, Pflanze, Beruf. Um spätere Streitereien zu umgehen, schlug ich vor, Fluss durch Gewässer zu ersetzen. Alle waren einverstanden.

»A…«, begann Uwe.

»Stopp!«

»O!«

Alle Köpfe gingen nach unten. Uwes Nase schwebte zwei Zentimeter über dem Blatt, seine linke Hand setzte er als Sichtschutz ein. Wie verbissen ist der denn? Der hat in der Schule bestimmt niemanden abschreiben lassen.

»Stopp!«, rief ich nach wenigen Sekunden. Ich erntete entrüstete Blicke und las vor.

»Offenburg, Österreich, Oder, Otter, Otto, Orchidee, Ofenbauer! Ha!«

Den Ofenbauer hatte ich in mein Repertoire aufgenommen, als ich acht war. Damals wusste ich noch nicht, dass es Orthopäden gibt.

»Aber Österreich schreibt man doch mit Ö!«, wandte Uwe ein und schaute fragend in die Runde. Da sage noch einer, dass der übermäßige Genuss von Eiweißshakes nicht die Synapsen verklebt.

Alles in allem war es ein netter Abend. Die beiden blieben bis kurz vor Mitternacht. Anja bestätigte nochmals, dass wir am nächsten Tag miteinander laufen würden. Mir muss die Freude ins Gesicht geschrieben gewesen sein. Aber vielleicht würde es mir guttun. Mit dem jungen Gemüse würde ich jedenfalls mithalten können, da war ich mir sicher.

Anja sprach am restlichen Abend nicht mehr viel. Sie räumte die Gläser in die Küche und ging ins Bett. Vielleicht war sie einfach nur müde.

Tempospiele

Ich war gespannt, wie der Tag werden würde. Joggen im Englischen Garten. Mit Claudia und Uwe. Unsere zwei Sportskanonen. Klar, die beiden waren nett, keine Frage. Aber lieber war es mir schon, wenn wir mit Pärchen zusammen waren, die sich hin und wieder auch einmal uneinig waren. Dann musste ich mir nicht so viel Mühe geben und konnte trotzdem davon ausgehen, dass Anja sich in unserer Zweisamkeit wohlfühlte.

Aber Claudia und Uwe – so etwas hatte ich noch nicht erlebt. Am Abend zuvor war es mir permanent so erschienen, als würden die beiden in Zeitlupe über eine Blumenwiese laufen, während der Himmel voller Geigen hing. Das war letztlich schon ein wenig anstrengend gewesen. Und die beiden waren auch noch verheiratet. Entweder hatten wir es mit exzellenten Schauspielern zu tun oder da hatten sich wirklich zwei gefunden.

»Schau, Herbert, die beiden sind schon da!«, rief Anja.

»Na, dann lass sie uns mal begrüßen. Schau, Uwe dehnt sich schon bis zur Bewusstlosigkeit.«

»Jetzt benimm dich bloß! Die beiden sind echt nett, und außerdem sind sie unsere Nachbarn«, mahnte Anja.

»Ja, ist ja schon gut.«

Uwe unterbrach seine Dehnübungen, als er uns kommen sah: »Tagchen, ihr beiden. Na, alles fit?«

»Klar, und ihr? Ist ja doch etwas spät geworden gestern!«, sagte Anja, während sie Bussis verteilte.

»Ach, wir sind hierher gejoggt und haben die erste Runde schon hinter uns!«, ließ Claudia vom Stapel, bevor sie ihrerseits mit Dehnübungen begann.

»Komm, Herbert, wir machen uns auch ein wenig warm!«

Anja schloss sich den beiden an und ging in eine extreme Grätsche.

Bei diesem Anblick musste ich sofort an Hodenriss denken und beschloss, locker auf der Stelle zu hüpfen. Ja, das wirkte auch professionell. Danach machte ich einen Ausfallschritt, um meine Waden zu dehnen. Dummerweise geriet mir der Schritt zu groß, weshalb ich nur mit großer Mühe in meine Ausgangsstellung zurückfand.

Uwe eilte herbei, um mir zu helfen. Auch das noch! »Geht's?«, wollte er wissen.

Ich ging nicht auf seine Frage ein und konzentrierte mich stattdessen wieder auf meine Dehnübungen. »Also, ich habe ja mal gelesen, die meisten Verletzungen beim Sport passieren beim Aufwärmen!«, schmiss ich locker in die Runde.

Anja bedachte mich mit einem mahnenden Blick.

»So ganz stimmt das nicht, Herbert. Soll ich, oder willst du, Uwe?« warf Claudia ein. *Jetzt macht sie einen auf Lehrer.*

»Mach nur, Claudi!«, schmachtete Uwe sie an und zwinkerte ihr zu. Das war genau das, was ich oben meinte.

»Die meisten Menschen verletzen sich beim Aufwärmen, weil sie es übertreiben. Meist ist schon eine extreme Muskelverkürzung der Grund dafür, dass …«

Ich schaltete meine Ohren auf Durchzug, betrachtete die Umgebung und beobachtete die Hasen, die sich auf dem Rasen tummelten. Es waren ungeheuer viele. Ich dachte daran, wie ich manchmal hier mit den Jungs Fußball spielte …

»Herbert? Hörst du überhaupt noch zu?« Claudia stand direkt neben mir und riss mich aus meinem Tagtraum.

»Klar, Muskeln, Schweiß! Geht's jetzt los? Sonst ist meine gesamte Kondition schon durchs Dehnen verbraucht!«

»Gut, dann traben wir einfach mal locker. Wir können ja nachher noch ein wenig Tempospiel machen!«, schlug Uwe vor und joggte los.

»Was will er nachher mit den Taschentüchern spielen?«, fragte ich Anja, während wir uns in Bewegung setzten. Ich schaltete meinen Pulsmesser ein.

»Du hast versprochen, lieb zu sein!«, schimpfte Anja und trat mich ans Schienbein.

»Ich mein ja bloß. Was meint er mit Tempospiel?«

»Das wirst du dann schon sehen. Das sind zwei Fitnesstrainer. Sei froh, dass die uns überhaupt mitnehmen. Andere müssen für so was zahlen!«

»Okay. Ich reiß mich ja zusammen. Wir sollten lieber mal ein wenig Gas geben. Schau mal, wo die schon sind. Das verstehen die unter langsam traben.«

Es war super. Unsere Sportskanonen liefen ihre gewohnte Geschwindigkeit und drehten sich nicht einmal um. Zusammen Sport zu treiben stellte ich mir anders vor. Dazu sollten sich zumindest alle zur gleichen Zeit auf einer Fläche von rund zweihundert Quadratmetern aufhalten.

»Wir liegen mittlerweile gefühlte zwei Haltestellen der U5 zurück«, keuchte ich. »Komm, Anja, wir müssen aufholen. Wie sieht denn das sonst aus!«

»Du kannst ja Gas geben. Mir ist das egal. Ist doch klar, dass ich nicht so fit bin wie die beiden!«, erwiderte Anja und dackelte weiter gemächlich vor sich hin.

»Na, das wär ja noch schöner, dass ich mich von denen beiden abhängen lasse. Das können wir uns dann weiß Gott wie lange anhören! Ich leg mal lieber einen Zahn zu.« Ich beschleunigte meine Schritte.

Anja blieb unbeeindruckt und änderte ihre Geschwindigkeit nicht. Nach etwa einhundert Metern meldete sich mein Pulsmesser. Das hielt mich nicht davon ab, noch einmal nachzulegen und schneller zu laufen. Ich hielt ohnehin nicht sonderlich viel von diesen Uhren, weil sie nicht mehr lieferten als grobe Schätzungen.

Ich schwitzte heftig. Als ich mich umdrehte, um nach Anja zu schauen, merkte ich, dass sie weit zurückgefallen war. Dafür hatte ich unser Traumpärchen fast eingeholt.

»Na, da trabe ich doch gleich mal locker an denen vorbei«, murmelte ich und schnaufte.

Uwe und Claudia schienen mich und meine Pulsuhr zu hören, denn plötzlich drehten sie sich um. Mittlerweile piepste die Uhr wie ein Müllauto, wenn es rückwärtsfährt.

»Mach nur langsam, Herbert! Du musst dich Stück für Stück steigern«, versuchte Uwe, mich zu belehren.

»Na, das hab ich früher auch immer zu meinen Freunden gesagt, als ich noch nicht so fit war! Ich darf doch mal …«, sagte ich freudestrahlend, aber doch etwas verkrampft zu den beiden, während ich zwischen ihnen hindurch piepste.

»Du brauchst uns nichts zu beweisen!«, hörte ich Claudia noch rufen.

Wie fürsorglich!, spottete ich im Stillen.

Ich nahm einen durchgängigen Ton wahr, der von meiner Uhr stammen musste. Ich hatte nicht gewusst, dass sie das konnte. Mein Herz raste, und ich war mir sicher, dass es mir mittlerweile ein paar Adern aus der Schläfe drückte. Unfreiwillig verließ ich den Weg und lief wie in Trance querfeldein über die Wiese. Ich schreckte ein sich küssendes Paar von seiner Decke, mähte zwei Fahrräder um und verpasste nur knapp einen liegenden Golden

Retriever. Währenddessen wurde ich immer langsamer, nach einigen letzten schleppenden Schritten stand ich.

Ich blickte nach oben und schaute einer Amsel, die auf einem Ast saß und mich verdutzt anstarrte, direkt in die Augen. Der Vogel neigte den Kopf zur Seite. Ich auch. Da traf mich eine Frisbeescheibe an der Schläfe. Mir wurde gerade noch bewusst, dass mir schwindlig war, im nächsten Augenblick kippte ich um. Alles von mir gestreckt, lag ich auf dem Boden und stierte in den Himmel. *Schön, hier so zu liegen!*

»Hat's das jetzt gebraucht?«

Uwe und Claudia beugten sich über mich. Sie schauten mich mit besorgter Mine an und schüttelten den Kopf.

Der Golden Retriever hatte sich zu uns gesellt. Er saß neben meinem Gesicht und schleckte mir über die Wange.

»Geht schon wieder. Ich gönne mir nur ein kleines Päuschen!« Ich versuchte, lässig zu wirken.

»Was hat er denn?«

Sieh an, dachte ich, Anja ist auch schon da. Trotzdem, ich hatte ganz schön Tempo gemacht. Aha, das hatte Uwe mit Tempospielchen gemeint.

»Komm, Herbert, du musst aufstehen, damit dein Kreislauf wieder in Schwung kommt!«

Dummschwätzer. Für meine Begriffe kreiste es bei mir gerade genug. Mir schien, als erlebte ich den Englischen Garten im Panorama.

»Typisches Männergehabe. Immer schneller, weiter, höher. Ich brauch dich noch eine Weile!«, tadelte Anja und streichelte liebevoll meinen Arm.

»Kommt ihr klar? Wir drehen noch ein, zwei Runden«, fragte Uwe und wandte sich um, während Claudia noch zögerte.

»Kein Thema, dreht ihr ruhig. Wir warten noch ein bisschen und werden auch noch ein Ründchen drehen. War super, machen wir mal wieder«, prahlte ich. *Und Tschüss!*

Nachdem ich mich aufgerappelt hatte, schlenderten Anja und ich gemächlich nach Hause. Ein Gutes hatte das Ganze ja: Es war ein schönes Gefühl, zu wissen, dass Anja sich um mich sorgte. Als Single kann es einem passieren, dass man tagelang in der Wohnung liegt, bis es irgendwann im Hausflur riecht. Wenn ich mit den Jungs Fußball spielte, ging ich nach einem harten Foul auch hin und wieder zu Boden. In dem Fall stupste mich aber höchstens einer mit dem Fuß an, um zu testen, ob ich mich noch bewegte. Nicht so meine Anja. Anja kümmerte sich um mich. Das war eine gute Ausgangsposition für eine gemeinsame Zukunft.

Wir holten uns beim Bäcker zwei Teilchen. Es ging auf den Nachmittag zu. Zeit fürs Kaffeetrinken. Ach, es war so schön.

Finden Sie das spießig? Ist mir völlig egal!

Ablenkungsmanöver

Nach einer ausgiebigen Dusche war ich wieder ganz der Alte. Dass ich mich im Englischen Garten zum Schluss nicht gut gefühlt hatte, hatte bestimmt an der Aufwärmerei gelegen. Am frühen Abend beschlossen wir, Schinkennudeln zu machen. Anja wollte vor dem Essen die restliche Kleidung aus den Kartons in die Schränke umräumen.

Während das Wasser im Topf aufheizte, schnitt ich Zwiebeln und Schinken klein. Anja kam in die Küche.

»Wie hast du das eigentlich gestern gemeint mit dem *Jetzt sind wir erst einmal zusammengezogen, eins nach dem andern*?«

Ich hatte es gewusst. Nun war es also tatsächlich zum Thema geworden.

»Na, wie schon? Genau so, wie ich es gesagt habe.«

»Und? Hast du dir auch schon mal Gedanken gemacht, wie dein *Eins nach dem andern* so aussieht? Ich meine, wie viel anderes ist denn da so dazwischen?«, druckste Anja.

Jetzt war guter Rat teuer. Was sollte ich darauf antworten? Bei so etwas wird Mann doch sofort festgenagelt. Frauen können das. Sie wissen nicht nur, was man wann gesagt hat, sondern auch die Uhrzeit, die Außentemperatur zur fraglichen Zeit und was jeder an dem betreffenden Tag getragen hat.

Mir fiel ein, was Hans mir irgendwann einmal beigebracht hatte, für den Fall, dass ich in die Klemme geriet: Einfach eine Gegenfrage stellen, um Zeit zu gewinnen.

»Was hast denn du so für 'nen Zeitplan?« *Sehr gut, Herbert.* Ich grinste in mich hinein.

»Ich habe dich zuerst gefragt. Das ist doch schon wieder so eine Taktik vom Hans. Die funktioniert bei mir nicht! Aber wenn du mich so fragst, ich will schon gerne wissen, woran ich bei dir bin.« Sie naschte von dem Schinken, den ich in Streifen geschnitten hatte.

»Anja glaubst du wirklich, ich ziehe mit dir zusammen, wenn es mir nicht ernst ist?«

»Na, aber das heißt ja nicht, dass man auch einen Schritt weiter geht, oder?«

»Aber woher weißt du denn, ob du es mit mir überhaupt Seite an Seite aushältst? Wir leben noch nicht mal eine Woche zusammen. Was, wenn ich dir nach einem halben Jahr auf den Keks gehe und wir die Einladungen schon rausgeschickt haben?«

Ich klopfte mir im Geiste auf die Schulter für mein tolles Argument. Leider hatte ich aber die Rechnung ohne Anjas Schlussfolgerung gemacht.

»Das heißt also, vor einem halben Jahr passiert auf dem Sektor überhaupt nichts?«

Mir wurde klar, dass ich hier in dieser Diskussion nur verlieren konnte. Kurzerhand beschloss ich ein Ablenkungsmanöver und schnitt mir mit dem Messer in den linken Zeigefinger.

»Au! Ah, Mist!«

Das war zu viel des Guten gewesen. Der Finger blutete weit heftiger, als ich es geplant hatte. Ich Blödmann hatte zu tief geschnitten. Man unterschätze niemals ein Keramikmesser.

Anja lief ins Bad und holte ein Pflaster. Geschickt verarztete sie mich. Inklusive Bussi, das sie vorsichtig auf meine Verletzung hauchte.

»Da siehst du, was passiert, wenn ich solch schwierige Fragen beantworten muss, während ich koche!«, verteidigte ich mich und setzte meinen schönsten Dackelblick auf.

Sie ließ es für diesen Tag gut sein.

In meinem Finger pochte der Schmerz.

»Was möchtest du eigentlich morgen machen?«, fragte ich durch die Wohnung. Nach einer kurzen Zeit der Stille erschien Anja in der Küchentür.

»Du weißt doch, dass morgen Nachmittag unsere Eltern zum Kaffee kommen.«

»Du irrst, meine Schöne. Das ist am Samstag.«

»Morgen *ist* Samstag!«

»Verdammt. Stimmt! Na, das kann ja was werden. Hoffentlich kommt deine Mutter nicht auch mit dem Hochzeitsthema!« Ich hatte den Satz noch kaum beendet, da hätte ich mir schon auf die Zunge beißen können.

»Ach, ich glaube, da hast du nichts zu befürchten!«

»Na dann ist's ja gut.«

Moment. Wie hatte sie das gemeint? Das wollte ich jetzt doch ein wenig genauer wissen. Ich verließ die Küche und begab mich auf die Suche nach Anja.

»Wie meinst du jetzt das?«, fragte ich sie, als ich sie im Schlafzimmer entdeckte, damit beschäftigt, Kleidungsstücke im Schrank zu verstauen.

»Na, meine Mutter ist wohl nicht so glücklich mit meiner Wahl. Sag aber morgen nichts!«

»Wie, nicht so glücklich? Was hat sie denn an mir auszusetzen?«

»Das hat weniger mit dir zu tun, glaube ich. Sie hat es immer noch nicht überwunden, dass ich mich vom Jens getrennt habe!«

»Aber der war doch ein Arschloch. Hast du selber gesagt.« Ich hatte keine Ahnung, in welche Richtung das Gespräch laufen würde und ob ich nicht einen Riesenfehler machte, indem ich nachfragte.

»Am Schluss war er nur noch ein Idiot, hab ich gesagt. Zu Beginn war er ja schon ein Toller. Ich glaube, meine Mutter war damals hin und weg von ihm. Sie war wie eine Hyäne. 'So einen bekommst du nie wieder', hat sie gesagt. 'Den musst du dir schnappen.'«

Mir wurde schlagartig bewusst, dass wir bisher noch nie ausführlich über Anjas Ehe und die Einstellung ihrer Eltern dazu gesprochen hatten.

»Aber deine Mutter hat doch wahrscheinlich nicht gewusst, ob du den Clown überhaupt liebst!« Ich setzte mich aufs Bett, während Anja fortfuhr, ihre Blusen in den Schrank zu hängen.

»Na, da kennt aber einer meine Mutter schlecht.«

Das konnte ich nicht bestreiten. Ich hatte Anjas Mutter vielleicht zweimal getroffen.

»Sie predigte dauernd: 'Kind, lieben kann man lernen. Ehe ist immer ein Kompromiss. Heirat aus Liebe ist nur was für Menschen, die an der Realität vorbei leben. Von Luft und Liebe wird der Kühlschrank nicht voll. Und der Jens, der hat ja schon alleine von zu Hause genug Kohle.' Da hat sie halt einen sicheren Hafen für ihre Tochter gewittert.«

Mir sank das Herz in die Hose. Eine Schwiegermutter, die mich nicht mochte, ein Schwiegervater, der mich mit dem Arsch nicht ansah. Super! Und dann der Schleimjens, der es wahrscheinlich nach wie vor nicht kapiert hatte, dass er geschieden war. Ich fragte mich, welche Vorstellung Anjas Mutter wohl von mir hatte, und entschied mich, der Sache auf den Grund zu gehen.

»Und was bin ich für deine Mutter?« Ich war auf alle möglichen Antworten gefasst.

Anja hielt kurz inne. Schließlich wandte sie sich wieder der Umzugskiste zu. »Willst du das wirklich wissen?«

»Klar. Ist so ein Fetisch von mir. Ich steh auf Schmerzen«, versuchte ich, dem Gespräch eine lockere Note zu geben.

»Du wärst nur so ein aufloderndes Feuer. Etwas zum Austoben, bis ich wieder vernünftig werde. Danach könnte ich ja wieder zum Jens zurückgehen, meint sie.«

Das war hart. Immerhin kannte mich Anjas Mutter kaum.

»Flipp jetzt aber nicht aus morgen!«

Anja hatte echt gut reden.

»Nein. Woher denn. Ich kann gut damit umgehen. Ich steck das weg. Die wird sich schon noch umschauen, was du dir da Tolles angelacht hast.«

Ich hörte, wie das Wasser auf der Herdplatte zischte.

»Ich schmeiß mal die Nudeln ins Wasser. Kommst du in einer Viertelstunde? Dann gibt's Essen.«

Anja nickte.

So eine Unverschämtheit! Ich und kein guter Fang! Aber der Schleimbeutel, der war der Richtige gewesen.

Als ich die Zwiebeln anschwitzte, wurde mir klar, dass Anjas Mutter wohl kaum ihren Traumprinzen geheiratet haben konnte. Und wahrscheinlich gönnte sie ihrer Tochter auch nichts Besseres. Ich setzte einen satten Abschlag auf die Aussichten auf eine friedliche Verwandtschaft an. Nicht, dass es mir darum gegangen wäre, der Heiratskandidat Nummer eins für meinen Schwiegertiger zu sein. Aber dass sie mich von Anfang an als Fehlinvestition zu betrachten schien, war ernüchternd.

Wir griffen das Thema an diesem Abend nicht mehr auf. Warum auch? Keiner wollte die Harmonie stören. Nach einer weiteren ungemütlichen Nacht auf der Couch versicherten wir einander am nächsten Morgen: Wir brauchten unbedingt ein Bett!

Wie Champagner

Wie plant man ein gemeinsames Kaffeetrinken mit Eltern und Schwiegereltern, wenn diese unterschiedlicher nicht sein könnten? Du musst unbedingt vorher meine Eltern kennenlernen, ich stelle dich ihnen vor, hatte Anja gemeint, nachdem wir beschlossen hatten, zusammenzuziehen.

Also fuhren wir zu ihren Eltern nach Hause. Nein, ich muss mich verbessern. Wir fuhren auf ihren Landsitz. Ich gebe zu, dass ich mächtig beeindruckt war, um nicht zu sagen eingeschüchtert, als wir in die Einfahrt einbogen. Ich fragte mich, ob Anja mich auserwählt hatte, bloß, um ihren Eltern eins auszuwischen. Aber eigentlich wollte ich es gar nicht so genau wissen. Außerdem hätte ich von Anja sowieso keine Antwort bekommen.

Also Augen zu und durch! Anjas Mutter machte gute Miene zum bösen Spiel. Anjas Vater behandelte mich während des Besuchs ausnahmslos mit einer Mischung aus Herablassung und unterdrückter Ablehnung. Um es auf einen kurzen Nenner zu bringen: Es war grauenhaft.

Die Vorstellungsrunde bei meinen Eltern verlief entschieden besser, für mich jedenfalls. Anja fand es anstrengend, weil meine Mutter die ganze Zeit wie ein aufgescheuchtes Huhn herumlief, während mein Vater Anja wiederholt neckisch fragte, was sie denn mit so einem wie mir wolle. Das war zwar nett gemeint, aber nach dem dritten Mal fiel mir dazu nichts mehr ein.

»Herbert, hilfst du mir mit dem Tisch?«

Anja war aufgeregt. Natürlich wollte sie, dass alles perfekt war. Der erste Besuch beider Elternpaare war schließlich der wichtigste und würde einen bleibenden Eindruck hinterlassen. Mir war das egal, ich hab eh lieber meine Ruhe. Nicht, dass ich meine Eltern nicht bei uns haben wollte, im Gegenteil. Aber Anjas Eltern … Das konnte heiter werden.

»Ich komme!« Ich ging ins Wohnzimmer und steuerte auf den Esstisch zu.

Anja maß den Raum mit den Augen ab und sagte: »Ich würde gerne den Tisch weiter ans Fenster rücken!«

»Was hast du denn dagegen, dass er hier stehen bleibt?«

»Es sieht einfach schöner aus, wenn die Kaffeetafel ein wenig mehr in der Mitte des Raums steht. Außerdem müssen sich dann die Gäste nicht immer an der Wand vorbei quetschen, wenn sie mal aufs Klo gehen.«

»Trotzdem finde ich es besser, wenn die Einrichtung so bleibt, wie sie auch tatsächlich gedacht ist.«

»Herbert nun mach doch einfach, und dann ist's gut! Mir zuliebe!«

Das zog, wie jedes Mal.

»Also gut, verstellen wir den Tisch. Solange ich nicht mit 'ner Wünschelrute gehen muss, um zu sehen, ob er auf einer Wasserader parkt …«

Anja nickte erleichtert.

»Machst du schon mal das Bügeleisen an, Herbert? Dann leg ich die Tischdecke auf den Tisch!«, sagte sie, nachdem wir den Tisch verschoben hatten.

»Klar. Soll ich dir noch was bügeln?«

»Wenn du magst, kannst du die Falten vom Zusammenlegen aus der Decke auf dem Tisch bügeln.«

»Also, Anja, bei aller Liebe, meinst du nicht, du übertreibst ein bisschen?«

»Es soll alles perfekt sein. Meine Mutter achtet auf so was.«

Das also war die Vorstellung von einem lockeren Nachmittag. Das Lämpchen am Bügeleisen erlosch, und ich nahm die Tischdecke in Arbeit. Da das Kabel nicht reichte, zog ich zum Bügeln den Stecker aus der Steckdose. Das Eisen kühlte schnell ab, so musste ich das Kabel wieder anschließen, um es neu aufzuheizen. Das war lästig, aber ich hatte keine Lust, nach einem Verlängerungskabel zu suchen.

Anja polierte Sektgläser. Dabei trug sie weiße Stoffhandschuhe und hielt die Gläser ständig gegen das Licht.

Ich fand das übertrieben. Aber ich wollte ein braver Mann sein und sie unterstützen, so gut es ging. Auch wenn es mir schwerfiel. Aber wenn es ihr so wichtig war …

»Herbert holst du mir bitte die Etagere aus der Küche?«

»Was für ein Ding?«, fragte ich nach.

»Na, die Etagere. Das Teil mit den Glastellern übereinander. Mit der Chromstange in der Mitte.«

»Sag das doch gleich! Weiß ich doch nicht, wie das heißt!«

Ich holte die Etagere aus dem Schrank in der Küche.

»Da bekommen wir aber nicht den Kuchen draufgestückelt!«, rief ich ins Wohnzimmer, nachdem ich das Gestell näher betrachtet hatte.

»Da kommen ja auch die Macarons drauf!«

»Die was?«

»Die Macarons. Die kleinen französischen Baisers, die ich heute aus der Patisserie geholt habe.«

»Frau, sag das doch gleich und rede bitte Deutsch mit mir! Ich komme aus einfachen Verhältnissen«, sagte ich zu Anja und gab ihr im Vorbeigehen ein Bussi.

»Bei uns gab es immer Schwarzwälder Kirsch auf einer Kuchenplatte und dazu Filterkaffee.«

»Ach, das schadet dir gar nicht, wenn du ein wenig Kultur mitbekommst! Dann kannst du auf dem Finanzamt angeben.«

»Mich lächerlich machen, das trifft's wohl eher.«

»Glaub mir, die Frauen bei dir auf der Arbeit wissen, was das alles ist.«

»Gut, wenn du meinst, ich muss andere Frauen beeindrucken, dann geb ich mir die allergrößte Mühe.«

Anja verzog das Gesicht.

Ich lächelte sie an und ging in die Küche zurück. »Ich bring jetzt das Kaffeegeschirr. Oder gibt es da in den feineren Kreisen auch einen besonderen Ausdruck?«

»Depp!«

»Ich mein ja bloß. Ich möchte Eurer Durchlaucht doch würdig sein!«

»Jetzt spinn nicht rum und bring mir von oben aus dem Schrank die anderen Sektgläser! Bitte!«

»Gute Idee!«, stimmte ich zu. »Machen wir sie betrunken!«

»Nichts machen wir!«

»Wir können ja das Blubberwasser kaltstellen, das ich von meinem Arbeitskollegen bekommen habe. Den Sekt zum Einzug!«

»Aber wirklich nicht. Die billige Plörre. Da machen meine Eltern doch gleich auf dem Absatz kehrt.«

»Oh, dann muss es also für Papi ein Champagner sein!« Ich verdrehte die Augen.

»Verdreh nicht dauernd die Augen, wenn es um meinen Vater geht!«, gab sie zurück.

Ertappt. Wie machen Frauen das? Wohlgemerkt, Anja war im Wohnzimmer, ich in der Küche.

»Ich habe extra einen Crémant gekauft. Die Lieblingsmarke meines Vaters.«

»Einen was?«

»Crémant. Ist wie Champagner, nur aus einer anderen Region.«

»Na dann sag doch Champagner!«

»Aber wenn es doch keiner ist. Du sagst ja auch nicht, du trinkst ein Pils, wenn es ein Helles ist!«

»Nö, ich sage einfach Bier dazu!«

»Also manchmal bist du ein richtiger Beamter!«

Sie sprach es nicht aus, aber so, wie Anja diesen Satz formulierte, wusste ich genau: Nun war Schluss.

Ich verstand den ganzen Hype um Champagner und Macarons nicht. Anja behauptete selbst immer, ihr Vater sei der ergebnisorientierte Trinker. Insofern war der Geschmack doch scheißegal, oder? Hauptsache, das Zeug machte prall und die Umgebung ein wenig bunter.

In der Zwischenzeit hatte Anja fertig gedeckt. Die Tafel sah hübsch aus. Das musste sogar ich als Mann sagen. Die Kerzen passend zu den Servietten, die Gläser poliert, Geschirr und Besteck perfekt an der Tischkante ausgerichtet.

Ja, das konnte sie, wie so vieles anderes. Wahrscheinlich steckte noch mehr in ihr, als ich bisher mitbekommen hatte. Dennoch war es manchmal ganz schön anstrengend, mit ihr Schritt zu halten. Ich versuchte dann immer, so typische Männersachen besonders gut zu machen. So etwas wie einen Nagel in die Wand zu schlagen oder ein Loch zu bohren. Aber auch das konnte sie. Manchmal kam mir der Gedanke, dass sie so erzogen worden war, dass sie auf fremde Hilfe nicht angewiesen war. Aber verdammt, konnte sie nicht hin und wieder so tun, als würde sie mich brauchen?

Es klingelte. Vier Mal. Das konnten nur Anjas Eltern sein.

»Machst du auf, ich bin noch kurz im Bad!«

»Aber klar doch, lass dir Zeit. Kannst ja später dazukommen!«, neckte ich sie.

»Jetzt hab dich nicht so, ich bin ja gleich da!«

Ich ging zur Tür und drückte den Öffner für unten. Die Haustür ging scheppernd auf; ich hörte, wie jemand in Stöckelschuhen die Treppe hochkam. Bingo, das konnte tatsächlich nur Anjas Mutter sein. Ich wartete bei offener Wohnungstür. Das heißt, ich betrachtete mich noch schnell in unserem riesigen Spiegel im Flur. Ich hatte eines meiner guten Hemden angezogen, dazu eine Stoffhose und braune Lederschuhe. *Ja, dich kann man herzeigen!*

»Hallo, Frau von Schönborn!«

»Hallo, Herbert!«

»Guten Tag, Herr von Schönborn!«

»Na, noch höher ging es wohl nicht ohne Aufzug!«, brummte Anjas Vater zur Begrüßung.

Was sollte ich darauf erwidern? Mir lag etwas auf der Zunge, aber ich verkniff es mir. »Kommen Sie doch ’rein. Schön, dass Sie da sind!«, sagte ich stattdessen.

Der Besuch trat ein, und ich schloss die Tür hinter den beiden. »Gehen Sie doch bitte geradeaus durch und lassen Sie bitte die Schuhe an!«

»Jungchen, du glaubst doch nicht, dass ich meine Schuhe ausziehe!«, hauchte mich Anjas Mutter von der Seite an und kniff mich kurz am Kinn. Also, manche Menschen wissen sehr gut, wie sie ihr Revier so markieren, dass sich alle um sie herum klein fühlen. Aber ich war entschlossen, das nicht zuzulassen. Nicht in meiner Wohnung.

Anjas Eltern betraten das Wohnzimmer. Anjas Mutter trug ein rotes Seidenkleid, einen Schal aus gefühlten acht Metern Stoff und schwarze, hochhackige Schuhe. In ihren wasserstoffblonden Haaren steckte eine Brille, die wahrscheinlich mehr gekostet hatte als unsere Kaffeemaschine. Perfekt geschminkt und eine wahnsinnige Figur. Ich freute mich wie Bolle. Man soll sich immer auch die Mutter ansehen. So heißt es doch, nicht wahr? Wenn Anja später in dem Alter auch noch so ausschaute, würde ich den ganzen Tag mit ihr unterwegs sein und sie herzeigen.

Herr von Schönborn folgte seiner Frau. Anzug in Beige, weißes Hemd, drei Knöpfe offen. Ja, drei! Glatze, finsterer Blick, die Schuhe auf Hochglanz poliert. Manschettenknöpfe. Ein Typ, dem man nicht trauen konnte. Aber auch er, kein Gramm zu viel. Für sein Alter gut trainiert.

»Wo ist denn meine Kleine?«, fragte er mich.

»Anja hübscht sich noch ein wenig auf. Also, sie ist noch im Bad!«, antwortete ich.

»Ist ja wieder typisch. Den ganzen Vormittag trödeln, und dann den Überblick verlieren! Das hat sie von dir!«, bellte er seine Frau an.

Anjas Mutter runzelte die Stirn und spitzte den Mund.

»Hallo, Mama, hallo, Papa!« Anja rauschte herein. Endlich. Ich war gefühlte zwei Stunden mit ihren Eltern alleine gewesen.

»Na, das wird aber auch Zeit!«, giftete von Schönborn und gab ihr Küsschen, eins links, eins rechts. Und wieder links.

Ich trat unbehaglich von einem Fuß auf den anderen. Wie sollte das erst werden, wenn wir eines Tages die gesamte Verwandtschaft treffen würden? Dann würde schon der halbe Tag vergehen, bis sich alle gegenseitig abgeküsst hatten.

»Hallo, mein Mädchen. Lass dich ansehen!« Anjas Mutter nahm ihre Tochter an beiden Händen und betrachtete sie von oben bis unten.

»Sag, mein Kind, isst du auch was?«

»Nein, Mama, aber gut, dass du jetzt da bist und mich daran erinnerst. Sonst hätte ich es fast vergessen!« Anja überging die peinliche Frage ihrer Mutter mit einem kleinen Lächeln.

Sieh einer an, die kann ja gut zurückgeben, meine Anja.

Wieder klingelte es an der Tür.

»Ich mach auf!«, rief ich erlöst und hechtete in den Flur. Ich war froh, dass meine Eltern gleich da sein würden. Dann war ich nicht mehr so alleine gegen den Adel. Ich drückte den Öffner.

Bald darauf standen meine Eltern vor mir.

»Bub, gibt es denn hier keinen Aufzug, sag mal?«

»Nein, Papa, ist Altbau. Aber Servus erst mal.«

»Ja, Servus!« Mein Vater rang nach Atem.

»Hallo, Mama!«, begrüßte ich meine Mutter und drückte sie. Sie wirkte weniger angestrengt.

»Grüß dich, Bub. Wir sind jetzt bestimmt acht Mal um den Block gekreist. Da kann man ja nirgends parken. Warum seid ihr denn mitten in die Stadt gezogen?«

»Jetzt kommt doch erst mal 'rein. Anjas Eltern sind auch schon da!«, drängte ich und zog meine Mutter in die Wohnung.

»Wie heißen die noch mal?«, flüsterte sie mir zu.

»Von Schönborn«, flüsterte ich zurück.

»Müssen wir denn das *Von* sagen, hör mal?«

»Das ist eure Sache, da halt ich mich raus!«, antwortete ich und zog mich aus der Affäre.

Meine Eltern betraten das Wohnzimmer. Meine Mutter ging in ihrem geblümten Kleid und den flachen Schuhen voran. Sie war frisch frisiert und sah flott aus.

Mein Vater schnaufte nach wie vor und krempelte seine Hemdsärmel hoch. Das Hemd hatte bestimmt meine Mama neu für ihn gekauft. Eine gute Hose trug er auch. Ja, meine Eltern konnte ich auch herzeigen.

»Hallo, Frau Neumann, hallo, Herr Neumann!«, rief Anja. »Schön, dass Sie da sind! Haben Sie gleich hergefunden?«

»Klar, dieses Navidings hat uns den Weg gezeigt«, erwiderte meine Mutter, »aber die Parkplatzsituation!«

»Ich sag's doch. Wir hätten Studentenstadt parken sollen und mit der U-Bahn fahren!«, warf mein Vater ein.

»Darf ich Ihnen meine Eltern vorstellen? Mama, Papa, das sind Frau Neumann und Herr Neumann! Herr Neumann, Frau Neumann, das sind meine Eltern!«

Anja ging einen Schritt zurück und winkte mit ihren Armen beide Parteien zusammen wie ein Ringrichter, der den Boxkampf einläutet.

Sie begrüßten sich und begannen sogleich eine angeregte Unterhaltung. Anja guckte mich zufrieden an und bedeutete mir mit einem Fingerzeig, die Sektflasche aus dem Kühlschrank zu holen. Entschuldigung, den Crémant!

Als treu sorgender Lebenspartner tat ich natürlich, was man mir sagte. Ich öffnete die Flasche schon in der Küche. Dort war ich unbeobachtet. Nachdem ich den Flaschenhals von der Aluminiumhülle befreit hatte, drehte ich an dem Drahtverschluss. Noch währenddessen schob sich der Korken nach oben. Das kommt davon. Muss Anja auch immer die Flaschen in den Kühlschrank legen. Der Korken flutschte durch meine Finger, die Flasche öffnete sich mit einem lauten PLÖP! Ungefähr die Hälfte des Inhalts spritzte mir entgegen und ergoss sich über mein schönes Hemd.

»Na, junger Mann, ist Richtfest?«, rief Anjas Vater aus dem Wohnzimmer. Alle lachten.

Bloß meine immer noch aufgeregte Anja nicht. Sie stand in der Küchentür und schenkte mir einen vorwurfsvollen Blick. »Komm, gib her. Ich mach das!«

»Na, aufwischen kann ich auch.« Ich warf ein Handtuch in die Crémant-Pfütze auf den Fliesen.

»Zieh du dir lieber mal ein frisches Hemd an! So kannst du dich nicht zu uns setzen!«

Als ich den Kleiderschrank öffnete, stellte ich fest, dass alle meine übrigen Hemden ungebügelt waren. Ich stöhnte. *So kannst du dich nicht zu uns setzen*, hatte Anja gesagt. Pah, als ob man sich mit mir schämen müsste.

Ich entschied mich für ein bügelfreies Hemd. Das war das geringere Übel. Obwohl ich gerade dieses Hemd hasste. Darin sah ich aus wie ein Bank-Azubi. Die erkennt man in der Stadt schon aus hundert Metern Entfernung. Anzug viel zu groß, muss ja die gesamte Lehrzeit halten. Vielleicht wächst der Bub ja noch. Und dann ein gestreiftes, lachsfarbenes Hemd mit weißen Manschetten und weißem Kragen. Was mich geritten hatte, als ich dieses Hemd gekauft hatte, wusste ich nicht mehr. Aber jedenfalls rettete es die Situation. Und wenigstens passte mir meine Hose.

Als ich ins Wohnzimmer zurückkam, war das Gespräch in vollem Gang.

»Ach, das ist aber ein schönes Hemd«, empfing mich Anjas Mutter.

Ich bedankte mich für das Kompliment und lächelte Anja an, um die gute Stimmung im Raum zu bekräftigen.

Sie lächelte zurück.

»Jens trägt auch solche Hemden, stimmt's, Anja?«

»Mama, das gehört jetzt wirklich nicht hierher.«

»Wer ist denn Jens?«, erkundigte sich meine Mutter.

»Das ist der Exmann von Anja«, erklärte Anjas Mutter bereitwillig. »Der hatte auch immer solche Hemden an. Wissen Sie, der ist Immobilienmakler bei der Bank, bei der Anja arbeitet. Da haben sie sich auch damals kennen …«

»Ich glaube, das interessiert hier niemanden, Schatz!«, versuchte Anjas Vater, seine Frau zu bremsen.

»Anja war schon mal verheiratet?«, wollte meine Mutter wissen und blickte mit großen Augen in die Runde.

»Noch jemand Kuchen?«, fragte ich und hoffte inständig, dass dieser Nachmittag bald vorbei sein würde. Wozu sollte es jetzt noch gut sein, wenn ich mich verrückt machte? *Mann, du gehst auf die Vierzig zu. Hier wird ein Tamtam gemacht, als würdest du deine erste Freundin vorstellen.*

Ich war mit Anja liiert, und nicht mit ihren Eltern. Sie war mit mir zusammengezogen, und das hatte seine Gründe. Ich musste ja nicht mit ihren Eltern zusammenwohnen. Und meine Eltern waren sowieso froh, dass ich endlich mein Singledasein beendet hatte.

Während ich überlegte, fiel mir ein, dass Anja erst die zweite Frau war, die ich meinen Eltern vorstellte. Das erste Mädel war die Maria aus der 10 d gewesen.

»Herbert?« Anja trat mich unter dem Tisch und holte mich in die Konversation zurück.

»Was?«

»Ob du auch Golf spielst, hat meine Mama dich gefragt?«

»Ich? Nein. Dafür bin ich noch viel zu jung!«

»Aber das hat doch nichts mit dem Alter zu tun, mein Sohn!«, schob Anjas Vater ein.

Mein Vater legte den Kopf schräg und sah aus, als würde er darüber nachdenken, ob er wirklich mein Vater war.

»Du kannst gerne mal auf achtzehn Löcher mitkommen. Das sind gut und gerne zehn Kilometer, die du da unterwegs bist. Kannst ja mein Caddie sein und meine Tasche tragen!«

»Nein, danke, ich trage schon immer die Tasche von der Anja, wenn sie in der Umkleide ist!«, witzelte ich und blickte erwartungsvoll in die Runde. Keiner reagierte. Warum eigentlich mochte niemand meine Art von Humor?

»Mein Mann meint seine Golftasche, Herbert!«, belehrte mich Anjas Mutter. »Mein Mann hat ein einstelliges Handicap, müssen Sie wissen!«, fügte sie triumphierend hinzu.

Meine Eltern wussten selbstredend nicht, wovon sie sprach. Sie hatten von Golf so viel Ahnung wie ich von Ikebana.

»Mein Handicap sind da wohl eher meine beiden Arme!«, schickte ich verlegenheitshalber den nächsten Kalauer hinterher.

Anja trat mich erneut unterm Tisch. Diese Gewohnheit von ihr hatte ich bis dahin noch nicht gekannt.

»Also, Jens spielt ja fantastisch Golf! Nicht wahr, Max?«, schwärmte Anjas Mutter.

Mir stieg der Crémant in die Nase. Dass sie aber auch ständig über diesen Trottel von Jens sprechen muss! In meiner Wohnung. Anja ist von ihm geschieden, oder? Hat sich das noch nicht bis zu Mutti rumgesprochen?

Meine Eltern schauten sich wortlos an.

Max nickte in die betretene Stille hinein.

»Wo ist er denn, der Jens? Ist er hier? Dann könnten wir ihn fragen, nach seinem Handicap!«, sagte ich ätzend und blickte mich suchend um. Schließlich war es an der Zeit, Anjas Mutter meinen Standpunkt klar zu machen.

Zu meiner Verwunderung ließ Anja meine Stichelei unkommentiert. Ich dankte ihr im Stillen. Danke, Anja, für die lange Leine!

Meine Mutter versuchte, die Situation aufzulockern. Sie erzählte: »Unser Herbert hat mal eine Freundin mit nach Hause gebracht. Das war vielleicht was! Die grüßte nicht mal und hatte einen Ring durch die Nase. Wir dachten schon, er hätte sie auf dem Viehmarkt erstanden.«

Anja prüfte ausführlich den Füllstand der Kaffeetassen.

Ihre Mutter zupfte ein unsichtbares Haar von ihrer Schulter, während ihr Vater hüstelte und umständlich an der Tasche seines Jacketts nestelte.

Danke Mama, hilft ungemein!

»Berthold, jetzt sag doch auch mal was!« Meine Mutter stupste meinen Vater an.

Mein Vater kaute auf einem Stück seines Macarons herum und wirkte unglücklich.

»Ja, ja, die«, antwortete er schließlich, »Nasenring. Weiß gar nicht mehr, wie die hieß. Hatte mal Schnupfen. Keine schöne

Sache. Blieb alles in dem Ring hängen. Saß mir beim Abendessen gegenüber!«

Ich verbarg mühsam meine Fassungslosigkeit und ließ dem Gespräch seinen Lauf. Der Gedanke, dass es an der Zeit war, sich um den Kaffee zu kümmern, erleichterte mich. Langsam leerten sich die ersten Tassen, und mit einem Vollautomaten ist man ja einige Zeit beschäftigt, bis jeder sein zweites Tässchen hat. Mit meiner alten Maschine hatte ich einfach eineinhalb Liter gekocht und anschließend in eine Thermoskanne umgefüllt. Der neue Vollautomat war kapriziöser. Ich würde gut zu tun haben, um zu vermeiden, dass die erste Tasse kalt war, bevor auch der Letzte in unserer Runde bedient war.

Das kam mir gerade recht, denn es bot mir die Gelegenheit, mich in die Küche zu verkrümeln und mich zu sammeln. Im Vergleich mit dieser gezwungen ungezwungenen Kaffeerunde wäre das fieseste Bewerbungsgespräch die reinste Erholung gewesen. Jederzeit musste ich mit irgendeinem Hammer von Anjas Mutter rechnen.

»Na, hältst du es noch aus?« Anja stand hinter mir und lehnte ihren Kopf an meinen Rücken.

»Kommt drauf an, wie viele Jensgeschichten heute Nachmittag noch auf mich warten!«

»Ach komm, da stehst du doch drüber. Er war einfach ihr Liebling. Das war für mich auch nicht gerade leicht«, meinte sie, während sie ihre Arme um meinen Bauch legte.

»Was war daran nicht leicht, wenn deine Eltern deinen Exmann toll finden?«, fragte ich.

»Na, alles drehte sich bloß um ihn. Bei der Verwandtschaft wurde nur von ihm gesprochen. Ich war immer einfach lediglich dabei!«

Anja öffnete den Kühlschrank, um den restlichen Vorrat an Macarons herauszuholen.

»Bei der Scheidung hatte ich das Gefühl, meine Mutter würde mehr zu ihm halten als zu mir. Ständig behauptete sie, ich hätte ihn vertrieben. Als wäre sie mit ihm verheiratet gewesen!«

»Wir könnten ja deine Mutter in unser Schlafzimmer bringen. Dann kann sie sich ein paar Minuten auf die Seite legen, wo ihr Jens früher geschlafen hat.«

Anja boxte mich lachend.

»Ich glaube, das will ich gar nicht sehen!« Sie schloss den Kühlschrank.

»Wir würden gerne mitlachen«, rief Anjas Vater aus dem Wohnzimmer herüber.

»Wir kommen schon!«, entgegnete Anja und griff nach der aufgefüllten Etagere. Eilig bedachte sie mich mit einem Kuss.

Ich war für die nächste Runde gerüstet.

Wie oft muss man eigentlich Schwiegereltern einladen? Gibt es da eine Regel? Egal, ich hatte auf jeden Fall an diesem Tag etwas dazugelernt.

Erstens: Das Prickelwasser öffnen, bevor der Besuch kommt. Zweitens: Das gute Hemd erst anziehen, wenn die Flasche entkorkt ist. Drittens: Eltern vollständig über eine neue Partnerin aufklären, bevor sie sie persönlich kennenlernen.

Zurück im Wohnzimmer nahm ich wieder Platz. Meine Eltern erzählten Lustiges aus meiner Kindheit. Also, was sie als lustig empfanden.

Anjas Vater schüttelte nur immer wieder den Kopf, so, als wolle er allen klarmachen, welchen Schwachkopf seine Tochter da an Land gezogen hatte.

Irgendwann wurde es mir zu bunt. Ich wartete auf eine kleine Sprechpause und fragte meinen vermutlichen künftigen Schwiegervater, wie sein erstes Treffen mit seinen Schwiegereltern verlaufen wäre.

»Um Gottes willen, totale Katastrophe!«, antwortete Max und schlug die Hände vors Gesicht.

»Was redest du denn da?«, entrüstete sich seine Frau.

»Na, schön geht anders«, setzte er nach.

»Das war ein sehr schöner Nachmittag, hast du immer gesagt!«

»Klar war der schön. Für dich! Dein Vater hat doch ständig an mir rumgemäkelt!«

»Das stimmt gar nicht. Er hatte sich so sehr …«

Ich lehnte mich zufrieden zurück.

Mein Vater nahm ein weiteres Macaron, meine Mutter nippte am Kaffee, und meine Schwiegereltern arbeiteten ihre Vergangenheit auf.

Schön, wenn man helfen kann, nicht wahr?

Nachdem sich alle wieder ein wenig beruhigt hatten, verlief der restliche Nachmittag ohne weitere Peinlichkeiten. Einladungen zum Kaffee sind weitaus unkomplizierter als Einladungen zum Abendessen. Abendgesellschaften können sich schier endlos in die Länge ziehen. Aber keiner kommt nachmittags zum Kaffee und bleibt von sich aus zum Abendessen.

So auch in unserem Fall. Kurz vor 18 Uhr löste sich die Runde auf, und ich war mit Anja wieder alleine.

Sie war stolz auf mich. Weil ich so tapfer durchgehalten hätte, sagte sie. Die Belohnung ließ nicht auf sich warten. Anja hatte mittlerweile ihre sexy Unterwäsche wieder gefunden, und wir holten nach, was durch den Stress mit dem Umzug unversehens ausgefallen war.

Fussball mit den Kumpels

Die Morgensonne lachte. Hans rief ganz früh an und fragte, ob ich Lust hätte, Fußball zu spielen. Bevor er seine Flamme kennengelernt hatte, war das sonntägliche Fußballspiel lange Jahre unser gemeinsames Ritual gewesen. Danach war erst einmal Sense damit. Und jetzt, wo der feine Herr solo war, rief er plötzlich wieder an, und alle mussten parat stehen.

Mir sollte es recht sein. Nach den tagelangen Einzugsarbeiten freute ich mich auf Abwechslung. Außerdem war mein Akkuschrauber leer, ich konnte sowieso während der nächsten Stunden nichts machen, um die Wohnungseinrichtung ihrem Ende näher zu bringen.

Das ist übrigens das Dumme an einem Akkuschrauber. Wenn man ihn braucht, ist er leer. Auch der Ersatzakku. Jetzt mal abgesehen von einem Umzug, der es mit sich bringt, dass das Teil im Dauereinsatz ist. Aber sonst, so unterm Jahr, denkt sich wohl keiner: Oh, morgen könnte meine Frau mit einer Kommode heimkommen, ich lade mal besser die Akkus.

Während wir telefonierten, klärte ich meine bevorstehende Abwesenheit mit Anja ab, so, wie es sich gehört.

Hans hörte mit und zog mich deswegen auf.

Anja hatte nichts dagegen, mich ziehen zu lassen. Da wir beide am nächsten Tag wieder arbeiten mussten, kam es ihr gerade recht. Ein Sonntag zum Faulenzen.

Hans holte mich um elf Uhr ab.

»Na, Bursche, bist fit?«, wollte er wissen, als ich einstieg.

»Freilich. Super Idee übrigens, mit dem Fußball. Das ist lange her, dass wir das letzte Mal gespielt haben.«

In Hans' Volvo herrschte eine heillose Unordnung. Man hätte meinen können, ein Rudel Sherpas hätte darin gehaust. Überall waren Decken, Seile, Steigeisen, Karabiner und wer weiß was noch alles verteilt. Die reinste Müllhalde. Um ein Haar hätte ich seinen Eispickel übersehen, der auf dem Beifahrersitz lag.

Wir plauderten über den vorausgegangenen Nachmittag. Hans amüsierte sich köstlich. Das wäre ihm nie passiert, so ein Nachmittag. Weil er niemals seine Schwiegereltern eingeladen hätte. Als ich ihm sagte, dass er sich aber mal fragen solle, warum er wieder solo war, wurde er laut. Wir stritten uns eine Weile, schließlich gelang es mir, Hans zu besänftigen.

»Du, Herbert, gestern hat mich die Franzi angerufen und gefragt, ob ich nicht im Café vorbeikommen will. Weißt du da was drüber?«

»Ach, woher denn? Ich hab keinen Schimmer. Vielleicht war das einfach nur nett gemeint«, antwortete ich, auf einen schnellen Themenwechsel bedacht. »Wo fährst du eigentlich hin? Zum Bolzplatz hättest du schon da hinten abbiegen müssen!«

»Bolzplatz war gestern. Wir sind solo, mein Lieber! Und weil wir solo sind, spielen wir im Englischen Garten. Wegen der Hasen, gell!« Er lachte anzüglich.

Für Hans gab es stets alles nur in der Wir-Form. Wenn ihm nach vier Maß Bier schlecht war, war uns schlecht. Wenn er sich beim Klettern verletzt hatte, hatten wir uns verletzt. Obwohl ich nicht dabei war.

»Also wenn du mir das gesagt hättest, dann hätte ich auch zu Fuß gehen können. So weit ist das jetzt auch nicht von mir weg. Wer kommt denn überhaupt noch alles?«, fragte ich und nahm einen vorsorglichen Schluck aus meiner Wasserflasche.

»Du, ich, der Mike, der Heinzi und noch zwei andere, die du nicht kennst. Die sind auch im Alpenverein und solo.«

»Das wird jetzt aber nicht wieder so eine Singlenummer wie damals, oder?«

»Ach, woher denn!«, versicherte er mir und grinste.

Damals waren wir im Schwimmbad gewesen und hatten auf der Wiese Fußball gespielt. Ich musste in Richtung der Mädels schießen, um ihm einen Vorwand zu liefern, sich ihnen zu nähern und sie anzusprechen. Als Entschuldigung lud er sie für den Abend ein. Der Hund.

Wir parkten in einer Seitenstraße. Hans legte ein Schild mit der Aufschrift *Eilige Medikamente* hinter die Windschutzscheibe und schloss ab.

Ich runzelte die Stirn.

»Irgendwann kommen die dir drauf mit deinem Schild!«

Aber das war dem Hans egal. Schon cool, wenn man so tiefenentspannt ist.

Aus der Ferne beobachteten wir unsere vier Mitstreiter. Sie saßen auf der Wiese und warteten auf Hans und seinen Ball.

Ich begrüßte Mike, Heinzi und die anderen beiden. Mike war ein dürrer Kerl mit einem leichten Überbiss. Heinzi war ein typischer Heinzi. Zu so einem sagt man nicht Heinz. Der bleibt bis zur Grube der Heinzi. Brille, klein, nett. Das war's dann auch schon. Die anderen beiden waren exakte Ebenbilder von Hans. Pferdeschwanz, muskulös, aber nicht übertrieben, T-Shirts mit Sprüchen drauf. Auf dem einen stand *Du mich auch* und auf dem anderen war ein Pfeil appliziert, der nach unten zeigte und mit der Überschrift *Hollywood* versehen war. Beide hatten offenbar vor, barfuß zu spielen, denn sie machten keine Anstalten, Schuhe anzuziehen.

Hans spielte mit den beiden, die ich nicht kannte, in einer Mannschaft. Ich hatte das Vergnügen, mit Mike und Heinzi ein Team zu bilden. Wir kickten uns schnell in Rage und schenkten uns nichts. Wer uns aus Ferne beobachtete, konnte leicht den Eindruck gewinnen, als spielten drei Männer gegen eine russische Damenmannschaft. Wegen der Zöpfe, die munter hin und her flogen.

Nach einiger Zeit war klar, dass ich zusammen mit Heinzi und Mike keinen Blumentopf gewinnen würde.

»Du, Herbert, schau mal, siehst du die Hasen da drüben? Willst mir nicht einen langen Pass spielen?«, fragte Hans.

»Ich hab's doch gewusst!«, erwiderte ich.

»Jetzt komm, hab dich nicht so. Die sind doch spitzenmäßig, die zwei. Und wer weiß, vielleicht fällt für dich ja auch was ab.«

»Hans, du weißt schon noch, dass ich vor ein paar Tagen mit der Anja zusammengezogen bin?«

So war Hans. Solche Dinge waren ihm völlig egal. Hauptsache, er hatte seinen Spaß. Aber ich half ihm gerne.

»Na, dann lauf mal los, du Schwerenöter!«

Ich brauche wohl nicht zu erwähnen, dass ich einen spitzenmäßigen Pass zauberte.

Hans hechtete nach dem Ball und landete direkt zwischen seinen beiden Opfern. Er entschuldigte sich wortreich, während die Mädels sich besorgt erkundigten, ob er in Ordnung sei.

Die eine tatschte ihn ständig an und zupfte Gras aus seinen Haaren. *Ist das denn die Möglichkeit?* Dann stand Hans auf, verabschiedete sich, die Mädels kicherten, und er kam mit dem Ball unterm Arm zu uns zurück.

Mike, Heinzi, die beiden anderen, deren Namen ich mir nicht gemerkt hatte, und ich standen mit offenem Mund da.

»Habt's gut zug'schaut, ihr Burschen? Da könnt ihr noch was lernen, gell? Heute Abend um 21 Uhr im *Highlife*! Ach, übrigens, Herbert, ich soll dir von den Mädels ausrichten, du sollst ein bisschen schießen üben, damit ich nicht so wild herumhechten muss, gell?«

Der Sack! Wenn es nach ihm ging, dann waren es immer die anderen gewesen. Er hatte sich keinen Deut geändert. Aber warum sollte er auch? Wenn er damit durchkam …

Jens, das Aas

Hans und ich lagen auf der Wiese. Die anderen waren schon gegangen.

Hans fragte mich aus. Er wollte wissen, wie es mir denn als Pantoffelheld so ginge. »Jetzt ist es vorbei mit der Freiheit«, philosophierte er.

Ich erwiderte nichts. Hans hatte seine feste Meinung. Deshalb versuchte ich gar nicht erst, ihn von meinem Glück zu überzeugen.

»Ui, Herbert, vielleicht bist du ja doch schon bald wieder solo. Schau mal, wer da hinten geht?«

Ich stellte meine Augen auf unendlich und erstarrte. Es war Anja. Ungläubig beobachtete ich, wie sie in aller Seelenruhe den Weg entlangschlenderte. In Begleitung von Jens. Das Aas.

»Ihr scheint ja eine ganz schön lockere Beziehung zu führen, die Anja und du. Wohnt der bei euch? Habt's ihr eine WG?«, flachste Hans.

»Du Arsch, mach du dich nur lustig! Das ist ihr Exmann.«

»Ha, das wird ja immer besser!« Er klopfte sich auf die Schenkel.

Anja lief gut fünfzig Meter von mir entfernt mit Jens an mir vorbei. Augenscheinlich war sie gut gelaunt und entspannt.

»Die ist aber schon ganz schön dreist, dass die hier mit dem Fatzke im Englischen Garten rumflaniert, wo sie doch weiß, dass du auch hier bist.«

»Das weiß sie eben nicht. Ich habe ihr gesagt, dass wir auf den Bolzplatz gehen. Dachte ich ja auch.«

»Na, das macht jetzt die Situation auch nicht besser«, stellte er fest.

Hans hatte recht. Es war ganz offensichtlich, dass Anja etwas vor mir verbarg. Weshalb hätte sie mir sonst verschweigen sollen, dass sie vorhatte, sich mit Jens zu treffen? Und überhaupt, meine Anja hatte sich nicht mit diesem Jens zu treffen, ohne dass ich dabei war! Der konnte bei Gelegenheit gerne bei uns vorbeikommen und seinen Scheiß abholen. Aber dann würde ich zu Hause sein. Und ihm sein blödes Bett vor die Tür stellen.

Ich sah, wie Anja lachte.

Dieser Schleimer hatte todsicher einen Witz gerissen. Er ging rückwärts vor ihr her und blödelte herum.

In meinem Kopf herrschte Chaos.

»Ich geh da jetzt hin!«, knurrte ich wütend.

»Das lässt du aber schön bleiben!« Hans zog mich zurück.

»Ich kann doch nicht zulassen, dass der Typ meine Anja angräbt. Der hatte seine Chance. Und jetzt drängt er sich dazwischen. Ich vermöbel den jetzt.«

Hans verstärkte seinen Griff um meinen Arm. »Und was glaubst du, passiert dann? Du bist der Raufbold. Deine Anja ist sauer, weil du überreagierst, und am Ende kniet sie neben ihrem Ex und schaut, ob ihm was fehlt!«

Wo er recht hatte … Mit Mühe bändigte ich meine Gedanken.

»Na, die kann aber was hören, wenn ich heimkomme! So einen Hals hab ich!«, stieß ich hervor.

»Sag mal, Herbert, hast du in deinen sechsunddreißig Lenzen überhaupt nichts gelernt? Was willst du damit erreichen? Dass sie dir haarklein erzählt, warum sie sich mit dem getroffen hat? Du bist manchmal schon dumm. Wie gut, dass du mich hast!«

Wie gut, dass ich Hans hatte. In Situationen wie dieser ist es entschieden besser, jemanden an der Seite zu haben, der besonnen reagiert.

Die beiden waren schon fast außer Sichtweite. Mir reichte es. Ich wollte heim.

Hans bot mir an, mich zu fahren.

Ich lehnte ab. Die fünfzehn Minuten Fußmarsch würden mir guttun.

»Danke, Hans. Aber lass mal! In der Zeit kann ich ein bisschen runterkommen.«

»Gut. Aber ruf an, wenn was ist. Und außerdem: Komm doch mit ins *Highlife*, und mach dir einen schönen Abend! Was hältst du davon?«

Aber das war nicht meine Art. Außerdem wusste ich nicht, warum Anja sich mit Jens getroffen hatte. Sie würde es mir bestimmt erzählen. Mit wachsender Zuversicht setzte ich mich in Bewegung.

Fehlanzeige

»Herbert?«

»Bin im Bad!«

»Na, wie war euer Fußball?«

»Super!« Ich bemühte mich, mir nichts anmerken zu lassen. Hier im Bad war ich in Sicherheit. Durch die Tür zu reden, fiel mir in diesem Augenblick leichter.

Ich erwog, zu warten, bis mir Anja von alleine erzählen würde, was sie in der Zwischenzeit gemacht hatte. Doch meine Neugierde siegte.

»Und? Was hast du so gemacht?«

»Ach, ich war ein bisschen spazieren!«

Bis hierher nicht gelogen. Ich schwieg und wartete darauf, dass sie mehr berichten würde. Aber es kam nichts.

Anja räumte in der Wohnung umher.

Ich verließ die Dusche und trocknete mich ab.

»Wo warst du denn spazieren?«

»Nur ein wenig im Englischen Garten, zum Chinesischen Turm und wieder zurück!«

»War das nicht komisch, so ganz allein?« Ich schaute sie aufmerksam an, auf die alles entscheidende Antwort gespannt.

Anja zögerte. »Nö. Stell dir vor, ich hab eine alte Schulfreundin getroffen. Die habe ich seit der Fünften nicht mehr gesehen. Ist vor Kurzem erst nach München gezogen und …«

Den Rest hörte ich nicht mehr, während ich mich anzog. Jetzt war es amtlich. Anja verschwieg mir ihr Treffen mit Jens. Warum nur? Zugegeben, sie hatte Grund, zu befürchten, dass ich ausgerastet wäre, wenn sie es mir erzählt hätte. Aber es blieb ja wohl eher die Frage, warum sie sich überhaupt mit ihm getroffen hatte. An einem Sonntagnachmittag. Im Englischen Garten.

Als ich aus dem Bad kam, gab ich mir alle Mühe, cool zu wirken.

Anja gab mir einen Kuss und ließ sich nichts anmerken.

Ich beschloss, die Sache erst einmal auf sich beruhen zu lassen. Was hätte ich jetzt wohl erreicht, wenn ich ein Fass aufgemacht hätte? Am besten war es, die Augen offen zu halten und ihr zu vertrauen. Aber es fiel mir, verdammt noch mal, sauschwer. Was, wenn sich dieser Jens wieder klammheimlich an meine Anja ranschmeißt?

Am Abend bestellten wir uns Essen vom Chinesen. Ein Italiener brachte uns die Sachen. Anja hatte ein vegetarisches Gericht ausgesucht und ich die Dreiundsiebzig. Ente süß-sauer mit Reis.

Während wir aßen, redeten wir nicht viel. Später verzog ich mich vor den Fernseher und verfolgte *Tatort*, während Anja ein Buch über Feng Shui las, weil sie unsere Wohnung danach ausrichten wollte. Solange wir nicht das Haus verrücken mussten, war mir das egal. Sie hatte mir erzählt, dass nach Feng Shui jeder Raum in bestimmte Bereiche eingeteilt werde, damit die Energie fließen könne, und dass man Wasser vors Fenster stellen müsse, weil das bewirke, dass Geld durchs Fenster hereinkäme …

Also, so genau weiß ich das alles nicht mehr. Ich gebe zu, ich hatte wie so oft nur mit halbem Ohr hingehört.

Nach dem *Tatort* knipste ich das Licht aus und deckte mich auf dem Sofa zu.

Anja wollte im Bett schlafen. Weil sie morgen wieder arbeiten müsse, wie sie sagte.

Ich war konsequent. Unter keinen Umständen wollte ich auf einer Matratze liegen, in die der schicke Jens schon mit seinem Armani-Schlafanzug reingefurzt hatte.

Leider hatten wir noch keine Gelegenheit gehabt, uns um ein neues Bett zu kümmern. Ein Tag hat nun einmal nur vierundzwanzig Stunden.

Meine Gedanken kreisten noch lange um die Ereignisse des Tages. Morgen würde Anja bei der Arbeit wieder auf diesen Typen treffen. Ich freute mich, meine beiden Kollegen Klaus und Lucas wiederzusehen. Klaus kannte ich schon lange. Wir hatten uns während der Ausbildung kennengelernt. Er war ein netter Kerl, ein wenig kleiner als ich, sportlich. Seit einem Jahr war er verheiratet. Oder besser gesagt: Er war geheiratet worden. Seine Frau hatte nämlich die Hosen an. Lucas hatte drei Jahre zuvor bei uns im Amt angefangen. Er hatte gerade seine Ausbildung abgeschlossen. Ein smartes Bürschchen, Ende zwanzig, schlank, immer im Anzug. Die Mädels bei uns in der Abteilung schmachteten ihn ständig an. Ja, da konnte man schon neidisch werden. Er hatte aber eine Freundin. Auch so ein Feger. Ich hatte sie auf einer Party flüchtig gesehen.

Herbie is back in town

Auf dem Weg zur Arbeit holte ich mir an der Tankstelle eine Tafel Trauben Nuss. Ohne Schokolade bin ich an meinem Arbeitsplatz total unfähig. Anja und ich hatten uns für den Nachmittag bei Franzi verabredet. Wir wollten uns den Einkauf fürs Abendessen sparen.

Als ich das Finanzamtsgebäude betrat, traf ich Klaus.

»Da ist er ja wieder, unser Herbert. Und, lebst noch?«

»Hallo, Klaus. Klar, alles bestens«, rief ich gut gelaunt, während wir in den Fahrstuhl stiegen.

Klaus jammerte mir die Ohren voll. Dass das Wochenende beschissen gewesen sei, dass er niemals hätte heiraten sollen und so weiter. Anschließend schob er einen seiner guten Tipps nach: »Heirate bloß nie!«

Beim Verlassen des Fahrstuhls trafen wir Lucas. Ich freute mich, dass wir drei wieder vereint waren. Lucas trug einen seiner dunklen Anzüge. Wie üblich roch er nach Chanel. Wenn ich einen Raum betrat, konnte ich stets sofort erkennen, ob er vor mir da gewesen war. Er nahm immer ein wenig zu viel von seinem Lieblingsparfum.

»Du sollst nachher gleich zum Chef kommen«, eröffnete er mir.

Das war schlecht. Zum Chef gerufen zu werden, roch nach Ärger. Ich ging in mich. Hatte ich vor meinem Urlaub womöglich Mist gebaut? Immerhin war ich in Umzugstrance gewesen.

Ich packte die Ritter Sport in meine Survival-Schublade, begrüßte meine restlichen Kollegen und machte mich auf den Weg zu Kuhn.

Im Grunde war mein Chef ein netter Kerl. Aber eben auch Chef. Und von Zeit zu Zeit war er, wie soll ich sagen …, ja, Chef eben. Er war knapp über fünfzig, hatte graue Haare, war verheiratet und hatte zwei Kinder. Beide waren bereits aus dem Haus, soviel ich wusste.

Kuhn hatte mir, seit ich im Finanzamt arbeitete, stets den Rücken frei gehalten. Irgendwie mochte er mich. In seiner Freizeit gab es nur Feuerwehr und Schützenverein. Regelmäßig lag er uns allen in den Ohren: Wir sollten doch gelegentlich mal ins Vereinsheim kommen. Aber Schießen, das war nichts für mich.

Ich klopfte an Kuhns Tür und wartete.

Kuhn bat mich herein. »Herr Neumann, da sind Sie ja wieder! Na, haben Sie alles gut überstanden?«

Ich gab ihm die Hand und nickte.

»Das ist ja ein großer Schritt, Zusammenziehen! Ich weiß noch ganz genau, wie das bei mir war. Aber warten Sie nicht zu lange mit dem Heiraten, Herr Neumann. Weil, Kinder wollen Sie ja bestimmt auch noch, oder? Wie alt ist denn Ihre Frau? Wahrscheinlich in Ihrem Alter, oder? Die biologische Uhr tickt! Legen Sie sich nur genug Geld auf die Seite, ja? Damit Sie abgesichert sind, wenn mal was Unerwartetes kommt!«

Ich war fix und fertig. Kuhn war ein glühender Verfechter der Ehe. Immerzu erzählte er, wie toll es doch wäre, verheiratet zu sein. Deswegen hatten wir ihm den Spitznamen »Missionar« gegeben.

»Jetzt komme ich aber zu dem eigentlichen Grund, warum ich Sie sprechen wollte, Herr Neumann.«

Ich stutzte, denn ich hatte gehofft, dass es bei der Begrüßung bleiben würde.

Kuhn bot mir einen Stuhl an. »Sie sind ja auch keine zwanzig mehr. Und Sie wollen sich doch bestimmt ein wenig weiterentwickeln, oder?«

Ich nickte. Klar wollte ich mich weiterentwickeln. Was hätte ich sonst auch antworten sollen?

Kuhn setzte sich vor mich auf seinen Schreibtisch.

»Wissen Sie, Herr Neumann, während Sie in Urlaub waren, hat sich hier einiges getan. Und Sie wollen doch nicht, dass Sie von den Jüngeren hier überholt werden, oder? Ich denke, es wäre Zeit, dass Sie einen Schritt weiter gehen. Was halten Sie denn davon, wenn Sie sich zum Diplom-Finanzwirt weiterbilden?«

Kuhn schaute mich erwartungsvoll an. Offensichtlich wartete er darauf, dass ich ein Feuerwerk der Begeisterung abfackeln würde.

»Diplom-Finanzwirt?«, echote ich.

»Ganz genau. Na, was sagen Sie dazu? Ist das nicht toll?«

»Und wie genau sieht das aus? Ich meine, was genau muss ich da machen?« Ich sah eine Menge Arbeit auf mich zukommen.

»Na, Sie absolvieren ein dreijähriges berufsbegleitendes Studium, setzen sich auf den Hosenboden und lernen, nicht wahr?«

Kuhn lachte und freute sich sichtlich, mir die tolle Neuigkeit zu überbringen.

Meine Freude hielt sich spontan in Grenzen.

»Stellen Sie sich doch mal vor, was Sie nach bestandener Prüfung alles für Möglichkeiten haben. Sie könnten Steuerinspektor werden! Oder Betriebsprüfer! Oder vielleicht gefällt es Ihnen ja bei der Steuerfahndung! Natürlich müssen Sie sich nicht sofort entscheiden. Aber in den nächsten Wochen sollte ich schon eine Zusage von Ihnen auf dem Tisch haben, weil, ewig kann ich Ihnen so einen Studienplatz nicht freihalten, Herr Neumann!«

»Danke, Herr Kuhn, dass Sie an mich gedacht haben. Ich lasse mir das Ganze mal durch den Kopf gehen. Hört sich auf jeden Fall total interessant an. Ich gebe Ihnen schnellstmöglich Bescheid!«

Nachdenklich verließ ich sein Büro und ging zu meinem Arbeitsplatz.

Auf meinem Schreibtisch lag ein Paar Filzpantoffeln. Merkwürdig, dachte ich und betrachtete sie näher. Auf dem einen stand AUS geschrieben, auf dem anderen VORBEI. Meine Kollegen wussten also auch schon Bescheid. Ratlos starrte ich die Pantoffeln an.

Das war mir alles zu viel. Erst die gemeinsame Wohnung, dann die Sache mit Anjas Ex und nun auch noch diese Ansage von Kuhn. Es ging mir alles ein bisschen zu schnell. Mein Leben als Single, schön allein, nur auf mich gestellt, nur für mich verantwortlich, lag weniger als ein Jahr zurück. Okay, es war nicht das gewesen, was ich mir vorgestellt hatte. Aber ein Kontrastprogramm wie dieses hatte ich mir auch nicht gewünscht. Klar, in ein paar Jahren würde ich vierzig sein. Aber es musste doch nicht jeder Karriere machen, oder? Was würde wohl Anja von mir verlangen? Einen Karrieretypen hatte sie ja schon gehabt. Aber allgemein standen die Frauen ja doch auf Männer, die es zu was gebracht haben …

Keinesfalls wollte ich mich bis zur völligen Selbstaufgabe verbiegen. Ich entschied mich, Hans um Rat zu fragen, setzte mich, räumte die Pantoffeln zur Seite und brach mir einen Riegel von der Schokolade ab.

Frauenprojekt

Nach der Arbeit ging ich ins *Franzis*, um Anja zu treffen. Als ich das Lokal betrat, unterhielt sie sich lebhaft mit ihrer besten Freundin.

»Hallo, mein Göttergatte!«, begrüßte sie mich, als sie aufsah.

Franzi ging hinter die Theke und griff zielsicher in den Kühlschrank. Sie kannte meine Gewohnheiten und wusste, dass ich stets als Erstes eine Cola light trank.

»Na, wie war dein Tag? Haben sich deine Kollegen gefreut, dass der Herbert wieder im Amt ist?«

»Ich hab Pantoffeln gekriegt!«

»Schön!«

Franzi kam zurück. »Hier, deine Cola! Sag mal, kommt der Hans heute auch?«

»Ruf ihn doch an.«

»Das geht doch nicht. Ich frag außerdem nur so«, sagte sie und verschwand zum Nebentisch, um eine Bestellung entgegenzunehmen.

»Und? Wie war's bei dir? Irgendwelche besonderen Vorkommnisse?«

»Nö!« Anja zog an ihrem Strohhalm. »Was isst du denn?«

»Tier!« Ich schnappte mir die Karte.

»Es muss doch nicht immer Fleisch sein! Iss doch mal was Gesundes!«

»Fleisch ist gesund. Ist viel Eiweiß drin!« Ich klappte die Speisekarte zu und stand auf, um die Tafel zu studieren, auf der die Tagesgerichte aufgeführt waren.

Das hatte sich in der Schickeria eingebürgert: Gerichte auf einer riesigen Schiefertafel anzubieten, die einem vor den Tisch gestellt wurde. Und dann bestellte man unter Zeitdruck völlig überteuerte Gerichte, weil die anderen Gäste ebenfalls die Gelegenheit haben sollten, von der Tafel zu wählen. Ständig wurde die Tafel im Raum herumgetragen. Man kam sich vor wie in einem Klassenzimmer, in dem nicht so richtig klar war, an welche Wand die Tafel gehörte.

Ich entschied mich, die Tafel mit an unseren Tisch zu nehmen, um sie dort in Ruhe zu lesen. Während ich sie trug, hätte ich um ein Haar zwei Tische mit ihr abgeräumt. Gerade noch rechtzeitig wich ich einer älteren Dame aus, die am dritten Tisch saß, den ich passierte.

Die Dame schaute mich pikiert an.

Ist ja gut, dachte ich, *ich hatte nicht die Absicht, Sie zu köpfen, aber so ist wenigstens ein wenig Leben in der Bude*. Nur die Loungemusik, die gleichförmig aus den Boxen trällerte, passte nicht so richtig zu meinem Kammerspiel.

Anja verdrehte die Augen.

Ich lehnte die Tafel an einen freien Stuhl vom Nebentisch und setzte mich. »So ist es besser!«, meinte ich zufrieden. Nachdem ich die handgeschriebene Liste eingehend gemustert hatte, orderte ich ein Gericht von der Speisekarte. Ich habe schließlich meine Prinzipien. Wie immer wählte ich einen Burger.

Anja entschied sich für eine Mahlzeit aus dem Wok. Also Resteessen.

»Wollt ihr beiden Hübschen nicht gefunden werden, oder warum verbaut ihr euch so?«

Die Stimme kam mir bekannt vor und auch das Gesicht dazu.

»Da musst du deinen Kumpel fragen. Hallo, Hans«, antwortete Anja.

»Servus, Großer. Komm, setz dich zu uns!«, forderte ich Hans auf.

Hans bat um ein Helles.

Franzi quittierte die Bestellung mit ein paar hektischen, roten Flecken am Hals.

Wir plauderten belangloses Zeug über Gott und die Welt, und Hans bestellte sich ebenfalls einen Burger.

»Ich soll Diplom-Finanzwirt werden!«

»Und ich nehm noch ein Helles!«, entschied Hans.

»Wie? Diplom-Finanzwirt?« Anja schaute mich neugierig an.

»Na, der Kuhn hat mich heute in sein Büro gebeten und mir das vorgeschlagen.«

»Ja, aber das ist doch wunderbar. Mensch, Herbert, da kannst du dich ja total weiterentwickeln. Und mehr verdienen wirst du ja dann auch, oder?« Anja fing augenblicklich Feuer.

»Na, jetzt überlege ich erst mal, ob ich das eigentlich will. Ist nämlich schon eine Scheißlernerei!«

Anja stierte mich ungläubig an und nippte an ihrem Hugo.

»Aber man will doch weiterkommen im Leben!«, stieß sie aus, nachdem sie geschluckt hatte. »Du willst doch was erreichen!«

»Ich glaube ja eher, du willst mehr als ich, dass ich was erreiche!«

Hans verordnete sich Schweigen und beschränkte sich darauf, zwischen uns hin und her zu schauen. Zwischendurch zwinkerte er einer Blonden am Nebentisch zu.

»Das mein ich doch gar nicht. Aber du musst auch an deine Zukunft denken. An unsere Zukunft. Willst du denn ständig Sachbearbeiter bleiben und Steuererklärungen bearbeiten?«

»Mir gefällt's. Kann ja nicht jeder so Karriere machen wie dein Jens!«

»Sag mal, spinnst du? Wieso fängst du jetzt mit dem Jens an?«

»Na, vielleicht soll ich das Diplom ja auch für deine Mutter machen. Dann werd ich vielleicht in den erlauchten Kreis der von Schönborns aufgenommen!« Erschrocken hielt ich inne. Ich war gerade dabei, mich um Kopf und Kragen zu reden.

»Drehst du jetzt völlig durch, oder was? Warum bist du so aggressiv?«

Franzi kam an unseren Tisch. Sie setzte sich neben Anja und unterbrach unsere Unterhaltung, ohne mit der Wimper zu zucken. »Du, Anja, können wir vielleicht heute noch über unser Projekt reden?«

»Was denn für ein Projekt?«, fragte ich.

»Ob ich und die Franzi zusammen ein Café eröffnen. Im Gegensatz zu dir möchte ich mich nämlich weiterentwickeln und nicht ständig am Schalter stehen!«

»Schön, dass ich das auch mal erfahre!«

Anja stand auf. »Vielleicht hast du dich ja wieder beruhigt, wenn ich wiederkomme. Komm, Franzi, das passt gerade super.«

Franzi guckte mich mit fragendem Blick an.

Hans zwinkerte Franzi zu.

Franzi lächelte gequält und wurde wieder rot. Hastig drehte sie sich um und folgte Anja.

»Was war denn das, Alter?« Hans schüttelte den Kopf.

»Ich weiß auch nicht«, erwiderte ich, »ich hab nur wieder die Anja mit dem verdammten Typen im Englischen Garten vor Augen gehabt. Da bin ich ausgerastet.«

»Ja, aber vielleicht hältst du dich a bisserl zurück mit deinen Ausbrüchen. Sonst kannst du ihr ja gleich sagen, dass du sie gesehen hast. Also, ein schlechter Geheimdienstler wärst du.«

»Ich wär ein besserer Bond als du! Prost!«

Hans wechselte das Thema. »Sag mal, meinst du nicht auch, dass das eine Superchance für dich ist, beim Finanzamt?«

Das wusste ich selbst. Aber es bedeutete Arbeit. Darauf hatte ich nicht die geringste Lust. Ich fand mein Leben super, so, wie es war.

Warum muss jeder immer höher, weiter, schneller?

»Entschuldige mal grad', Hans.« Ich stand auf und steuerte auf den Toilettenraum zu. Das war der beste Vorwand, um Anja, die sich zusammen mit Franzi an einen anderen Tisch gesetzt hatte, zu kreuzen und ihr wie nebenbei ein entschuldigendes Bussi auf die Wange zu drücken.

Anja sagte: »Okay, geschenkt.«

Nur gut, dass sie nicht nachtragend war.

Zu Hause leerte ich den Trester aus unserer schicken Kaffeemaschine, schüttete Wasser in den Tank, füllte Kaffee auf und ließ dann zwei Tassen voll aus.

Anja kam in die Küche. Sie hatte sich umgezogen und trug Sweatshirt und Trainingshose. Sie erzählte mir von den Plänen, die ihr im Kopf herumspukten. Zusammen mit Franzi wollte sie ein Café und einen Cateringdienst aufziehen. Die beiden dachten daran, Firmen mit Torte und mobiler Kaffeestation zu beliefern und Gäste auf Partys zu versorgen. Ihr Bericht klang so, als würden sich die beiden schon seit geraumer Zeit mit dem Gedanken beschäftigen. Die Sache hatte Hand und Fuß.

»Klingt nicht schlecht«, urteilte ich, »aber wo du gerade von Party sprichst: Was ist eigentlich mit deinem Geburtstag nächstes Wochenende? Möchtest du den jetzt hier in unserer Wohnung feiern?«

»Ach, da haben wir so viel Arbeit vor- und nachher. Und es wird geraucht, irgendwas geht kaputt – und mit den Nachbarn ist das ja auch so eine Sache.«

»Na, die lädt man mit ein, ist ja klar!«

»Genau, auch unseren netten Nachbarn von oben. Er kommt bestimmt. Der ist doch der Erste, der nach 22 Uhr die Polizei holt! Das ist mir wirklich zu stressig!«

»Gut, dann fahren wir eben weg, wir zwei Turteltauben!«

»Nein, feiern möcht ich schon.«

Versteh einer die Frauen? Also, ich tat es nicht, zumindest bis jetzt nicht. Und dabei gab ich mir wirklich Mühe. Hans hatte in der Hinsicht wohl die besseren Karten.

»Was denn nun? Jetzt doch hier, oder was? Sprich mit mir, Frau!«

»Deine Frau möchte im *Franzis* feiern. Habe vorhin schon mit der Franzi darüber gesprochen. Sie macht geschlossene Gesellschaft, dann kann es auch länger dauern.«

»Und wie viele möchtest du einladen?«, wollte ich wissen.

»Na, ein paar schon. Ein paar Freundinnen, die Mädels von der Arbeit …«

»Den Jens auch?« Ich biss mir auf die Zunge.

»Was hast du denn heute bloß mit dem Jens?«

»Ich frag nur mal so!«

»Natürlich nicht. Was soll ich mit dem Jens?«

Ich ließ das Thema fallen, griff Anja mit beiden Händen und zog sie ins Wohnzimmer. Mir fiel ein, dass das Sofa mit Kissen belagert war. Das spielte keine Rolle. Vor dem Sofa war genug Platz.

Kantinenessen

Der Vormittag war ätzend. Fortbildung im vierten Stock. Total langweilig, und der Akku meines Handys war fast leer. Tetris spielen schied damit aus, ebenso die sonst üblichen, dämlichen SMS an Hans.

In der Kaffeepause traf ich meinen Chef. Er sprach mich auf seinen Vorschlag vom Vortag an.

Ich rieb mir den Nacken und vertröstete ihn auf später.

Nach einer weiteren vertanen Dreiviertelstunde war es Mittag. Ich atmete auf. Die erste Hälfte des Tages war schon einmal vorbei. Normalerweise verschwand ich in der Mittagspause von meinem Schreibtisch und ging in eine nahe gelegene Metzgerei oder ich holte mir eine Pizza auf die Hand. Ich hatte keine Lust, den ganzen Tag im Büro zu sitzen. Da geht man ja ein, oder? Außerdem ging mir das permanente Getratsche tierisch auf den Zeiger.

Irgendwer weiß ständig irgendetwas über irgendjemand anderen und hat nichts Besseres zu tun, als das Gerücht des Tages in der Kantine breit zu treten. Hat irgendjemand schon einmal etwas Erfreuliches – die Betonung liegt auf *erfreulich* – über irgendjemand anderen gewusst und dann in der Kantine breit getreten? Das wäre ja langweilig gewesen, das hätte niemanden interessiert.

Hast du gehört? Den Scholz haben sie gefeuert. Die Meier hat Brustkrebs. Der Heinz aus dem Zweiten hat sich von seiner

Frau getrennt. Die haben drei Kinder. Na, ob die das verkraften? Die dicke Heinemann von der Pforte ist schon wieder schwanger. Und das, wo doch ihr Mann seit einem dreiviertel Jahr geschäftlich in Australien ist. Wie das wohl geht. Über WLAN ja nicht. Wenn überhaupt, dann nur über LAN. Oder eine Standleitung! Der Berckel aus dem Sechsten hatte was mit der Steinmann aus dem Zweiten. Na, ob das seine Frau weiß? Hast du gehört? Der Schlemmer hat Wanderhoden. Sag aber nichts. Ich hab das nur gehört. Aber von mir hast du das nicht! Nicht, dass es am Ende heißt, ich würde tratschen!

Geschichten zwischen Dampfkost und Tütensuppen. Neben der Farbstoffbombe von Pudding zum Nachtisch auf dem Tablett serviert. Die Kantine, der Umschlagplatz für Neid, Missgunst und Intimitäten. Und für ungesundes Essen. Ich bin mir sicher, irgendwo auf diesem Erdball gibt es eine Kantine mit vernünftiger Küche. Bei uns hingegen war das Essen scheiße. Da half auch kein Schönreden oder eine charmantere Wortwahl. Es war scheiße. Aber heute blieb ich im Haus.

»Entschuldigung, darf ich vor Sie? Ich würde mich gerne noch vor ein Uhr übergeben!«, hörte ich von hinten.

»Ach, Klaus! Was verschlägt dich hierher? Du hast doch immer was dabei, oder?«

»Meine Frau ist doch zu ihrer Schwester nach Stuttgart gefahren. Selbstversorger sozusagen! Bevor ich nichts esse, du weißt.«

Wir waren an der Reihe, und ich wurde nach meiner Wahl gefragt.

»Was muss denn weg?«

»Der Brokkoliauflauf ist sehr zu empfehlen. Mit Schweinemedaillons.«

»Her damit, schmeckt eh alles gleich!«

»Wie bitte?«

»Ich meinte, danke für den Tipp, nehme ich.«

Klaus entschied sich für eine Currywurst mit Pommes. An sich keine schlechte Wahl, hätte die Currywurst nicht ausgesehen, als wäre sie noch vor dem Mauerfall gegrillt worden.

Wir suchten einen Platz und setzten uns zu Lucas, dem Ladykiller.

»Na, Alter, ist da noch frei?«

»Jetzt nicht mehr.« Er rutschte ein wenig zur Seite.

Nachdem wir mit Saft, Limo und Wasser angestoßen hatten, probierte ich mein Essen. Der Auflauf war insgesamt nicht schlecht, aber das Fleisch schmeckte fies. *Du meine Güte!* Ich hatte kurzzeitig Tränen in den Augen und bedeckte sicherheitshalber alles mit ausreichend Salz und Pfeffer. Danach ging's.

»Und, was macht das junge Glück? Habt ihr euch schon gestritten?«, bohrte Lucas.

»Das werde ich euch gerade auf die Nase binden!«, antwortete ich und schob eine Gabel Brokkoli in den Mund. Schmeckt ja kalt nicht unbedingt besser, das Zeug.

»Du musst nur aufpassen, dass du dir deinen Raum nicht nehmen lässt«, warnte Klaus. »Das geht so schnell, das merkst du gar nicht. Und ehe du dich versiehst, ist es vorbei mit deinem Leben. Dann ist es euer Hobby, euer Geld, ja, sogar euer Rasierapparat!«

Klaus musste schon sehr deprimiert sein. Manchmal fragte ich mich, ob er damals unter einem Vorwand vor den Traualtar gelockt worden war. Wahrscheinlich hatte er bis zuletzt gedacht, er sei Trauzeuge.

Lucas konnte über Klaus' Kommentare bloß müde lächeln. Er war ein Macho vor dem Herrn. Charmant, aber Macho. »Ihr zwei seid mir vielleicht traurige Patienten. Über was ihr euch Gedanken macht!«, schüttelte er den Kopf, aber Klaus beriet mich ungefragt und unbeirrt weiter.

»Geh auch unbedingt mal alleine weg, und mach was mit Freunden! Bei mir war es so, dass wir ständig im Doppelpack irgendwo aufgetaucht sind. Am Ende erkannten mich meine Freunde nur noch, wenn meine Frau dabei war.«

Das wird ja immer besser, dachte ich, man könnte glatt meinen, Partnerschaft und Ehe sind schlimmer als die Pest.

»Der Sex wird auch dauernd weniger!«, fuhr Klaus fort. »Ich hab's schon ausgerechnet. Wenn ich sechzig bin, habe ich schon sieben Jahre keinen Sex mehr gehabt. Vielleicht noch an Feiertagen.«

Langsam fiel mir das Schlucken schwerer. Am Tisch entstand peinliches Schweigen.

»Jetzt reicht's aber, Klaus! Was soll denn das? Du musst ja eine regelrechte Furie daheim haben, sag mal! Besser, du trennst dich mal ganz schnell!«, zischte Lucas schließlich hinter vorgehaltener Hand.

Klaus ließ sich nicht beirren. »Wenn das so einfach wäre. Aber wir sind doch im vierten Monat schwanger!«, setzte er mit verzagter Stimme hinzu.

Leck mich am Arsch! Da meint man immer, schlimmer geht's nimmer. Beim Klaus schon. Mir fiel auf, dass Klaus in der Wir-Form von der Schwangerschaft geredet hatte. Er würde der erste Ehemann sein, der für seine Frau das Kind auf die Welt brachte.

»Wann, sagtest du, hast du mit deiner Frau zum letzten Mal geschlafen?«, erkundigte sich Lucas.

Die einzige übrig gebliebene Gehirnzelle in Klaus' Kopf schrubbte sich einen Wolf. Verzweiflung machte sich auf seinem Gesicht breit. Wahnsinn! Unsere Kantine war besser als jede Klatschzeitschrift! Also, wenn ich gewollt hätte, hätte ich was zum Tratschen gehabt. Nein, ich tratsche nicht. Großes Ehrenwort!

Während wir unsere Teller leerten, kam mein Chef auf uns zu.

»Auch auf die Gefahr hin, dass ich nerve, Neumann. Aber bald muss ich das wissen. Ich kann Ihnen den Platz nicht ewig frei halten.«

Er legte seine Hand auf meine Schulter. In der anderen hielt er sein Tablett gefährlich nah an meinem Gesicht.

»Ein bisserl Zeit müssen Sie mir schon geben, Herr Kuhn. Ich habe ja noch nicht mal mit meiner Freundin so richtig darüber gesprochen.«

Kuhn stellte sein Tablett vor mir auf dem Tisch ab. »Also, Neumann, wenn Sie für so eine Entscheidung dic Erlaubnis von Ihrer Freundin brauchen? Das ist doch eine Entscheidung für Ihre Zukunft. Wer weiß, ob das mit Ihnen und Ihrer Freundin hält? Und was ist dann? Außerdem, was soll sie denn dagegen haben? Frauen stehen auf erfolgsorientierte Männer. Man will sich doch auch mal was leisten können, Neumann!«

Genau das wollte ich nicht hören. Ich fühlte, wie der Druck zunahm. Immer höher, schneller, weiter. Ich mochte mein Leben. So, wie es war. *Wieso, zum Teufel, muss ich für meine Freundin erfolgreich sein? Wo steht denn das?* Wenn Anja auf Erfolg aus war, dann konnte sie das gefälligst selbst arrangieren. Ich hatte alles. Laptop, Surround, Auto …

Unterwäsche geht immer

Die Abwechslung tat mir gut. Nach der Arbeit mit Hans shoppen gehen. So würde ich auf andere Gedanken kommen. Wenn ich gleich nach Hause ginge, würde früher oder später das Thema »Diplom-Finanzwirt« auf den Tisch kommen. Davon hatte ich für diesen Tag mehr als genug.

Außerdem stand Anjas Geburtstag bevor. Und ich hatte noch kein Geschenk für sie. Was kauft man also einer Frau, die alles hat? Genau. Unterwäsche geht immer. Natürlich nicht irgendeine. Eher so die Abteilung, bei der es teurer wird, je weniger Stoff dran ist.

Hans und ich hatten verabredet, uns in der Fußgängerzone zu treffen, direkt vor einer Dessousboutique. Eine von der Sorte, bei denen man die Preisschildchen in der Auslage mit der Lupe suchen muss. Frei nach dem Motto »Nimm mit, was dir gefällt. Der Preis spielt keine Rolle!«.

»Meine Fresse, schau dir das mal an!« Hans wartete vor dem Laden auf mich. Er starrte gebannt ins Schaufenster und hielt, während er mich begrüßte, den Blick auf die Unterwäsche geheftet.

»Servus erst mal! Komm, lass uns reingehen. Wir stehen ja hier wie zwei Spanner!«

Direkt hinter dem Eingang wurden wir von einer Verkäuferin begrüßt. Obwohl – Verkäuferin traf es nicht so ganz. Es war ein Model.

Hans zuckte unmerklich und straffte die Brust.

»Guten Tag, die Herren. Was kann ich für euch tun?«

Aha, wir sind also schon beim Du!

»Wir suchen was für seine Freundin!«, kam mir Hans zuvor. Die Verkäuferin blickte uns irritiert an.

»Er meint, ich suche etwas für meine Freundin!«, warf ich ein, um die Situation zu entspannen.

»Was genau soll es sein?« Die Verkäuferin lotste uns zu einer Wand, an der eine Sünde nach der anderen, fein säuberlich, angeordnet war. Ein Hauch von Nichts auf jedem Bügel, in allen Farben. Hätte man alles in diesem Laden zusammengenäht, so wäre man wahrscheinlich quadratmetertechnisch nicht über eine mittelgroße Tischdecke hinausgekommen.

»Na, ich dachte da so an einen BH und das passende Höschen dazu. Irgend so eine Kombi vielleicht.«

»Eine Kombi?«

»Ja, was haben Sie da so?«, fragte ich vorsichtig und registrierte aus dem Augenwinkel, dass Hans sich die Hand vors Gesicht hielt.

»Ich würde sagen, ich bringe euch mal auf den neuesten Stand!«

»Ja, bringen Sie!«, freute sich Hans und rieb sich die Hände.

Die Verkäuferin suchte rasch etwa zwanzig Teile zusammen und legte sie auf den Verkaufstisch.

Hans und ich standen wie zwei Schuljungen davor und warteten auf unsere Lehrstunde in Sachen *Was Frau heute drunter trägt.*

»So! Hier hätten wir einen Push-up-BH, einen BH gefüttert, das hier ist ein Balconette-BH, dieser hier hat Bügel für einen besseren Halt. Oder wie wäre es mit einer sexy Korsage?

Die habe ich gerade an!«, sagte sie und hob dezent den Saum ihrer Bluse an.

»Für drunter hätten wir dann passend dazu entweder einen Slip, einen String oder vielleicht doch lieber eine Panty? Hier, dieser Taillenslip ist auch sehr schön. Passend dazu gäbe es auch einen Strumpfbandgürtel!«

»Haben Sie den auch gerade an?«, fragte Hans mit offenem Mund, ohne den Blick von den Textilien zu nehmen.

»Das bleibt mein süßes Geheimnis!«

Super, dachte ich, während der Film in meinem Kopf begann. Plötzlich sah ich das Model in der angepriesenen Wäsche auf dem Tisch vor mir liegen. Dann Blumenwiese! Und Hans' Socken! Ich musste auf andere Gedanken kommen. Verdammt, das machen die mit Absicht. Quatschen dich in Trance und verkaufen dir im Dämmerzustand die gesamte Kollektion.

»Dürften wir die Sachen an Ihnen mal sehen? So können wir es uns ein bisschen besser vorstellen!« Hans konnte es einfach nicht lassen. Aber zugegeben, die Frage war originell.

»Netter Versuch! Aber ich glaube, das lassen wir mal lieber! Da ist jetzt eure Fantasie gefragt!« Sie schaute uns lasziv an.

Bloß nicht! Keiner sollte es wagen, nach meiner Fantasie zu fragen. Schon überhaupt niemals in dieser Sekunde!

Hans stand immer noch wie angewurzelt da.

Ich zeigte wortlos auf einen Push-up und einen Slip.

»Was hat denn die Freundin für eine Größe?«

»Na, so wie Sie, denke ich! Oder, Hans? Was meinst du?«

»Was?«

»Die Größe!«

»Ja, ganz groß!«

Hans wirkte apathisch.

»Also fünfundsiebzig B! Ich schau mal im Lager nach. Ob wir die beiden Sachen in dieser Größe hier haben!«

Die Verkäuferin schlängelte sich hinter einem Vorhang durch.

Hans schaute ihr nach und blickte weiter in die Richtung, in der sie verschwunden war.

»Hans! HANS!«

»Was denn?«

»Sag mal, was stimmt nicht mit dir?«

»Hey, schlepp mich nie wieder in so einen Laden, während ich Single bin!«

»Komm mal wieder runter! Das ist bloß Unterwäsche!«

»Du hast gut reden. Du gehst ja jetzt gleich heim zu deiner Anja.«

Ich verstand, was er meinte. Mir fiel der völlig unpassende Vergleich eines eingesperrten Hundes ein, vor dessen Käfig lauter läufige Hundedamen herumtanzten.

Die Verkäuferin kam aus dem Lager zurück und brachte alles mit, was ich ausgesucht hatte. Gott sei Dank. Es wurde Zeit, dass wir den Laden verließen. Angesichts der Verfassung, in der sich Hans befand.

Ich hinterließ an der Kasse ein kleines Vermögen, und wir verließen die Boutique. Ich bedankte mich bei Hans für die grandiose Unterstützung. Er quittierte meine Worte nur mit einem »Du Arsch«, dann trennten sich unsere Wege. Ich schlenderte mit meiner Beute zur Tiefgarage und überlegte mir ein Versteck für das Geschenk. Es konnte nicht schwierig sein, eins zu finden. Das Täschchen, das an meinem Zeigefinger baumelte, war kaum größer als ein Damenportemonnaie.

Bettentausch

Als ich nach Hause kam, war Anja schon da.

»Noch nicht schauen!«, rief sie aus dem Schlafzimmer.

»Was, nicht schauen?«

»Na, bleib draußen!«

Während ich noch im Flur stand und überlegte, wo ich nun Anjas Geschenk verstecken sollte, merkte ich, dass am Boden ein Schlauch lag. Er kam aus dem Badezimmer und führte ins Wohnzimmer. Ein Blick um die Ecke zeigte mir, dass er noch weiter reichte, bis ins Schlafzimmer.

»Was, zum Teufel, machst du denn da?«

»Moment noch!«, Anjas Stimme wurde durch die angelehnte Tür gedämpft.

Ich versteckte eilig mein Geschenk hinter der Surround-Anlage. Dort würde sie nie im Leben hinschauen. Wobei ich mein Präsent auch prima in meiner Geldbörse hätte verstecken können. Gut, das war Quatsch, aber allein die Vorstellung, wenn ich an Anjas Geburtstag aus der Gesäßtasche …

»Jetzt darfst du!«, rief Anja in singendem Tonfall.

Ich zog rasch meine Schuhe aus und öffnete mit einem leicht flauen Gefühl im Magen die Schlafzimmertür.

»Überraschung!« Anja stand vor mir, die Arme ausgebreitet, grinsend von einem Ohr zum anderen und voller Freude im Gesicht. Ihre Augen glänzten.

»Was ist denn das?«

»Das ist ein wahr gewordener Traum. Wellness pur. Wir werden uns nur noch hier drinnen aufhalten!« Sie schlang ihre Arme um meinen Hals.

»Nichts dagegen! Aber sag mal, das ist doch ein …«

»Wasserbett!«, sang Anja, drei Oktaven höher.

Ich japste nach Luft. Das Bett war riesig, so groß, dass die Tür sich gerade noch über die ganze Breite öffnen ließ.

»Na, was sagst du?«

»Ich weiß nicht. Ich meine, wo hast du das Ding her?«

»Das ist ein Ausstellungsstück, war total günstig. Heute Mittag ist es geliefert worden, ich bin extra deshalb früher von der Arbeit weg. Noch etwa eine Stunde, dann ist das Wasser in der zweiten Matratze auch drinnen.«

»Du weißt schon, dass wir hier Altbau haben, oder?«

»Ach, das bisschen Bett.«

Zusammen mit dem Bett war ein kleines Handbuch geliefert worden. Ich blätterte es durch, während Anja es sich auf ihrer Seite gemütlich machte. Zweihundert mal hundert mal zwanzig Zentimeter, das ergibt vierhundert Liter. Mal zwei, und dann noch der Rahmen selbst, das sind ja …

»Anja, du weißt schon, dass hier ungefähr tausend Kilo stehen.«

»Ach, das hält das Haus schon aus.« Anja machte eine wegwerfende Handbewegung und rollte sich auf ihrer Matratze hin und her.

»Was verläuft denn da für ein Kabel unter dem Bett?«

»Das ist die Heizung. Das Wasser muss doch angewärmt werden. Sonst wird mein Schnucki am Ende noch krank!«

Genial! Wasser und Strom in einer Matratze. Und ich soll drauf liegen.

Das konnte nicht gesund sein, auf Strom zu schlafen, oder? Ich war sprachlos. Da richteten wir auf Anjas Wunsch hin die meisten Möbel nach Feng Shui aus. Anja aß gerne ayurvedisch, wegen der Gesundheit. Ich sollte weniger Fleisch essen, aber zugleich sollte ich die ganze Nacht über auf Strom schlafen. Und auf einer hausgemachten Wasserader! Verstehe einer die Frauen! Also, ich für meinen Teil, ich stieg an dieser Stelle aus. Aber wenigstens war das andere Teil weg, dasjenige, das ihr Ex beschmutzt hatte.

»Was ist mit dem alten Bett passiert?«, wollte ich wissen.

»Ach, das wurde abgeholt.«

»Heilsarmee, Rotes Kreuz, deine Mutter? Wer wollte denn die Oase der Lust?«

»Nö. Der Jens hat's geholt.«

Ich glaubte, mich verhört zu haben. »Der Jens?«

»Jetzt mach doch kein Drama draus!«, versuchte Anja, mich zu beschwichtigen. »Der hat das Bett zusammen mit einem Kumpel abgebaut und gut war's.«

Ich folgte Anja in den Flur.

»Du, ich möchte aber nicht, dass der Honk hier bei uns mit dir alleine in unserer Wohnung rumspringt. Was denkst du dir dabei?«

»Waren ja nicht allein. War ja sein Kumpel mit dabei.«

»Ach, dann ist ja alles gut. Sein Kumpel war dabei. Was will der mit dem Bett? Wälzt der sich darin rum und …«

»Du bist echt zu doof. Dir kann man nicht mal eine Freude machen.«

Toll, jetzt bin ich wieder schuld.

Anja ging ins Bad und drehte das Wasser ab.

»Ich möchte dich mal sehen, wenn ich mit einer Ex und deren Freundin zusammen hier rumhüpfen würde!«, ereiferte ich mich.

Es war an der Zeit, die Fronten zu klären.

Anja war offenbar anderer Meinung, denn sie wandte sich ab, stapfte energisch ins Schlafzimmer, löste den Schlauch von der Matratze, drückte ihn mir in die Hand und knallte die Tür zu. Ich prallte zurück und blieb stehen, das tropfende Ende des Schlauchs in der Hand.

»Und wann soll ich jetzt Probe liegen?«, schrie ich durch die Tür, nachdem ich mich wieder gesammelt hatte.

»Ruf doch eine Ex und deren Freundin an! Dann machen wir es uns gemütlich!«

Ich hielt es für besser, den Versuch zu unterlassen, Anjas Vorschlag aufzugreifen und ins Scherzhafte zu wenden. Aber für einen kurzen Moment blitzte in meinem Kopf ein Bild auf. Was sollte ich machen? Wenn sie mir so ein Bild in die Birne pflanzte? Hallo? Mann!

Skypen ist männlich

Ich reagierte auf das, was abgelaufen war, wie ein Mann. Das heißt, ich ging ins Wohnzimmer, setzte mich mit meinem Laptop auf unser Sofa und skypte Hans an. Hans war online.

Hans fragte: »Na, den Schlüpfer schon anprobiert?«

»Depp! Stell dir vor, die Anja hat ein Wasserbett gekauft!«

»Geil, hatte ich auch mal!«

»Hätte mich auch gewundert, wenn nicht.«

»Da brauchst du nur einmal das Ding in Bewegung zu bringen, der Rest geht von alleine!«

»Ich frag jetzt nicht weiter, was du meinst, du Freak!«

»Hähä!«

»Der Ex von der Anja war heute in unserer Wohnung!«

»Und? Hast ihn wenigstens gleich anständig vermöbelt?«

»Hätt ich gern. Der war aber schon am Nachmittag da. Und bereits weg, als ich kam.«

»Wahrscheinlich hat er das neue Bett auch gleich eingeweiht!«

»Du bist vielleicht ein Arsch. Das kann ich jetzt am wenigsten brauchen!«

»Dann nimm mich nächstes Mal nicht in so Läden mit, du alter Schlüpferstürmer. Ich bin immer noch ganz wuschig! Ich hätte beinahe …«

Plötzlich verschwand das Bild. Ich prüfte den Akku und die WLAN-Verbindung. Der Akku war voll, die Verbindung intakt.

Da poppte ein Fenster meines Antivirenprogramms auf und zeigte an, dass ich einen Virus hatte. Pardon, ich meine, dass der Laptop von einem Virus befallen war. Schöne Scheiße! Wofür, zum Teufel, gibt es Antivirenprogramme, wenn sie einen Virus nicht bekämpfen, sondern freudig darüber berichten, wenn es zu spät ist?

Ich drückte eine Taste nach der anderen, aber der Laptop reagierte nicht. Stattdessen wechselte er in den abgesicherten Modus und gab sodann kein Lebenszeichen mehr von sich.

Was für ein Tag! Ich wollte gerne einmal so einen von diesen Typen zwischen die Finger kriegen, die feige von zu Hause aus diesen Mist auf den Weg schicken. Das sind bestimmt pickelige, mit Chips überfressene Endzeitgestalten, die von ihren Eltern nicht geliebt wurden. Den Computer eines Mannes hatte man nicht anzugreifen. Jedem dieser Vollposten würde ich ERROR auf die Stirn tätowieren.

Da ich aber weder tätowieren kann noch einen dieser Typen kannte, entschloss ich mich dazu, meinen Computer platt zu machen und am nächsten Tag ein neues Virenprogramm zu kaufen. Ich würde schließlich die ganze Nacht Zeit dazu haben.

Als ich am Schlafzimmer vorbei kam, lag meine Bettdecke samt Kissen vor der Tür. Nett von ihr, wie sie an mich denkt. Und alles nur wegen der Pfeife von Jens. Irgendwann würde ich Anjas Ex ganz gepflegt in seinen blasierten Hintern treten. Dann konnte er seine Angeberkarre im Stehen fahren.

Stört es Sie, wenn ich abpumpe?

Am nächsten Morgen ging ich früher zur Arbeit als gewöhnlich. Wegen der Sache mit Anja hatte ich kaum geschlafen, außerdem hatte ich um 15 Uhr einen Zahnarzttermin. Wenigstens hatten wir uns im Bad beim gemeinsamen Zähneputzen wieder versöhnt. Wir waren beide nicht nachtragend. Allerdings war ich trotzdem auf hundertachtzig, als ich an Jens dachte und daran, dass sie sich immer noch mit ihm traf. Ich ließ mir aber nichts anmerken.

Wenn ich tags zuvor nicht gefragt hätte, hätte sie mir auch davon nichts erzählt. Dessen war ich mir sicher. Mir reichte noch die Sache vom Englischen Garten. Die war auch noch ungeklärt. Ich hatte keine Lust, mich vor den beiden zum Deppen zu machen.

Was sollte das überhaupt?

Entweder man trennt sich, oder man trennt sich nicht. Da brauchen sie nicht noch GUTE FREUNDE zu bleiben. Wofür hat man sich denn getrennt? Was heißt das überhaupt? Alles bleibt, wie es war, nur man geht nicht mehr miteinander ins Bett, oder was? Mir kommt es immer so vor, als würden sich die gescheiterten Pärchen eine Hintertür offenlassen. Auf diese Weise ist noch nicht gleich Schluss, man kann schnell wieder zurück, wenn sich nichts Besseres findet. Deshalb auch behält man erst einmal die Möbel. Damit sich alle Beteiligten nicht so fremd fühlen, wenn man wieder vereint ist.

Das verdammte Bett stand bestimmt, seit Jens es abgeholt hatte, bei ihm in seinem Loft. Oder wo auch immer das Muttersöhnchen hauste. Der Vollidiot sollte sich endlich damit abfinden, dass für ihn der Zug abgefahren war.

Da die Arbeit easy von der Hand ging, machte ich schon kurz nach 14 Uhr Schluss und ging zur U-Bahn. Mein Auto ließ ich stehen, weil ich wusste, dass ich im Umkreis der Praxis meines Zahnarztes um diese Zeit keinen Parkplatz finden würde.

Im Grunde genommen hätte ich jeden Tag mit der U-Bahn zur Arbeit fahren können, aber ich hing an meinem Auto. Zugegeben, ich kreiste jeden Morgen ziemlich lange, bis ich einen Parkplatz fand. Aber zu einem Mann gehört doch ein Auto! Außerdem mochte ich U-Bahn-Fahrten nicht. Die anderen Menschen, der Geruch, die Stange zum Festhalten, an der schon Tausende ihre Griffel abgewischt hatten. Das Warten …, ich mochte es einfach nicht. In meinem Wagen roch es gut nach Meeresbrise, ich hatte meine Musik, und warten musste nur das Auto. Auf mich!

Ich stieg in den Waggon und setzte mich an einen Fensterplatz.

Kurz darauf kam eine Frau mit ihrem Baby auf dem Arm herein und setzte sich auf den Platz direkt mir gegenüber.

Ich bedachte sie mit einem kleinen Lächeln.

Sie lächelte zurück, dann schaute ich wieder aus dem Fenster. Ich sah zwar nur Fliesen, aber wo sollte ich sonst hinsehen? Das Baby quiekte und war dann wieder still. Ich atmete innerlich auf.

Stellen Sie sich vor, das Baby hätte just in diesem Augenblick angefangen zu schreien. Ich hatte noch ungefähr neun Stationen vor mir. Ich hätte nicht einfach so aufstehen und mir einen anderen Platz suchen können. Wie hätte das ausgesehen? Da wäre ich gleich der Kinderhasser gewesen. Also hätte ich weiter lächeln und auch noch etwas sagen müssen, um der Mutter nicht den Eindruck zu vermitteln, als würde ich sie zum Teufel wünschen. So etwas wie: *Na, eine kräftige Stimme wird der mal haben!* Und wenn's dann ein Mädchen war?

»Entschuldigen Sie!« Ich fühlte mich zuerst nicht angesprochen, merkte aber doch, dass die Frau von gegenüber mir etwas mitteilen wollte.

»Ja?«

»Eine Frage: Stört es Sie, wenn ich abpumpe?«

Ich schaute die Frau fragend an. Was wollte sie von mir?

»Abpumpen? «, fragte ich tastend, »wie viel brauchen Sie denn?« Ich konnte ja schlecht eine Mutter mit ihrem Nachwuchs dem Schicksal überlassen.

»Sie verstehen mich falsch. Ich fragte, ob es Sie stört, wenn ich abpumpe?«

»Pumpen Sie ruhig!«, sagte ich ins Blaue hinein. Mir war noch keinen Deut klarer geworden, was sie von mir wollte.

Die Frau nahm ihr Baby auf den einen Arm, fummelte mit der anderen Hand in ihrer Tasche und lächelte mich wieder an.

»Könnten Sie die Kleine bitte kurz halten?«

»Immer her damit!« Ich wagte nicht, Ihre Bitte abzulehnen. Anscheinend sah ich ziemlich vertrauenswürdig aus. Kein Mensch wirft jedem x-beliebigen Zeitgenossen seinen Säugling entgegen.

»Das ist Emma!«

Instinktiv nahm ich die Kleine richtig auf den Arm. Wahrscheinlich, weil ich das gerade gesehen hatte. Die Frau holte etwas aus ihrer Tasche, das aussah wie eine Druckluftfanfare. Dann öffnete sie die obersten Knöpfe ihrer Bluse und klappte eine Seite ihres BHs runter. Ich traute meinen Augen nicht, während ich beobachtete, wie sie ihre Fanfare nahm, das Gerät gegen ihre Brust drückte und zu pumpen begann.

Endlich begriff ich, was sie gemeint hatte. Doch das änderte nichts daran, dass ich keine Ahnung hatte, wo ich hinschauen sollte. Ich ertappte mich allerdings dabei, dass ich noch nicht eine Sekunde lang weggesehen hatte.

»Ah, das tut gut! Ich dachte schon, ich platze gleich!«

»Ja, das kenne ich!«, bekräftigte ich blindlings ihre Erleichterung. Sie schaute mich verwundert an.

Das muss man aber auch erst einmal verkraften. Hallo? Ich war auf dem Weg zum Zahnarzt. Ich hatte nicht damit gerechnet, dass mich an einem Nachmittag unter der Woche in der U-Bahn eine fremde Brust anlächeln würde!

Nun ja, was die Dame tat, gehörte zu den normalsten Dingen im Leben. Für mich war es trotzdem widersprüchlich. Hätte ich ihr vor einem Jahr auf den Busen gestarrt, so hätte sie mir wahrscheinlich eine geklebt. Und jetzt? *Vorhang auf, da ist sie, die Brust!*

Ich kann als Mann nicht mitreden. Aber trotzdem: Manchmal kommt es mir so vor, als würden Frauen extra zum Stillen aus dem Haus gehen. Oder zum Milchabpumpen. Vielleicht geht das nicht gut in geschlossenen Räumen, und an der frischen Luft ist es gesünder.

Während ich mich verlegen auf meinem Sitz wand, wachte das Baby auf und schrie. Ich schuckelte es und schnitt Grimassen. Sofort war die Kleine wieder still.

»Na, Sie sind ja ein Naturtalent! Haben Sie auch Kinder?«

»Nein. Ich hab ja noch nicht mal so 'ne Pumpe!«

Wieder guckte sie mich verblüfft an. Im nächsten Moment fuhr sie fort: »Wir sind gerade auf dem Weg zu ihrer Oma, gell, Emma! Ich habe nämlich nachher noch ein Vorstellungsgespräch!«

»Da kommt nichts mehr!«

»Bitte?«

»Da kommt nichts mehr!«, wiederholte ich und zeigte auf ihre Brust. Warum schloss sie die Kleine nicht gleich direkt an? Ich hätte sie trotzdem gehalten.

»Oh, danke. Sehr aufmerksam!« Seitenwechsel. »So kann meine Mutter die Kleine nachher füttern, wenn ich nicht da bin.«

»Aha«, antwortete ich, »ja, das ist in der Tat sehr praktisch!« Während ich inbrünstig das Kind wippte, trat mir mein Zahnarzttermin wieder vor Augen.

»Oh, ich müsste die Nächste raus!«

»Natürlich. Vielen Dank für Ihre Hilfe.«

»So, Emma, jetzt geht's zur Omma!« Ich gab die Kleine zurück, winkte der jungen Mutter zu und stieg aus.

Wenn mich Anja gesehen hätte! Als treu sorgenden Onkel! Ich wäre ihr Held gewesen. Ich gestand mir ein, dass es nett gewesen war, die Kleine auf dem Arm zu halten. Ich konnte mich nicht erinnern, jemals ein Baby geschaukelt zu haben. Dann war es wohl auch so.

Der Gedanke an ein eigenes Kind erschien mir mit einem Mal nicht mehr abwegig. Anja würde bestimmt eine tolle Mutter abgeben. Und ich würde ihr beim Abpumpen helfen, so viel war sicher.

Er hat nicht gebohrt

»Herr Neumann, bitte!«

Ich war erleichtert, dass ich beim Zahnarzt gleich aufgerufen wurde. Jährlicher Check für das Bonusheft.

Unbefangen setzte ich mich auf den Stuhl. Ich tat eine Menge für die Gesundheit meiner Zähne. Da lag nie was im Argen. In letzter Zeit hatte es gelegentlich an einem Backenzahn gezogen, aber sonst …

»Na, das sieht aber nicht gut aus, Herr Neumann. Das gefällt mir nicht, da am unteren Sechser! Das Zahnfleisch da …«, bemerkte der Zahnarzt, nachdem er alle Zahnreihen durchgesehen hatte, und klopfte mit seinem Mundspiegel vorsichtig auf meinen Backenzahn.

Aua! Was der nur hat. Er ist selber auch nicht gerade eine Schönheit.

»Ich glaube, da röntgen wir mal lieber, dann wissen wir mehr!«, setzte der Zahnarzt hinzu.

Ich folgte der Sprechstundenhilfe, die mich unverbindlich anlächelte, ins Röntgenzimmer.

Sie legte mir eine Bleischürze um die Lenden und schob mir ein Plastikteil in den Mund.

»Jetzt nicht mehr bewegen!«, kommandierte sie, nachdem sie die Stellung meines Kopfes überprüft hatte.

Ja wie denn? Die elende Bleischürze war so schwer, dass ich mit ihr, selbst wenn jetzt ein Feuer ausgebrochen wäre, unter keinen Umständen hätte weglaufen können. Im Geiste sah ich ein verkohltes Skelett unter einer Bleischürze vor mir. Die zierliche Helferin allerdings hatte mit der Schürze hantiert, als ob sie aus Papier gewesen wäre.

Nachdem ich ins Behandlungszimmer zurückbeordert worden war, betrachtete der Arzt meine Röntgenbilder. Selbst auf einem Röntgenbild war ich fotogen, wie ich fand.

»Herr Neumann, Herr Neumann. Wie ich vermutet hatte.«

Langsam geriet ich in Panik, umso mehr, als der Zahnarzt seinen Assistenzarzt hinzurief.

»Eieiei!« Der neu Hinzugekommene schüttelte mit besorgter Miene den Kopf.

Die Helferin schaute mich mitleidig an.

»Das hilft alles nichts. Der muss raus.«

»Warum?«

»Der sitzt ja regelrecht auf einem Eiterherd. Wenn sich das ausbreitet! Wehret den Anfängen, sag ich immer. Und Sie sind ja auch nicht mehr der Jüngste.«

»Ich bin siebenunddreißig!«

»Sehen Sie, fast vierzig. Nee, nee, den tun wir raus! Haben Sie ein bisschen Zeit oder sollen wir einen neuen Termin vereinbaren?«

Fast vierzig! Ich war fassungslos. Ob ich überhaupt noch nach Hause fahren sollte? Welchen Sarg sollte ich nehmen? Eiche? Oder doch lieber Buche? Kommt auch eine Urne infrage?

»Na, wenn Sie meinen? Dann lieber gleich raus mit dem Kerlchen«, äußerte ich matt.

Während ich vor mich hinsabberte, weil die Wirkung der Spritze eingesetzt hatte, fiel mir ein, dass der marode Zahn eine Lücke hinterlassen würde. Der Arzt beschwichtigte mich sogleich und schilderte mir in lebhaften Farben die möglichen Abhilfen. Nach kurzer Zeit war mir klar, dass sie mich allesamt ein kleines Vermögen kosten würden. Ob sich das noch rentierte, mit fast vierzig?

Anderthalb Stunden später torkelte ich mit einer dicken Wange und einer IBU 800 im Blut aus der Praxis zur U-Bahn. Schöne Scheiße! Wenigstens war ich für einen Tag krankgeschrieben. Ich stolperte in Richtung Bahngleis und wünschte mir, dass ich nicht erst noch mein Auto hätte holen müssen. Verdammt! Das mit der Fahrerei in München-Mitte musst du wirklich noch mal überdenken.

Als ich eine halbe Stunde später in meinem Auto saß und mich gemeinsam mit Tausenden anderen durch den Feierabendverkehr der Innenstadt quälte, dachte ich an Klein Emma zurück. Sie war süß gewesen, die Kleine. Eigentlich wollte ich ja immer einen Hund. Okay, der Vergleich war schräg. Ich rief mich zur Ordnung. *Herbert!!!*

Die Mutter hatte ebenfalls einen wärmenden Anblick geboten, während sie auf ihrem Platz saß und selbstvergessen pumpte.

Anja würde große Augen machen, wenn ich ihr von den Gedanken erzählte, in denen ich schwelgte. Die Vorstellung von einem gemeinsamen Kind, das würde sie bestimmt beeindrucken. Natürlich müssten wir vorher heiraten. Da war ich altmodisch. Ein Kind aus wilder Ehe kam für mich nicht infrage. Wo sollte so etwas enden?

Ich war mir noch keineswegs sicher, ob Anja sich Kinder wünschte. Von Heirat war ein paar Mal die Rede gewesen. Aber Kinder? Auf alle Fälle wusste ich, dass ein Gespräch dieser Art uns sicherlich guttun und unsere Beziehung festigen würde.

Anja in der falschen Karre

Noch eine Ampel, und ich hatte es geschafft. Ich spürte, wie meine Wange leicht pochte. Die Wirkung der Schmerztablette ließ allmählich nach.

Aus der Ferne erkannte ich unseren Hauseingang. Ich kniff die Augen zusammen und öffnete sie wieder. Das kann nicht sein. Ich sträubte mich gegen die Erkenntnis, doch es half nichts: Vor dem Haus stand Jens' weißer Boxster.

Augenblicklich vergaß ich meine schmerzende Wange. Was macht der denn schon wieder bei uns? Will er das Bett zurückbringen? Oder Anja zurückholen?

Ich fluchte hinter meinem Lenkrad; meine Zahnlücke meldete sich wieder. Endlich grün! Als ich abbog, sah ich, wie Anja aus dem Porsche stieg. Was, bitte schön, machte sie in der Protzkarre ihres Ex? Ich beruhigte mich mit dem Gedanken, dass die beiden immerhin nicht allein in unserer Wohnung waren. Nein, zu kurz gedacht. Was, wenn sie bei ihm gewesen war? Was hatte sie bloß noch immer mit dem Sack zu schaffen?

»Hans? Ich bin es … Wie, ich soll dich nicht anrufen, wenn du auf dem Klo bist? Ja, woher soll … Ist ja schon gut. Du stell dir vor …«

Ich erzählte Hans alles, was ich gesehen hatte.

Hans riet mir, cool zu bleiben.

Nicht so einfach. In Gedanken sah ich mich auf der Brust von Anjas Ex sitzen und auf ihn einprügeln.

»Sei vernünftig, Herbert! Wenn du jetzt ein Fass aufmachst, treibst du die Anja nur erst recht in die Arme von diesem Blödmann!«

»Vielleicht hast du recht. Aber was soll ich tun? Mir weiter Hörner von denen aufsetzen lassen?«

»Jetzt wart doch erst mal ab, ob dir die Anja von selbst was davon erzählt«, schlug Hans vor.

Ich legte auf, denn mittlerweile hatte ich eine Parklücke gefunden.

»Hey, du Armer. Was haben sie denn mit dir gemacht?«

Wenigstens wurde ich gebührend begrüßt, als ich in die Wohnung kam. Trotzdem fiel es mir schwer, meinen Argwohn zu verbergen.

»Sag bloß, der hat gebohrt!«

»Schlimmer. Mein erster Zahn ist weg. Jetzt geht's dahin mit mir. Ich falle auseinander!«, antwortete ich melodramatisch.

Anja bugsierte mich aufs Sofa und ging in die Küche, um mir einen Tee zu kochen. Das war das Allheilmittel: *Es war beschissen in der Arbeit? Erst mal einen Tee. Ich kann nicht schlafen? Trink einen Tee! Ich hab einfach zu viel gegessen. Jetzt brauchst du einen Tee.*

Der Werbeslogan erschien vor meinem geistigen Auge: *Ihre Frau hat Sie verlassen, und Ihr Haus ist abgebrannt? Sie haben Ihren Arbeitsplatz verloren, die Katze ist tot, und Ihre Kinder melden sich nicht mehr bei Ihnen? Machen Sie sich einfach einen Tee! Spülen Sie die Sorgen runter!*

»Was hast du denn heute so getrieben?«, rief ich in die Küche hinein.

»Es gibt Neuigkeiten!«

Oh Gott, was für welche? Würde sie mir jetzt eröffnen, dass sie mich verlassen und zu Jens zurückgehen würde?

Meine Pflegerin kam mit zwei Tassen ins Wohnzimmer und setzte sich neben mich aufs Sofa.

»Ich habe gekündigt!«

»Wie? Gekündigt?«

»Ja, du hast richtig gehört. Ich, Anja Schönborn, habe heute gekündigt, und ich bin mächtig aufgeregt. Ich weiß überhaupt nicht, was ich sagen soll!«

»Ich auch nicht!«

»Ich hab es noch nicht mal meinen Eltern mitgeteilt. Die werden ausflippen! Weg mit dem Tee! Ich brauch 'nen Schnaps.« Anja wandte sich dem Beistelltisch zu.

»Mach zwei draus!«

Anja kippte den ersten Kurzen noch im Stehen und schenkte sich einen zweiten ein, bevor sie zurückkam.

»Prost!«

»Prost!«

Jetzt waren auch die Zahnschmerzen weg. Obstler auf IBU kam gut.

»Was willst du denn jetzt machen?«, wollte ich wissen. Sicherlich hatte sie sich etwas dabei gedacht.

»Ich – mache – mit der Franzi – zusammen – ein Café auf! Überraschung!« jubilierte Anja.

Ich schaute sie verdutzt an. Wie wäre es zum Beispiel gewesen, mit mir vorher darüber zu sprechen? Immerhin hatten wir eine gemeinsame Zukunft vor uns!

»Das erfahre ich jetzt? So nebenbei?«

»Ich wollte dich halt überraschen.«

»Na, das ist dir gelungen.«

»Hast du jetzt damit ein Problem oder was?«

»Nicht mit der Sache an sich. Aber anscheinend bin ich es ja nicht wert, dass man vorher mit mir drüber spricht!«

»Also, Herbert, jetzt mal im Ernst: Mit Überraschungen kannst du ganz schlecht umgehen.«

Das stimmte nicht. Über die DVD-Box von *CSI: Miami* im letzten Jahr an Heiligabend hatte ich mich tierisch gefreut. Dagegen war es Anja gewesen, die beim Auspacken komisch reagiert hatte. Dabei ist ein Epilierer doch zweifellos eine prima Sache, oder etwa nicht?

»Ich kann sehr wohl mit Überraschungen umgehen«, antwortete ich trotzig. »Habe ich mich etwa nicht immer total gefreut, wenn du mir mit der Wahnsinnsunterwäsche die Tür aufgemacht hast, seinerzeit, als wir noch nicht zusammengewohnt haben?« Mein Kiefer pochte wieder stärker.

Anja stand auf und winkelte die Arme gegen ihre Taille: »Mann, du bist oberflächlich. Typisch Mann! Und überhaupt. Ihr Männer seid doch alle gleich!«

Jens hatte sie bestimmt schon längst erzählt, dass sie gekündigt hatte. Diesem Pfeifenkopf! Genau deswegen regte mich das Ganze auf. Ich stand auf Rang zwei! Womöglich hatte er ihr auch noch zugeraten. Vielleicht finanzierte er als stiller Teilhaber den Koffeinschuppen mit.

Mir wurde plötzlich klar, dass Anjas Verflossener der Grund dafür war, dass wir ständig miteinander stritten. Immer deutlicher erkannte ich, dass ich mein Revier markieren musste, bevor es zu spät war. Von diesem Schnösel würde ich mir meine Anja nicht wegnehmen lassen. Und wenn ich ihm seine Birne so lange gegen seinen Spoiler knallen musste, bis er es kapierte. Ich beschloss, Hans zu fragen. Mein bester Freund war ideenreich.

Entkalken, bitte!

Anja ließ mich länger schlafen, da ich krankgeschrieben war. Meine Zahnlücke hatte sich wieder beruhigt und schmerzte nicht mehr. Eigentlich hätte ich locker arbeiten können. Aber man musste sich ja nicht aufdrängen. Außerdem hatte ich so ein wenig Zeit, über meine berufliche Karriere nachzudenken.

Ich schlenderte in die Küche, um mir einen Kaffee zu machen. Ich war in Schwabing. Und da ist es üblich, morgens als Erstes einen Kaffee zu trinken.

Dabei setzt man sich auf die tiefe Fensterbank der Altbauwohnung, schaut auf die Lemminge hinunter, und die Erde beginnt, sich zu drehen. Man greift zu seiner überdimensionalen Tasse, auf der in Großbuchstaben KAFFEE steht. Man muss die Tasse mit beiden Händen nehmen, weil sie so riesig ist. Wenn man aufgeschäumte Milch in den Kaffee gibt, muss man für den Kaffee das Glas mit dem Aufdruck *Latte macchiato* verwenden. Sonst weiß man nicht, was drin ist. Und da sitzt man mit seiner großen Tasse und pustet und nippt und sagt immer wieder zwischendrin: Ui, heiß! Dann gehört man dazu.

Ich öffnete den Hängeschrank in der Küche, um mir eine Tasse zu holen. Anja hatte neue Tassen gekauft. Große Humpen, wie sie jeder in Schwabing hat, was sonst? Erleichtert stellte ich fest, dass sie trotz ihrer Größe unter den Brühkopf der Maschine passte. Als meine Tasse halbwegs gefüllt war, blinkte mir ein neues, bisher nie gesehenes Lämpchen entgegen. Darüber stand: »Calc Clean«.

Aha! Nach gefühlten vierzig Tassen wollte das Teil entkalkt werden. Bisher hatte ich noch nicht geahnt, dass unser Vollautomat das nicht von Anfang bis zum Schluss alleine konnte. Nein, er wollte Gesellschaft. Und zwar meine.

Nach einer geschlagenen dreiviertel Stunde hatte ich es geschafft. Zuvor war nicht daran zu denken gewesen, sich auch nur einen Schritt von der Maschine zu entfernen. Ständig war ich damit beschäftigt, den Wassertank aufzufüllen und die Auffangbehälter zu leeren. Und das im Zweiminutentakt. *Schöner Mist.* Ich hatte ernsthaft erwartet, dass die Maschine mir das Leben erleichtern würde. Fundamentaler Irrtum. Und mit der Entkalkung allein war es noch nicht getan, nein! Außerdem musste ich Trester ausleeren, die Brühgruppe reinigen, Wasser auffüllen, Kaffeebohnen nachschütten. Wäre ich nicht krankgeschrieben gewesen, so hätte ich glatt Urlaub nehmen müssen, um dieses modernistische Ungetüm zufriedenzustellen. Ich vermisste meine alte Kaffeemaschine. Herzzerreißend!

Ich setzte mich vor unserem Sofa auf den Boden und schaltete den Fernseher ein. Es war fast neun Uhr, eine Zeit, zu der ich normalerweise schon arbeitete. Ich zappte mich durch die Kanäle. Melancholisch dachte ich an die Zeiten zurück, in denen es fünf – und nur genau fünf –Programme gab. Und bis zum Nachmittag bekam man nichts anderes zu sehen als ein Testbild. Und heute?

Schon früh am Morgen erfahre ich, welcher C-Promi sich wieder von seiner Freundin getrennt hat und welcher Schlagerstar auf Entzug ist. Unterbrochen wird das Spektakel zwischendurch von einer Moderatorin mit poppiger Frisur, die uns freudig zur nächsten Werbepause begleitet.

Ich zappte weiter. Zwei Löwen in der Steppe Afrikas, die sich paarten. Wie mochte sich da so eine Löwin fühlen, wenn sie dabei gefilmt wurde? Bekam sie eine Gage? War Liebe im Spiel oder tat sie es, um ihre Jungen durchzubringen?

Ich drückte wieder auf die Fernbedienung. Eine Frau auf einer Parkbank. Sie berichtete davon, dass sie seit einem Jahr vegan leben würde. Wie kann man sich selbst nur so hassen? Das kann mir doch keiner erzählen, dass ein Veganer auf einem Weihnachtsmarkt an einem Würstchenstand vorbeigeht, ohne nervös zu werden. Ich könnte das nicht.

Die Frau im Fernsehen prahlte haarklein, dass sie nicht nur kein Fleisch und keine tierischen Produkte esse, sondern auch alles meide, was Tiere ausbeute. Sie esse auch keinen Honig. Das kannte man ja. Die ständigen Demos ganzer Bienenvölker samstags in den Fußgängerzonen dieser Welt. Ich verstand nicht, was sie damit bezwecken wollte. Wahrscheinlich ging sie auch nicht auf dem Gehweg, auf dem zuvor ein in Gefangenschaft gehaltener Rauhaardackel an der Leine Gassi geführt worden war.

Aber ich dachte mir: Herbert, jedem das Seine. Da war ich ganz weltoffen. Trotzdem schaute sie ziemlich kraftlos aus. Deshalb wurde das Ganze wahrscheinlich auf der Parkbank gedreht. Zeit, um weiter zu zappen.

Ich gelangte zu einer Reportage. In einer Stadt in Hessen wurde ein neues Glockenspiel eingeweiht.

Der Bereich meiner Möglichkeiten umfasste noch ungefähr sechzig Kanäle. Ich blieb bei einem Verkaufssender hängen. Gezeigt wurde ein Messer, mit dem sich auch dann noch eine Tomate schneiden ließ, nachdem es auf Steine und Metall angesetzt worden war. Die übliche Verwendung also. Zu dem Messer gab es auch noch einen Messerblock. Und wer innerhalb der nächsten halben Stunde bestellte, erhielt zusätzlich zwölf Pizzamesser, einen Regenschirm, eine Taschenlampe, einen Topf, sechs Gläser und ein abgefahrenes T-Shirt mit dem Firmenlogo des Herstellers. Ein unwiderstehliches Angebot, dem ich ganzen Mannes trotzte.

Nachdem ich auf den nächsten Sender gewechselt hatte, erklang fröhliche Volksmusik. Alpenpanorama. Das richtige Programm für nebenbei am Wochenende, zur Entspannung. Ein Regentropfen fuhr einsam auf der Kameralinse durch die um diese Uhrzeit vernebelten Alpen. Fellhorn – 1.967 m – 19 Grad. Passabel. Tegelberg – 1.730 m – 18 Grad. Zu kalt. Zugspitze – 2.962 m – 18 Grad – derzeit kein Bahnbetrieb. Schade.

Mein Handy klingelte.

»Na, du Zahnloser! Wie ist die Stimmung?«

»Hallo, Hans! Was gibt's? Muss du nicht arbeiten?«

»Was macht dein Jens?«

Der Blödmann, dachte ich. Hans liebte es, in meinen Wunden zu bohren. Wäre er nicht schon so lange mein Kumpel, so hätte ich ihm für diesen Text die Freundschaft gekündigt.

»Hast du es deiner Anja gesagt, dass du sie gesehen hast?«

»Nö.«

»Weil?«

»Na, weil du gesagt hast, ich soll nicht.«

»Brav isser!«

»Brav am Arsch. Wenn ich den noch einmal mit der Anja sehe, dann …«

»Reg dich nicht so auf, sonst fallen dir die Zähne aus.«

»Im blöd Daherreden bist du Meister.«

»War denn die Zahnfee schon da?«

»Nein. Aber zu dir kommt gleich der Teufel und schiebt dir einen Dreizack in deinen dicken Hintern!«

»Der ist durchtrainiert und …«

»Ich leg jetzt auf!« Ich legte auf. Kurz darauf kam eine SMS. Sie stammte von Hans. Wie immer hatte er das letzte Wort.

Schau doch mal in ihren Sachen nach. Bist ja alleine in eurer Liebesgrotte.

Da spricht ein frustrierter Single! Du kommst doch morgen auf Anjas Geburtstagsfeier?

Klar. Will ja nichts verpassen!

Bis morgen

B. M.

Der Gedanke, dass Hans mir ganz offensichtlich zutraute, Anjas Sachen zu durchsuchen, empörte mich. So etwas tat man nicht. Oder? Nein. Außerdem war Anja viel zu clever. Sie hätte sicherlich dafür gesorgt, jegliche verräterischen Spuren in unserer gemeinsamen Wohnung zu beseitigen, und so wäre ich hinterher genauso schlau gewesen wie vorher. Nein, jede andere vielleicht, aber meine Anja? Nein, wirklich nicht.

Mir fiel ein, was Anja letztens im *Franzis* losgelassen hatte: *Du willst doch was erreichen!*

Eine tolle Sache, sicherlich, so ein Diplom-Finanzwirt. Aber der Aufwand. Momentan war, soweit ich es sah, alles prima. Vielleicht meinte sie auch, ich solle was für sie erreichen. Schämte sie sich vielleicht tatsächlich vor ihrer Familie dafür, dass ich kein Karrieretyp war? Oder wollte sie sich für die Zukunft absichern? War vielleicht gar ein Baby unterwegs? Nein. Dann hätte sie nicht diese Schnapsidee verfolgt, mit Franzi ein Café zu eröffnen.

Ich ging ins Bad, um endlich zu duschen und mich zu rasieren. Dauernd dieser Erfolgsdruck! War es wirklich die Chance für mich? Was, wenn mir am Ende die neuen Aufgaben überhaupt nicht gefielen? Das hatte ich nun davon. Als ich noch allein gelebt hatte, hatte ich nicht nachdenken müssen. Als Single hätte ich meinem Chef gesagt: »Danke, Moment, ich überlege – nein, danke.« Das wäre alles gewesen.

Jetzt musste ich auf einmal an die Zukunft denken. Nicht nur an meine. Auch an Anjas. Vielleicht sogar an die von Kindern, die wir irgendwann bekommen würden! Mein Mut sank. Jetzt ging es los. Jetzt war es vorbei mit dem Locker-in-den-Tag-hinein-Leben. Zukunft, Absicherung, Vorsorge … Ich war … kein Single mehr!!!

Augen auf in der Konservenabteilung

»Happy birthday to you, happy birthday to you. Happy birthday, liebe Anja – happy birthday to you!«

»Das ist lieb von dir. Guten Morgen!«

»Moin moin, wie der Franke sagt. Alles Gute!« Ich reichte ihr einen Bottich mit Kaffee.

»Ui, Kaffee«, sagte sie, nahm die Tasse mit beiden Händen entgegen, setzte sich in den Schneidersitz und fing an zu pusten und zu schlürfen.

»Hier, dein Geschenk!« Ich streckte Anja mein Päckchen entgegen.

»Ui! Geschenke! Was ist denn da drin?«

»Wenn ich dir das jetzt sage, wär's schade ums Papier und keine Überraschung mehr!«

»Du, ich möchte das gerne heute Abend im *Franzis* aufmachen, ja? Die anderen sollen ruhig mitkriegen, was ich von meinem Mann bekomme.« Sie gab mir einen Kuss, stand auf und ging ins Bad.

»Und wenn es jetzt was mit Batterie ist?«, schrie ich ihr nach.

»Ich glaube nicht, dass mir mein Freund einen MP3-Player zum Geburtstag schenkt!«

Die Badezimmertür schloss sich. Ich hatte zwar gerade an einen Gegenstand aus der Erotikabteilung gedacht, aber was wäre an einem MP3-Player auszusetzen gewesen? Ich hätte mich darüber gefreut. Nun gut, dachte ich, wenn sie meint, dass heute Abend alle sehen sollen, was sie trägt, wenn sie ihren Herbert glücklich sehen will – keiner wird sagen können, ich hätte sie nicht gewarnt.

Während Anja im Bad war, deckte ich den Frühstückstisch. Gleich nach dem Aufstehen hatte ich frische Semmeln geholt. Jetzt fehlte nur noch Anja. Ich musste zeitig zur Arbeit aufbrechen. Glücklicherweise war Freitag, und ich hatte um 14 Uhr Feierabend.

»Komm, setz dich, und lass es dir schmecken!«, sagte ich zu Anja, die frisch und munter aus dem Bad zurückkam. Ich schob ihr den Stuhl zurecht.

»Danke. So lass ich mir das gefallen!«

»Und? Was hast du am Vormittag vor?«

»Ich hab frei. Habe ich gestern noch schnell eingetragen. Ich muss ja langsam, aber sicher mal meinen Resturlaub abfeiern. Die Kündigungsfrist läuft ja bereits.«

»Na, dann hau dich doch nach dem Frühstück wieder hin. Heute Abend wird es bestimmt spät!«

»Bist du wahnsinnig? Ich muss noch tausend Sachen erledigen. Die Tischdeko besorgen, und Kerzen …«

»Wer macht eigentlich die Mucke heute Abend?«

»Thorsten hat sich angeboten, aufzulegen!«

»Super! Der Franke! Thorsten mit TH!«

»Sei lieb. Sonst bist du der DJ!«

»Gern. Das wär gleich vorbei. Deine Kuschelrock eins bis hundertzwanzig in den Wechsler, und gut wär's.«

Ich stand auf, gab ihr einen Kuss auf die Stirn und schlüpfte in meine Jacke.

»Ruf an oder schreib, wenn ich was besorgen soll!« Ich schaute auf die Uhr und schloss hastig die Wohnungstür hinter mir.

Im Treppenhaus traf ich auf das Ehepaar Beckmann. Die beiden traten offensichtlich nur im Rudel auf.

»Guten Morgen!«, sang Claudia.

Uwe schloss sich an. »Morgen!«

»Du, Herbert? Sag mal, kannst du uns einen Tipp geben, was sich die Anja wünscht?«

Aha. Die beiden waren also auch eingeladen. Das hieß also, dass ich mein Essen heimlich in mich reinschaufeln und das Bier in eine neutrale Flasche umfüllen musste. Andernfalls würde Uwe mir wahrscheinlich einen Vortrag über gesunde Ernährung halten.

»Du bringt doch einfach was Kleines mit! Anja ist da nicht so. Sie freut sich, wenn ihr kommt!«

Was hätte ich auch sagen sollen? Ein Geschirrspüler wäre toll? Ein Gutschein?

»Meinst du, sie freut sich über einen Spinningkurs bei uns im Studio?«

»Klar, aber immer! Solange ich nicht mit muss!«

»Das würde dein Herz aber ungemein stärken!«, frotzelte Uwe und musterte mich tadelnd.

»Ich muss!« Der Oberlehrer!, dachte ich und drehte den beiden den Rücken.

Freitagmorgen in Schwabing. Stau ohne Ende. Offenbar fuhren an diesem Tag alle Werktätigen mit dem Auto zur Arbeit. Sollen doch die andern alle mit den Öffentlichen fahren, dann hätt ich mit meinem Boliden freie Fahrt. Aber so …

Als ich das Gebäude des Finanzamts betrat, kam Kuhn auf mich zu. Was denn jetzt wäre mit dem Diplom-Finanzwirt. Er zog mich in sein Büro.

»Mensch, Neumann. Wenn ich in Ihrem Alter diese Chance gehabt hätte, ja, da hätte ich nicht lange überlegt. Worauf warten Sie denn noch? Ich muss spätestens nächsten Freitag eine Entscheidung haben. Wenn Sie sich nicht rühren, biete ich das Ganze einem anderen an. Sie wollen doch weiterkommen im Leben. Ihren Kindern später mal was bieten können. Ein Haus bauen, Garten … Mensch, Neumann, ich meine es doch nur gut mit Ihnen.«

Genau das war das Problem. Jeder meinte es immer nur gut. Das ist wie mit dem Übergewicht. Wenn alle um Sie herum nur auf Sie einreden und sagen, Sie sollen abnehmen, dann schaffen Sie's doch erst recht nicht. Stimmt doch, oder? So ging es mir mit dieser sogenannten Chance.

Braucht der Mensch ein Haus? Teure Möbel? Ein dickes Auto? Einen Garten? Das sind alles Dinge, die einem nicht gehören. Nein! Irgendwann wird man von diesen Dingen besessen. Man ackert bloß, um es, um Himmels willen, bis zur Rente zu schaffen, alles abzubezahlen. Und warum? Damit man es später schön hat.

Ich wollte es aber nicht später schön haben, sondern jetzt. Was, wenn ich gleich am nächsten Tag mit meinem Auto gegen einen Brückenpfeiler knallen würde? Gut, in einem solchen Fall bringt alles nichts. Aber was, wenn mir in zehn Jahren etwas passierte? Dann hatte ich nur geschuftet, damit ich es schön hatte, wenn ich gar nicht mehr lebte. Zugegeben, irgendwann würde ich auch ein Problem bekommen, wenn ich jeden Tag so lebte, als wäre es mein letzter Tag, denn in dem Fall würde mir sehr schnell das Geld ausgehen. Und dann würde ich gewissermaßen bis in die Kiste arbeiten müssen. Und ob mich das Pflegepersonal, das ich mir nicht würde leisten können, auch jeden Tag hierher kutschieren würde?

»Herr Kuhn, ich verspreche ihnen, bis Mitte nächster Woche sage ich Ihnen Bescheid.«

»Mir wäre lieber, wir würden jetzt alles klar machen, dann hätte ich es vom Tisch!«

Ich durchschaute ihn, Kuhn war nicht schwer zu durchschauen. Klar, ich sollte mich für endloses Pauken entscheiden, damit er das Thema vom Tisch hatte.

»Nächste Woche, Herr Kuhn. Versprochen!« Ich stand auf und ging.

Ich war mit meiner Arbeit in Verzug. Mit einem längeren Gespräch mit meinem Chef hatte ich nicht gerechnet. Ich hoffte, trotzdem wie geplant pünktlich um 14 Uhr gehen zu können.

Ich nahm mir eine Abrechnung vor. Als ich entdeckte, von wem sie stammte, wurde ich neugierig. Sieh an, der Schwaiger Lutz, ein ehemaliger Klassenkamerad. Schwutzi hatten wir ihn genannt. Schwaiger war ein absoluter Spätzünder gewesen. *Oje, auch geschieden! Noch einer mehr.*

Schwaiger hatte zwei Kinder und wohnte seit vier Jahren in München. Logisch, in München, andernfalls wäre sein Lohnsteuerjahresausgleich nicht hier auf meinem Tisch gelandet. Die Welt war ein Dorf. Und um mich herum gab es nur Geschiedene und Getrennte. Ja, da bekam man doch augenblicklich Lust, sich in die Ehe zu stürzen. In ein Leben mit Kind und Kegel und Haus und Hof. Und dann schuften bis zur Urne. Nein, das wollte wohl überlegt sein. Nur nichts überstürzen. Außerdem musste ich zuallererst die Rolle von Anjas Ex klären.

Mit Hans brauchte ich über Zukunft und Absicherung nicht zu sprechen. Er würde mir keine große Hilfe sein. Hans war ein Hallodri. Mach ich's heut nicht, mach ich's morgen. Doch mit dieser Einstellung kam er stets gut weg, denn ihm flog alles zu. Hans hatte sich noch nie um irgendetwas kümmern müssen. Wenn sich für ihn eine Tür schloss, öffneten sich ein Dutzend andere.

Auch meine Eltern sonderte ich als Gesprächspartner aus. Meine Mutter erzählte im ganzen Dorf herum, ich wäre der Chef der Münchener Finanzwelt. Mein Vater war das genaue Gegenteil. Der schämte sich bei seinen Arbeitskollegen für meinen Beruf. Ich würde anderen Leuten das Geld aus der Tasche ziehen, behauptete er. Dass wir doch alle schon genug Steuern zahlen würden, da müsste ich nicht auch noch den Staat unterstützen und in privaten Finanzdingen herumstochern. Ich konnte es nicht fassen. Meinem Vater wäre es am liebsten gewesen, ich wäre Schreiner geworden. Er verstieg sich sogar im Dorf zu der Behauptung, Schreinern sei mein Hobby. Das brachte mir in schöner Regelmäßigkeit Aufträge für diverse Möbel in Schwarzarbeit ein, die ich in ebensolcher Regelmäßigkeit ablehnte. Die Geschichte über meine vermeintliche Leidenschaft wollte sich einfach nicht abnutzen. Hätte mein Vater mich nur stattdessen als Drogenkurier oder Waffenschmuggler hingestellt! Das wäre zwar auch nicht die feine Art gewesen, aber wenigstens hätten mich die Leute vom Dorf in Ruhe gelassen.

Als ich nach Hause kam, war Anja emsig mit den Vorbereitungen für den Abend beschäftigt. Um sie zu entlasten, übernahm ich den Wochenendeinkauf und fuhr in den Supermarkt. Glücklicherweise war noch nicht viel los, und ich konnte die Posten auf unserer Einkaufsliste in aller Seelenruhe nacheinander abhaken.

Ich liebte es, immer in denselben Markt zu fahren. So konnte ich schon vorher die benötigten Sachen in der Reihenfolge notieren, in der sie in den Regalen lagen. Das vereinfachte die Sache enorm, vorausgesetzt, die Artikel waren nicht zwischenzeitlich umgeräumt worden.

Monat für Monat wird das Sortiment neu arrangiert, damit der Kunde auch schön fleißig suchen muss. Hauptsache, er oder sie hält sich möglichst lange im Verkaufsraum auf.

Dieses Mal war alles an seinem gewohnten Platz; ich kam zügig voran. Zwischen den Tütensuppen und den Nudeln passierte es: Ich hatte die Rechts-vor-links-Regel nicht beachtet und rammte einen anderen Einkaufswagen. Der Wagen machte einen Satz, und die junge Dame, die ihn vor sich hergeschoben hatte, konnte gerade noch verhindern, dass er kippte.

»Entschuldigung! Mein Fehler!«

Sie drehte sich zu mir um.

»Na! Geht's noch? Augen auf im … Herbert! Du?«

»Meike?«, fragte ich ungläubig und starrte die junge Dame prüfend an. Es war tatsächlich Meike aus der achten Klasse. Der Feger!

»Mensch, Herbert! Gut schaust aus.«

»Danke, das kann ich nur zurückgeben. Was machst du hier?«, fragte ich sie, um meine Verlegenheit zu überspielen.

»Dasselbe wie du. Eiskunstlauf!«

Sie war immer noch dieselbe: auf eine dumme Frage eine ironische Antwort.

Wir lachten.

»Du, ich hab mich von meinem Freund getrennt. Da habe ich mir gedacht: Zieh doch nach München. Und schon bin ich hier.«

»Wie lange wart ihr denn zusammen?«

»Fast zehn Jahre. Und vor ein paar Monaten wollte ich ihn heiraten, da hat er kalte Füße bekommen. Er hat sich so lange vor dem Thema gedrückt, bis es mir irgendwann zu blöd war. Musste wohl so kommen.«

Meike zuckte mit den Schultern und fuhr fort: »Und? Was macht bei dir die Liebe? Weißt du noch im Skilager im Tischtennisraum? Du warst übrigens der erste Typ, den ich geküsst habe. Und den vergisst man ja bekanntlich nie! Du Schuft hast am nächsten Tag mit dieser Anja geknutscht. Musste schon ziemlich oft an dich denken in den letzten Jahren. War schon klasse damals. Nur, den Kaugummi hättest du rausnehmen können. Weißt du noch? Teilweise war nicht klar, wem der gehörte! Damals hatte ich ja …« Meike redete weiter wie ein Wasserfall.

Wahnsinn dachte ich, wie holt die Luft? Es war schon fast unheimlich.

Während ich den Faden von Meikes Vortrag verlor, fiel mir ein, dass sie und Anja damals einander spinnefeind gewesen waren. Zickenkrieg im Endstadium. Ich fragte mich, ob ich erwähnen sollte, dass ich jetzt mit Anja zusammen war, verwarf den Gedanken aber. Das ging sie nichts an.

Meike sah noch immer toll aus. Dunkle Haare, Pagenschnitt, ebenmäßige Haut, schneeweiße Zähne. Sie trug teuren Fummel und eine enge Jeans.

»Herbert!«

»Was?«

»Ob du ein Handy hast!?«

»Klar. Hier. Willst du telefonieren?«

»Du Dödel!« Sie nahm mir mein Smartphone aus der Hand. Sie schaute mich belustigt an und tippte los.

»Meike, da ist Tastensperre drin.« Ich griff nach dem Smartphone, um es zurückzuholen und meinen Code einzugeben.

Meike war schneller. Sie wich aus und tippte vier Zahlen ein. »Herbert, Herbert! Du bist der Traum eines jeden Hackers!«

Ich war verblüfft. »Du weißt noch meinen Geburtstag?«

»Klar. Hast doch zwei Tage vor mir! Du hast wirklich ein Gedächtnis wie ein Sieb!«

Sie tippte ihre Nummer in meine Adressenliste ein und gab mir das Handy wieder zurück. »Ruf an, wenn du wissen willst, wie es weitergeht.«

»Wie was weitergeht?«

»Das wirst du schon sehen! Tschüss!«

»Tschüss!«

Meike stöckelte auf ihren hochhackigen Pumps von dannen, ich glotzte ihr mit offenem Mund nach und dachte: Mein lieber Schwan, die Jeans sitzt. Wie aufgemalt. Bestimmt so ein Stretchteil. Verdammt, ich habe Tschüss gesagt. Ein Bayer sagt nicht tschüss. Mein Nachbar in Freising, der aus dem Ruhrpott, der hat auch getschüsselt.

Es war typisch. Die heißen Mädels krochen natürlich zu dem Zeitpunkt aus ihren Löchern, wenn ich gerade vergeben war. Als Single, da kannst du dich nackt auf die Fußgängerzone stellen. Die Einzigen, die dich ansprechen, sind die Polizisten, die dich anschließend abführen.

Langsam durchschaute ich allerdings den Ablauf der Beziehungen meiner Mitmenschen. Der Trick war wahrscheinlich, dass man einfach nur geduldig warten musste. Auf die heißen Feger aus der Schulzeit. Okay, bis auf Meike und Anja hatte mich damals eh keine angeschaut. Aber die, die schon immer mit den Älteren zwei Klassen über einem vom Schulhof gegangen waren. Die hatten als Erste eine Beziehung, zogen gleich, noch während der Ausbildung, mit irgendeinem Typen zusammen, weil der schon seine eigene Wohnung hatte. Schnell, schnell geheiratet, Kinder, Krise, Scheidung. Und anschließend wurden sie wieder auf den Markt gespült und warteten, bis sich so Einsiedlerkrebse, wie ich einer war, um sie kümmerten. Ja, wir fangen sie dann auf und zeigen ihnen, dass es sie doch noch gibt, die große Liebe, die auf sie wartet. Oder so. Ich sollte ein Buch schreiben.

Aber nun war ich vergeben. Ihr Frauen dieser Welt. Herbert war weg vom Markt. Ihr hattet eure Chance. Ich hatte jetzt Anja aufgefangen. Oder sie mich?

Zieh dir was Schickes an! Bussi!

Ich betrachtete den Zettel, der auf dem Küchentisch lag, mit einer Mischung aus Ärger und Bewunderung. Anja war sehr geschickt, wenn es darum ging, mich einzuwickeln.

Es wird heute spät! Bussi!

Bringst du denn Müll runter? Bussi!

Wir haben keine Getränke mehr. Könntest du …
Bussi!

Natürlich hätte ich mich auch ohne ihre ausdrückliche Aufforderung fein gemacht. Befürchtete sie etwa, ich würde in Jogginghosen bei ihrer Geburtstagsfeier erscheinen? Immerhin war ich der wichtigste Mann auf dem Fest, etwa so wichtig wie Joachim Sauer! Außerdem würden Gäste auftauchen, die mich noch nicht kannten. Keinesfalls wollte ich bei Anjas Bekannten den Eindruck aufkommen lassen, Anja hätte einen schlechten Fang gemacht.

Happy Birthday!

Das Wetter war einladend, und so beschloss ich, das Auto stehen zu lassen und zu Fuß zum *Franzis* zu gehen. Meine Befürchtung, beim Verlassen der Wohnung auf unser geschmeidiges Nachbarpärchen zu treffen, bewahrheitete sich zu meiner Erleichterung nicht. Am Ende hätte ich noch ins *Franzis* joggen müssen.

Die Autos zuckelten mühsam durch die Leopoldstraße wie durch eine verstopfte Arterie. Von allen Seiten ertönte babylonisches Stimmengewirr.

Ja, nach München kommen alle gern. München! Weltstadt mit Herz. Neben Frankfurt, Berlin oder Hamburg mag München ländlich wirken, aber die Stadt hat ein Flair, das man nirgends sonst findet. Sicherlich kennen Sie die gängigen Klischees: Den ganzen Tag Blasmusik, in der Isar fließt kein Wasser, sondern Bier, die Buam tragen Lederhosen, die Mädels Dirndl. Mittags gibt's einen Watschentanz am Viktualienmarkt, danach geht's dreihundertfünfundsechzig Tage im Jahr auf die Wiesn. In den Auen hängen an den Bäumen Brezen, und die Kinder spielen im Sandkasten mit Obatzda. Sie wissen, der mit Schnittlauch, Zwiebeln, Butter und Paprika angemachte Weichkäse. Für alle Nichtbayern: Obatzda bedeutet im Hochdeutschen so viel wie »Angedrückter«. Ich wollte es nur gesagt haben.

So wird München weltweit dargestellt. Und im Fernseher werden wir bis heute untertitelt. Aber wehe, in der Talkshow tritt ein Berliner, Kölner oder Sachse auf. Da verstehen auf einmal alle, was die rausknallen. Aber der Bayer, der ist angeblich anders. Wenn da in einer Kuppelshow einer äußert »I mog di!«, dann steht unten: »Ich mag dich!« Wieso? Wenn ein Berliner *Icke* sagt, wird das auch nicht übersetzt.

Im *Franzis* waren die Vorbereitungen für das Fest schon abgeschlossen. An der Eingangstür hing ein Schild mit der Aufschrift *Geschlossene Gesellschaft.*

Anja kam mir entgegen. »Schick siehst du aus!«, begrüßte sie mich und legte ihre Arme um meinen Hals. »Ich hab schon zwei Gläschen Sekt!«

»Gott sei Dank hast du mir ja auch einen Zettel geschrieben. Sonst wär ich im Blaumann gekommen!«

»Ich wollte nur auf Nummer sicher gehen. Kennst mich doch!« Anja lächelte schelmisch.

Franzi begrüßte mich mit einem Gläschen und einem Küsschen. Lipgloss, Kirsche.

»Hast du kein Pils für mich? Ich steh nicht so auf Puffbrause!«

»Na, ein Sekt wird dich deiner Männlichkeit nicht berauben.«

Ich zog meine Schneckenfühler ein und nahm Franzi zuliebe das Glas entgegen. *Null eins, geht ja schnell weg.*

Endlich kam Hans. Er blieb gleich am ersten Tisch stehen, weil er jemanden kannte, der dort saß.

Ich könnte mit Hans an einem Bahnhof in Weißrussland stehen, und er würde jemanden treffen, den er kennt.

Hans grüßte aus der Ferne. Ich war froh, dass er gekommen war. Das gab mir ein sicheres Gefühl. Bis auf Franzi und unseren Franken mit TH kannte ich niemanden. Okay, und natürlich Anja. Die Beckmanns wollten auf einen grünen Tee vorbeischauen, eine Arbeitskollegin vielleicht noch, aber sonst …

Allmählich füllte sich das Lokal. Anjas Eltern trafen ein. Ich hätte es mir denken können, dass sie auch eingeladen waren.

»Ah, Herbert. Sind Sie auch hier?«

»Ja, Frau Schönborn!« Ich ließ das *Von* mit voller Absicht weg. »Ich konnte es mir einrichten.«

»Anja, mein Schatz. Lass dich ansehen!« Anjas Mutter fasste Anja an den Armen und drehte ihre Tochter im Kreis. »Dass du diesen Rock angezogen hast? Du weißt doch, dass du nicht so schöne Knie hast! Alles Gute erst mal. Hier ist dein Geschenk. Von Papa und mir. Ist Jens nicht da?«

»Nein Mama, der ist nicht eingeladen. Ich liebe diesen Rock, und danke für das Geschenk. Hallo, Papa!«

»Meine Kleine! Alles Gute! Hör nicht drauf, was deine Mutter sagt. Du siehst bezaubernd aus! Hallo!«

Der Gruß galt mir.

»Hallo!«

»Nun pack doch aus, mein Kind! Wir haben nicht so viel Zeit! Und ihr wollt doch eh unter euch sein!«, drängelte Anjas Mutter.

»Wo müsst ihr denn schon wieder hin?«

»Ach, dein Vater hat da so einen Kunden. Und der gibt heute Abend ein Benefiz-Krustentieressen. Irgendwas für Halbwaisen aus dem Senegal oder so.«

»Ich dachte, ihr bleibt zum Essen!«

»Kind, siehst du dieses Kleid? Ich habe mich drei Wochen da reingehungert! Ich möchte nicht, dass der Reißverschluss wegen deiner Schnittchen versagt.«

»Es gibt Tapas, Mama«, verteidigte sich Anja und packte aus. »Was ist es denn?«

»Ich sage nur so viel«, antwortete ihr Vater, »es hat mich ein Vermögen gekostet!«

Ich fragte mich, ob sie womöglich ihrer Tochter Unterwäsche gekauft hatten, und blickte mich zerstreut nach der Stelle um, an der ich mein Geschenk abgelegt hatte. In der hinteren Ecke des Lokals erspähte ich den Gabentisch. Ich scannte ihn von links nach rechts ab. Ziemlich genau in der Mitte lag mein Präsent, eingeklemmt zwischen riesigen, mit bunten Schleifen verzierten Päckchen und Unmengen von Sekt- und Prosecco-Flaschen. Nein, ich meine natürlich Crémant.

»Ui, eine Uhr. Wie toll!«

Ich war beeindruckt. Es war ein eleganter silberner Chronograph mit schwarzem Zifferblatt und einer schwarzen Lünette.

Anjas Vater blickte mich stolz von der Seite an, während Anja den Chronographen mit leuchtenden Augen musterte. Er schien sagen zu wollen: *Na, Bürschchen? Wer kann, der kann.*

»Da schaust du, was? Pass gut drauf auf!« Wieder guckte er mich von der Seite an, dieses Mal mit einem verhalten drohenden Blick, so als fürchtete er, ich würde mich in einer Nacht- und Nebelaktion mit der Uhr aus dem Staub machen, um sie zu versetzen, und mich dann in Mexiko niederlassen, mir von dem Hehlererlös ein Auto kaufen und als Drogenkurier arbeiten.

»Was hat dir denn der Jens geschenkt?«

»Papa, Jens und ich sind geschieden!«

»Na, deshalb darf er dir doch was schenken!« Anjas Vater griff in sein Jackett und holte einen Umschlag hervor. »Hier, meine Kleine. Ein bisschen was für deine kleine Feier!«

»Mensch Papa, du sollst doch nicht …«, protestierte Anja der Form halber und strahlte.

»So, jetzt müssen wir aber, Max. Sonst bekommen wir wieder keinen Parkplatz, und du weißt ja, mit den Schuhen …«

»Ich hab doch gesagt, zieh was Vernünftiges an!«

»Männer! Tschüss, Kleines. Feier noch schön!« Bussi links, Bussi rechts und ein drittes für Schwabing.

»Tschüss, Mama! Tschüss, Papa! Und vielen Dank. Die Uhr ist toll!«

»Na, bei dem Preis!«, entgegnete Anjas Vater und herzte seine Tochter.

Auch ich sagte Tschüss, um dazuzugehören. Mein Gruß wurde mit einem flüchtigen Kopfnicken quittiert. Dann rauschten die beiden davon.

Was für Ärsche! »Sind nett, deine Eltern!«, kommentierte ich und bewunderte Anjas Uhr.

»Du musst das nicht aussprechen, wenn du es nicht so meinst. Ich weiß doch selbst, dass sie etwas speziell sind!«

Das ließ ich so stehen. Genauso wie Anja mich, die bemerkte, dass unsere Nachbarn eintrudelten.

»Na, Meister? Was hat deine Süße zu den Textilien gesagt?«

»Servus, Hans. Noch nix. Sie wollte es hier auspacken! Prost!«

»Ja, bist du gelähmt. Das lässt du zu? Du bist vielleicht ein cooler Hund! Überraschst mich doch immer wieder, gell?«

»Ja, was hätt ich denn machen sollen? Aufs Auspacken bestehen?«

»Warte, Herbie, lass mich kurz überlegen … Ja, genau das! Aber das ist ja nur meine Meinung. Ich bin ja Single. Ich hab ja keine Ahnung, was ihr Paare so für einen Fetisch habt's, gell!«

»Was ist mit dem Stehtisch?« Anja war unversehens zurückgekommen.

»Einen Fe…, ach nix. Grüß dich, Anja. Alles Gute, und immer schön gesund bleiben, gell?«

»Danke, Hans. Schön, dass du gekommen bist. So ist der Herbert nicht so allein. Herbert, schau mal, was ich von unseren Nachbarn bekommen habe.«

Sollte meine Befürchtung war werden? Hatten die beiden Anja tatsächlich einen Spinningkurs geschenkt? Und das Ganze für zwei Personen? Damit sie nicht allein hingehen musste?

»Weiß nicht. Aufblasbare Waschmaschine? Einen Schwarz-Weiß-Toaster?«

»Besser. Einen Kurs!« Meine Magenwand zog sich zusammen. »Und weißt du für was? Spinning!«

»Oh, super!«, heuchelte ich Begeisterung.

»Und das Beste daran: Du kommst mit!«

Meine Mundwinkel sackten ein Stockwerk tiefer. Ich sah an Anja vorbei und entdeckte Claudia und Uwe.

Uwe zeigte mir seinen aufwärtsgerichteten Daumen.

Ich zeigte ihm meinen. Ihm den anderen Finger zu zeigen, verkniff ich mir.

Anja verschwand wieder.

»Ist doch super, spinnen tust du eh schon. Auf diese Weise lernst du das endlich mal professionell«, spöttelte Hans und nuckelte an seinem Pils.

»Das ist Spinning! Weißt du, was das ist? Da sind dreißig Wahnsinnige in einem Raum, die fahren Fahrrad im Stehen. So lange, bis sie kotzen. Und dazu gibt's Technomucke bis zum Hörsturz!«

»Na, so schlimm wird das schon nicht werden. Schau es dir doch erst mal an, bevor alles schon wieder scheiße ist. Das wird dir gut tun. Übrigens, hast schon g'hört?«

»Was?«

»Die Münchner sind total in Aufruhr, weil der Mittlere Ring weg ist. Und ich hab ihn gefunden. Da ist er!«, antwortete er und zeigte mit dem Finger auf meinen Nabel. »Sitzt genau auf deinen Hüften!«

»Arsch! Ich hol mir ein Pils!«

Hans lachte hämisch und nahm eine Gruppe neu angekommener Mädels ins Visier.

Der Abend war fortgeschritten, die Stimmung gut. Zwei oder drei Mal setzten ein paar Fremde, die das Schild an der Tür nicht gelesen hatten, einen Fuß in den Gastraum. »Wir schauen nur«, sagten sie. Hans erwiderte jedes Mal in seiner freundlichen, aber bestimmten Art, dass sie ja jetzt alles gesehen hätten, schönen Abend und Narrhallamarsch. Franzi war amüsiert. Sicherlich bildete sie sich ein, dass Hans' Fürsorglichkeit ihr galt.

Als sie ihm das nächste Pils brachte, schmierte er ihr – nicht zum ersten Mal – irgendeinen seiner Sätze in die Ohren.

Franzi wurde rot, kicherte und kehrte hinter die Theke zurück.

Irgendwie kicherten alle Damen, denen Hans an diesem Abend etwas ins Ohr flüsterte.

Hans war in Hochform.

Die Geburtstagsgesellschaft lärmte und lachte ausgelassen.

Just in diesem Moment ging die Tür auf: Jens schaute herein, gekleidet in seinem unverkennbaren Start-up-Business-Look. Er trug einen schwarzen Boss-Anzug, darüber einen passenden Trenchcoat, einen teuer aussehenden Schal und Lackschuhe. Mit seiner Solariumbräune, den frisch gebleichten Zähnen und den geölten, zurückgekämmten Haaren schaute er aus wie ein Antonio Banderas.

Einige der Geburtstagsgäste blickten auf.

Hans hatte meiner Schätzung nach mittlerweile ungefähr zehn Pils intus. »Servus, Meister!«, grüßte er Jens, »du, die Chippendales waren schon letztes Jahr im Zirkus Krone. Du bist ein bisserl zu spät!«

»Ich möchte zu Anja und bin nicht dein Meister!«

»Hört, hört.« Hans drehte sich suchend um. »Anja! Kennst du den Spinner?« schrie er quer durchs Lokal, so laut, dass es auch an der Frauenkirche noch zu hören sein musste.

Anja reagierte und bahnte sich einen Weg zur Tür. Ich ging hinterher, entschlossen, unmissverständlich mein Revier zu markieren.

»Jens! Was, zum Teufel, machst du denn hier?«, fragte Anja.

»Sorry, Anja. Ich habe es nicht früher geschafft. Aber jetzt bin ich endlich hier. Schau, ich habe dir Rosen mitgebracht. Für jedes Jahr eine!«

Anja schaute erst mich an, danach ihn.

»Wie, für jedes Jahr?«, antwortete ich an Anjas Stelle. »Für jedes Jahr, in dem du zukünftig von mir eins auf die Murmel kriegst? Oder für jedes Jahr, in dem du noch affiger aussiehst, du Primat?«

Hans grölte und gab mir High five.

»Ach, du bist auch hier!«, grummelte Jens abfällig und musterte mich von oben bis unten.

Sieh einer an, der Knabe kann kontern. »Ja, ich bin auch hier. Überraschung! Und weißt du, wer hier nicht hergehört?«

»Das lassen wir mal schön die Anja entscheiden. Außerdem unterhalte ich mich nicht mit dir, du bist unter meinem Niveau!«

Anja wurde zunehmend nervös und setzte an, um etwas zu sagen.

Ich war schneller. »Niveau am Arsch! Du Fatzke schaust jetzt, dass du Land gewinnst. Sonst scheppert's nämlich! Dein Niveau kannst du dir sonst wohin stecken. Geh doch die Straße runter und irgendwo Austern schlürfen. Vielleicht ist in irgendeiner davon dein Niveau versteckt!«, brüllte ich. Nach diesem verbalen Ausbruch wollte ich ihn packen, doch Anja stellte sich zwischen uns.

Ich hielt betroffen inne. Es war entsetzlich. Anja stellte sich vor meinen Nebenbuhler, um ihn zu beschützen.

»Anja, hast du den Clown eingeladen?«, fragte ich sie grimmig.

»Nein, habe ich nicht.«

»Aber Anja, mir wurde ausgerichtet, du würdest dich freuen, wenn ich vorbeischaue!« Jens grinste Anja an und streckte ihr erneut seine Rosen entgegen.

»Herbert, das hab ich nicht.«

»Meinst du, ich bin blöd? Warum sollte der denn sonst hier aufkreuzen?«

»Das weiß ich doch nicht, wer ihm so was sagt!«

»Oh, fühlt sich da jemand bedroht?«, spottete Jens höhnisch.

Ich wollte gerade ausholen, aber Hans kam mir zuvor und gab Jens eine Kopfnuss. »Das Unterhaus hält's Maul, wenn das Oberhaus spricht.«

Jens verlor augenblicklich die Fassung und stieß Hans mit der rechten Hand vor die Brust.

Hans erwiderte den Angriff.

Während die beiden miteinander rangen, verabschiedeten sich die ersten Rosenblätter von den Stängeln.

Hans packte Jens an seinem Trenchcoat und zog ihm den Mantel über den Kopf.

»Sag es uns, Anja! Sollte ich mich bedroht fühlen? Damit ein für alle Mal geklärt ist, mit wem du zusammen bist. Willst du noch was von dem Schmierlappen?«, rief ich Anja zu, während Jens mit den Armen ruderte, um sich aus seinem Mantel zu befreien.

»Das ist doch krank, Herbert. Du vertraust mir wohl nicht! Und mit dir bin ich zusammengezogen!« Anja sah mich vorwurfsvoll an.

»Das hat nichts mit Vertrauen zu tun. Ich bin doch nicht blöd. Wer nimmt schon das Ehebett aus der ersten Beziehung mit in die nächste?«

»Ich weiß überhaupt nicht, was das hier auf einmal soll! Dann zieh doch wieder aus, wenn das alles so schrecklich mit uns ist.«

»Klar! So kannst du wieder zu deinem Jens gehen! Ihr könnt ja mit deinen Eltern zusammen jedes Wochenende Hummer mampfen. Für irgendwelche Erdbebenopfer! Ihr Gutmenschen!«

Hans hatte unterdessen Jens mit einem kräftigen Tritt in den Hintern auf den Heimweg befördert.

Zugleich hatten die Gäste im Lokal begonnen, zu grölen.

Wir drehten uns um.

Einer von Anjas Kollegen hatte, stockbesoffen, wie er war, mein Geschenk für Anja ausgepackt und sich den BH aufgesetzt. Er stand auf einem der Tische und wedelte mit dem Slip in der Luft herum, als wollte er mit einem Lasso ein Kalb einfangen.

»Ey!«, schrie er. »War eine Stripperin da? Wo ist die? Sie hat was vergessen! Geiler Fummel!«

Anja starrte mich an, während der Rest der Meute den Kollegen anfeuerte und im Chor schrie: »Anzieh'n! Anzieh'n!«

Anja guckte mich entgeistert an. Ihre Augenlider röteten sich. Sie kämpfte mit den Tränen. »Danke, Herbert. Vielen Dank! Jetzt hast du mir meine Party versaut.«

»Aber Anja, ich …«

»Nichts Anja. Ich will, dass du gehst!« Sie lief an der Theke vorbei in die Küche.

Ich schaute ihr nach, halb betäubt von dem Schlag, den sie mir versetzt hatte.

Als ich nach meiner Jacke griff, eilte Franzi auf mich zu und packte meinen Arm.

»Lass sie jetzt erst mal, Herbert. Ich rede mit ihr. Aber vielleicht ist es wirklich das Beste, wenn du jetzt gehst.«

Hans trat zu uns und legte seinen Arm um meine Schulter. »Du kommst erst mal mit zu mir, morgen früh sieht alles ganz anders aus, gell?«

Franzi bedankte sich bei Hans dafür, dass er Jens hinausgeworfen hatte. Dabei tätschelte sie seinen Oberarm.

Ich nahm meine Jacke unter den Arm.

Franzi wirkte traurig, als wir gingen. Vermutlich hatte sie gehofft, Hans würde ihre Zärtlichkeit erwidern.

Stattdessen zog er mit einer Konkurrentin von dannen. Ich folgte den beiden bedrückt. *Also, so eine Tussi*, dachte ich, *so mir nichts, dir nichts zieht die ihre hohen Schuhe aus und läuft barfuß. Da hat man doch nachher den ganzen Dreck im Bett!*

Aber sie musste nicht lange laufen, denn Hans trug sie, und kurz darauf hielt ein Taxi an.

Als wir bei Hans eintrafen, klinkten die beiden sich sogleich aus, und ich schmiss mich auf Hans' Sofa. Es war ein tolles Sofa. Schwarzes Leder mit Chromrahmen. Ohne tausend Kissen.

Hans erschien überraschend in der Wohnzimmertür. »Brauchst du noch was, Alter?«

»Nö.«

»Versuch, ein wenig zu schlafen. Morgen sieht die Welt wieder ganz anders aus.«

»Du hast gut reden. Und wenn nicht?«

»Dann bleibst du eben hier, und wir nehmen dir das nächste Mal auch was zum Spielen mit.«

Ich wollte ein Kissen nach ihm werfen, erinnerte mich aber daran, dass es in Hans' Wohnzimmer keines gab.

Was Anja jetzt gerade wohl machte? Vielleicht schlief sie bei Franzi. Ich hoffte es. Es wäre mir lieber gewesen, als sie allein zu Hause zu wissen. Womöglich würde sie getröstet werden. Von Jens.

Ich überlegte, ob ich Anja eine SMS schreiben sollte, und kramte mein Handy aus der Jacke. Der Akku war leer. Ich war verärgert, aber sicher war das ein Zeichen. Ich wollte mich nicht entschuldigen, sondern einfach nur fragen, wie es ihr ging.

Schließlich hatte ich nichts verbrochen. Sollte ich wie Schneeweißchen brav in der Ecke sitzen und zusehen, wie der Schleimer um seine Exfrau warb? Wirklich nicht. Eins auf die Zwölf und gut!

Anja war diejenige, die sich erklären musste. Sie war es, die sich mit jemandem traf, der keinen Platz mehr in ihrem Leben haben durfte. Ich musste höllisch aufpassen. Anja durfte nicht erfahren, dass ich mehr wusste, als ihr klar war. Nein, dieser Sache wollte ich selbst auf den Grund gehen. Hans hatte recht. Nichts überstürzen. Sonst würde Anja am Ende nur denken, sie hätte sich einen eifersüchtigen Kreischer geangelt.

Ich wollte nicht eifersüchtig sein. Das hätte bedeutet, dass ich mir meiner Sache nicht sicher gewesen wäre. Diese Typen, die wie Wachhunde hinter ihren Freundinnen herlaufen, damit nur ja keiner sie anspricht! Das ist armselig. Männer, die ständig auf der Hut sind und jedes Klimpergesicht für gefährlich halten. Zeugt es nicht von mangelndem Selbstbewusstsein? Selbstbewusstsein hatte ich mir schwer erarbeitet. Aber wenn ich an Anjas Ex dachte, schrillten bei mir alle Alarmglocken. In einer Ehe kennt einer den anderen in- und auswendig, man ist sich vertraut, da ist die Schwelle zu einem Back-up nach einer Trennung nicht besonders hoch.

Sie hätte mich anrufen können. So viel durfte ich erwarten. Aber nein, das war unmöglich, denn mein Akku war leer. Franzi hatte ihr aber bestimmt gesagt, dass ich bei Hans war. Sie musste also wissen, wo sie mich finden konnte. Am besten war es, einfach ein bisschen zu schlafen und am nächsten Morgen die Lage abzuchecken.

Aus dem Schlaf wurde nichts, denn Hans jagte seine neue Bekanntschaft die ganze Nacht durchs Kamasutra. Ich fragte mich, ob er Drogen nahm. Wie schaffte er das? Ich stopfte mir Tempo in die Ohren. Nur kein Neid! Außerdem war ich nicht in der Stimmung für Audioporno.

Sind wir wieder gut?

Der nächste Morgen war die Hölle. Mir war kotzübel, meine Ohren klingelten, mein Hirn drehte sich unter meiner Schädeldecke um die eigene Achse. Ich hatte eindeutig zu viel gebechert.

Hans war auch noch nicht auf, aber die Kleine von gestern Abend schlich gerade zur Tür.

»Na, schon wach?«

Sie erschrak und ließ die Hälfte ihrer Klamotten fallen. Schnell hob sie sie wieder auf und zog ihre Schuhe an. Am gestrigen Abend hatte sie entschieden besser ausgesehen.

»Hi hi!«, machte sie und verschwand aus der Wohnung. *Sehr gesprächig, die Kleine.* Wahrscheinlich war ihr im nüchternen Zustand das Ganze peinlich.

Ich ging ins Schlafzimmer, um nach Hans zu sehen. Am Ende hatte sie ihn vielleicht umgebracht.

Er lag auf seiner Matratze wie ein Häufchen Elend, eingehüllt in seine FC-Bayern-Bettwäsche und schnarchte. Die Unterhose hatte er verkehrt herum an. Den Anblick werde ich so schnell nicht vergessen. Kein Wunder, dass seine Gespielin nicht länger geblieben war. Sie hatte ja auch Augen im Kopf.

Neben Hans lag ein Zettel, auf dem stand: *Bin weg!*

Klar! *Bin hier* schreibt kein Mensch auf einen Zettel. Sieht ja jeder.

»Hey! Aufstehn!« Ich fasste Hans an der Schulter und rüttelte ihn.

»Mhhhh!«

»Komm, steh auf! Deine Freundin lässt schön grüßen und holt ein paar Sachen aus ihrer Wohnung. Sie freut sich sehr, dass du gestern zu ihr gesagt hast, sie soll hier einziehen!«

Hans riss die Augen auf und richtete sich mit einem Satz auf. Seine Halsschlagader pochte.

Ich unterdrückte mit Mühe ein Lachen.

Wenn es darum geht, jemanden hinters Licht zu führen, bin ich leider schlecht.

»Depp! Bist ja immer noch hier.«

»Ja, im Gegensatz zu deiner neuen Freundin.«

»Das ist nicht meine … Wie viel Uhr ist es denn?«

»Gleich acht!«

»Spinnst du? Da weckst du mich?«

»Kannst ja weiter pennen. Ich mach die Fliege!«

Hans ließ sich auf die Matratze zurücksinken. »Was willst denn jetzt machen?«, nuschelte er in sein Kissen, ohne mich anzusehen.

»Heimgehen. Was sonst? Vielleicht ist die Anja auch da, mal sehen. Danke für gestern Abend.«

»Kein Thema!«, murmelte Hans und blinzelte. Für die nächsten Stunden würde mit ihm nichts anzufangen sein.

Ich machte mich auf den Weg.

»Herbert?«

»Ja?«

»Hau rein!«

Ich nahm mir ein Taxi nach Hause und stieg eine Straße vorher aus, um beim Bäcker fürs Frühstück einzukaufen. Um auf Nummer sicher zu gehen, nahm ich von jeder Sorte Semmeln eine. Ich wiederholte meine Bestellung, weil die Verkäuferin das

Wort Semmeln nicht kannte. Während sie die Brötchen einpackte, nahm ich eine Zeitung aus dem Ständer. Anja liebte es, beim Frühstück Zeitung zu lesen. Rasch bezahlte ich.

Als ich die Tür zu unserem Treppenhaus aufsperrte, kam mir der Hausmeister entgegen.

»Guten Morgen! Na? Wie geht es Ihnen?«, fragte ich und blickte ihn freundlich lächelnd an.

Er reagierte nicht.

»Hallo! Guten Morgen!«

»Ja, ja, geht so«, nuschelte er, nach wie vor, ohne mich anzusehen.

Ich zuckte die Schultern. Das mit dem Small Talk musste er noch üben.

Mit klopfendem Herzen schloss ich die Wohnungstür auf, voller Hoffnung, dass Anja mir sogleich freudestrahlend entgegenkäme. In unserer Wohnung war kein Geräusch zu hören, während ich die Tür ins Schloss drückte. Ich nahm mir nicht die Zeit, um in die Küche zu gehen, und legte stattdessen meine gefühlten dreißig Brötchen gleich hinter der Wohnungstür auf der Kommode ab. Die Kommode war blank geputzt. Kein Zettel, keine Nachricht. Kein gutes Zeichen. Oder doch? Was, wenn es ein Abschiedsbrief gewesen wäre? Dann lieber gar keine Nachricht.

Leise schlich ich in Richtung Schlafzimmer, in der Hoffnung, dass Anja noch schlafen würde. Was aber, wenn sie nicht alleine war? Schöner Mist. Von wegen trautes Heim! Ich bewegte mich in meinen eigenen vier Wänden wie ein Einbrecher, voller Angst vor dem, was auf mich zukommen mochte.

Vorsichtig drückte ich die Klinke der Schlafzimmertür nach unten. Die Vorhänge waren offen. Das Bett war unbenutzt. Es hätte schlimmer kommen können. Oder doch nicht? Anja war nicht da! Das konnte genauso gut heißen, dass sie bei Franzi übernachtet und es dort Hans gleichgetan hatte.

»Ich nehme mir noch was zum Spielen mit«, hatte Hans seine lüsternen Absichten harmlos umschrieben. Diese Seite mochte ich an ihm nicht. Das war nicht meine Welt. Was, wenn so ein Spielzeug eine Frau wie meine Anja war?

Ein plötzliches Geräusch, das aus dem Flur kam, riss mich aus meinen Horrorgedanken. Jemand machte sich an der Wohnungstür zu schaffen.

Ich verließ das Schlafzimmer, durchquerte unseren Wohnraum und tapste in den Flur. Mein Herz machte einen Satz. Es war Anja. Sie stand wortlos im Türrahmen, in der Hand eine große Bäckertüte. Ihr Blick fiel auf die Kommode.

»Zwei Dumme, ein Gedanke, oder?«, sagte sie nach einer Pause und brach damit das Schweigen. Sie legte ihre Tüte zu meiner.

Ich ging auf sie zu und nahm ihre Hand.

»War ja ziemlich beschissen, gestern«, äußerte ich kleinlaut und wünschte zugleich, dass mir etwas Besseres eingefallen wäre.

»Das kann man so bezeichnen, ja.« Sie guckte mich an und verstummte.

Verdammt, Frauen können das. Die haben die Nerven und sitzen so was aus.

So auch Anja. Ich wurde ungeduldig. Aber bloß jetzt nicht einknicken, beschwor ich mich stillschweigend.

Ich blickte Anja in die Augen und hielt inne. Es war zwecklos. Mein Harmoniebedürfnis war stärker. Ich jammerte los: »Es tut mir leid, Anja. Ich hätte da gestern nicht dermaßen überreagieren dürfen. Ich vertraue dir ja. Aber es hat mir so gestunken, dass der Typ da gestern einfach aufgetaucht ist, und …«

»Meine Mutter hat ihm von der Party erzählt«, unterbrach sie mich.

»Wie, deine Mutter?«

»Na, sie hat ihn angerufen und ihm mitgeteilt, dass ich mich bestimmt freuen würde, wenn er mir persönlich gratulieren würde!«

»Du meine Güte, welcher Teufel reitet bloß deine Mutter? Was stimmt denn nicht mit ihr? Ich meine, warum hasst die mich?«

»Meine Mutter hasst dich nicht. Sie hat es einfach noch nicht begriffen, dass ihr Traumschwiegersohn nicht mehr da ist. Aber jetzt habe ich dich unterbrochen. Was wolltest du noch sagen?«

Ich stutzte. Ihre Erklärung hatte mich zwar beruhigt, nur wusste ich weiterhin nicht, weshalb sie mir die zwei Begegnungen mit diesem Lackaffen verheimlichte, von denen ich rein zufällig Wind bekommen hatte. Ich wollte endlich Klarheit. Aber sie sollte den ersten Schritt tun.

»Ach, nichts«, antwortete ich, »ist schon gut. Können wir das jetzt vergessen und uns wieder vertragen?«

Anja legte ihren Kopf schief und musterte mich mit zusammengekniffenen Augen.

Irgendwann ist es auch wieder gut, verdammt. Übertreib es nicht, junge Frau! Ich könnte auch anders, wenn …

»Gut. Ich verzeihe dir!«, sie umarmte mich. Dann trat sie einen kleinen Schritt zurück und gab mir einen Kuss. »Jetzt hab ich aber Hunger!«

»Ich auch. Komm, wir frühstücken!«

»Was hast du denn gekauft?« Sie öffnete meine Tüte, während wir gemeinsam auf die Küche zusteuerten.

»Alles!« Ich grinste.

Anja ging ins Bad, um sich frisch zu machen. Ich kümmerte mich weiter um unser Frühstück und ärgerte mich über mich selbst. Wieder einmal hatte ich mich kleiner gemacht. Dabei hatte ich allen Grund, Anjas Beziehung zu ihrem Ex misstrauisch zu betrachten. Aber da Anja nicht wusste, dass ich sie mit ihm gesehen hatte, hatte sie Oberwasser. Das gefiel mir überhaupt nicht.

Ich schaltete die Kaffeemaschine ein. Hätte ich nicht doch auspacken sollen? Nein, es war noch zu früh. Ich beschloss, weiter abzuwarten. Das Problem würde sich früher oder später von selbst erledigen. Außerdem war Wochenende, und das wollte ich mit Anja kuschelnd im Bett und vor dem Sofa verbringen, viel lieber als streitend in der Küche. Ich wähnte mich im Vorteil, weil Anja nicht wusste, was ich wusste. Das gab mir ein zufriedenes Gefühl.

Ich wartete darauf, dass sich die Kaffeemaschine lärmend in Gang setzte. Doch sie gab keinen Laut von sich. Ah, Wasser auffüllen. Und Trester leeren.

Wenn die Affen steigen

Hans hatte gerade eine SMS geschrieben.

Gehe in den Kletterpark. Komm mit!

Das traf sich gut, da Anja gemeinsam mit Franzi die Spuren vom Vorabend in Franzis Café beseitigen wollte. Unter dem Vorwand, Hans zu treffen, um ihm seine neueste Meinung über Franzi zu entlocken, entzog ich mich der Putzaktion. Ich durfte quasi mit meinem Freund zum Spielen.

Ich nahm die U-Bahn und freute mich, dass ich in einer Großstadt wohnte. Mit den Öffentlichen kommt man fast überall hin.

Neben mir nahm ein junger Typ Platz. Er hatte einen riesigen Kopfhörer auf und tippte mit gesenktem Kopf unablässig auf seinem Handy herum, die Nase dicht vorm Display. Aus den Augenwinkeln beobachtete ich, dass er twitterte. Offenbar hörte er parallel Musik, denn er hob und senkte rhythmisch den Kopf. Er erinnerte mich an eine Taube, die übers Pflaster tippelt. Apropos taub! In zwei Jahren würde er genau das sein, wenn er so weiter machte. Die Musik war so laut, dass sie aus den Kopfhörern quoll. Ich fragte mich, ob es auch bei Kopfhörern Surround gab – mit Subwoofer im Rucksack.

Ich schielte vorsichtig auf das Display seines Handys, neugierig darauf, was er schrieb. Vielleicht …

… sitze grad in der u-bahn …
… hab neue krasse headphones …
… wer auch die schule hasst, followed mir zu facebook und liked den scheiss …

Vielleicht tat ich ihm aber auch unrecht, und er twitterte irgendwelche mathematischen Formeln an seine Mitschüler, die Schwierigkeiten mit ihren Hausaufgaben hatten. Oder er schrieb

… neben mir sitzt so ein bescheuerter alter mit seiner sporttasche und macht auf fit. LOL! Voll assi!

Der Blick auf den Stationsmelder zog mich vom Sitz hoch. Die letzten Meter ging ich zu Fuß in die Kletterhalle. Hans kam mir entgegen. Er hatte bereits seinen Klettergurt um die Hüften geschnallt. Manchmal kam es mir so vor, als würde er das Ding ständig tragen.

»Na? Wieder heile Welt auf dem Ponyhof Neumann?«

»Ja ja. Alles heile.«

»Bist wieder eingeknickt, oder? Hast die ganze Schuld auf dich genommen …«

Er konnte es einfach nicht lassen. Andere hätten gesagt: Machst es richtig, Herbert. Hauptsache du weißt, dass dich keine Schuld trifft. Was nützt es denn, wenn du auf dein Recht pochst! Lieben heißt auch nachgeben, verzeihen.

Aber nein, dieser Casanova ließ den Macho raushängen. Am liebsten hätte ich ihm einen Vortrag darüber gehalten, was es bedeutete, in einer festen Beziehung zu leben. Aber erstens hatte er eine solche vor Kurzem beendet, zweitens hätte es eh nichts genützt. Ich beschränkte mich also auf ein kurzes: »Ja mei!«

Wir betraten die Halle. Für mich war es das erste Mal, dass ich mich an einer Kletterwand versuchte. Es würde meiner Männerfreundschaft guttun, wenn Hans und ich etwas Gemeinsames hatten. Früher hatten wir die Nächte durchzecht und uns jedes Mal einen riesen Rausch angesoffen. Aber jetzt … Die Freundschaft mit Hans wollte ich unbedingt aufrechterhalten. Wenn man erst einmal Mitte dreißig ist und neue Freunde kennenlernt, bleibt die Beziehung meist oberflächlich. Man erzählt sich nicht wirklich alles und geht auch nicht zusammen durch dick und dünn. Aber das mit dem Hans, das war was Gutes. Auch wenn er mir manchmal dermaßen auf den …

»Schau mal, Herbert, was ich hier Schönes hab! Das ist die Melanie! Die ist auch bei uns im Alpenverein!«

»Servus, Herbert! Zum ersten Mal hier? Ich bin die Melli!« Melanie streckte mir ihre Hand entgegen.

Ich öffnete den Mund, schloss ihn wieder, ergriff ihre ausgestreckte Hand und stellte mich ebenfalls vor.

Melanie war ein echter Knaller. Wieder fragte ich mich, wie Hans es schaffte, mit einer sensationell gut aussehenden Frau nach der anderen anzubändeln – mit Granaten eben wie ihr. Ich hatte keinen Zweifel daran, dass Hans bei keiner seiner neuen Bekanntschaften länger als zwei Tage brauchte, bis er ihnen den Kopf verdreht und sie ins Bett gelockt hatte. Hans war charmant, riss einen Witz nach dem anderen, und wenn andere Mädels dabei waren, trennte er die Frau seines Herzens geschickt von der Herde und redete sie anschließend schwindlig – so lange, bis auch sie vom Hans'schen Syndrom befallen war.

Melanie hatte elend lange Beine, trug eine extrem kurze Hose, ein Tanktop und streichholzkurze kastanienbraune Haare. Sie war von oben bis unten durchtrainiert. Ihre Zähne waren schneeweiß, und sie duftete betörend. Ich dachte mit Unbehagen daran, dass ich früher oder später, wenn ich ins Schwitzen kam, meine Trainingsjacke ausziehen musste.

»So, Herbert. Dann wollen wir mal. Ist ja schön, dass du hergekommen bist. Das tut dir gut. Da lernst mal deine Grenzen kennen!« Hans mimte den Oberlehrer, um bei Melanie zu punkten.

Schon als ich vor der Wand stand, sank mein Mut. Leck mich am Ärmel. Die Wand war hoch und ragte steil auf. Aber gut, dachte ich, so schwierig kann das ja nicht sein. Außerdem sind die alle an Seilen befestigt.

Hans reichte mir einen Klettergurt und half mir beim Anlegen. »Du, Herbert? Sag mal, hast du zugenommen? Ich muss den Gurt ganz schön weit aufmachen. Hoffentlich reicht er. Melli, holst du mir bitte einen zweiten Gurt? Vielleicht können wir die zusammenbinden, dann müsste es reichen!« Hans zwinkerte Melanie zu und grinste.

Sie verzog ebenfalls das Gesicht.

»Jetzt red keinen Scheiß, und mach hin, wir essen zeitig!« Ich drehte mich weg und zurrte den Gurt ohne Hans' Hilfe fest.

Hans kontrollierte den Sitz des Gurts: »Safety first, wie der Schwede sagt. So, jetzt kriegst du einen Helm, du kleine Schönheit, und dann kann's losgehen.«

Melanie war zwischenzeitlich an die Wand zurückgekehrt und stieg geschwind wie ein Äffchen hoch.

Ich hatte alle Mühe, mein Ego zu besänftigen, als ich sie mit den Augen verfolgte.

Hans erklärte mir, was ich tun musste, um heil die Wand hochzukommen. Er zeigte mir ein paar knifflige Stellen und schwafelte anschließend vom Erlebnis der Selbstüberwindung. Welche Erfahrungen man über sich selbst machen würde und wie dramatisch das Selbstbewusstsein wachsen würde.

Toll, dachte ich, nichts mehr davon da. Das hat gerade eben schon die Melli mit nach oben genommen.

»Und denk immer dran: Es kann dir nichts passieren, ich hab dich am Seil, gell?«

»Wenn du das sagst! Worauf hab ich mich da bloß wieder eingelassen?«

»Auf was ganz Tolles, Herbie. Wirst sehen, das wird eine ganz neue Erfahrung für dich!«

Ich seufzte ergeben und stellte mich vor die Wand. Dann setzte ich meinen rechten Fuß auf den ersten Griff und hob an, mich mit der linken Hand nach oben zu ziehen. Die zwei Croissants und der Kaffee vom Frühstück wollten unbedingt auf dem Boden bleiben. Ich zog erneut. Melanie war schon oben. Kunststück. Mit fünfzig Kilo Körpergewicht. Ich spürte, wie der Gurt meines Helms unter meinem Kinn zwickte, und gelangte zu der Überzeugung, dass jetzt mein Helm es war, der mich mit seinem Gewicht nach unten zog. Schließlich gelang es mir, den ersten Griff zu meistern, und ich setzte den linken Fuß auf den nächsten Griff.

»Gut machst du das, Herbert!«, lobte Hans.

Ich fluchte im Stillen. Hielt er mich etwa für einen Vierjährigen auf einem Spielplatz-Klettergerüst? Während ich nach dem nächsten Griff über mir Ausschau hielt, fragte ich mich ernsthaft, was das Ganze sollte. Ich fuhr mit der U-Bahn zu einer Halle, am Samstagnachmittag, und ging eine Wand hoch!?

Nachdem ich den dritten Griff erreicht hatte, war ich kräftemäßig nicht mehr sonderlich gut aufgestellt. Ich zog mich tapfer weiter nach oben. Meine Beinmuskeln verspannten sich. Ich dachte mit Sorge daran, dass Muskelfasern auch reißen können. Ich kam an eine Grenze, die nur wenige Menschen bisher …

»Herbert?«

»Was?«

»Wird das heut noch was?«

Ich drückte meinen ganzen Körper und mein Gesicht fest an die Wand, um mich abzusichern, bevor ich es wagte, Hans zu antworten.

»Immer langsam, ja? Jeder Schritt will wohlüberlegt sein!«, stotterte ich vor Anstrengung.

»Das ist ja gut und schön, Herbie. Aber doch nicht schon beim dritten Schritt!«

Ich beschloss, mir Mut zu machen, indem ich mir ansah, wie weit ich schon gekommen war. Langsam drehte ich den Kopf nach unten. Fast hätte ich mich stranguliert, denn der Gurt meines Helms verfing sich an einem Griff direkt neben meinem Kopf. *Verdammt!* Hans hatte recht. Von hier aus hätte ich locker auf den Hallenboden zurückspringen können.

Zu meiner Linken sah ich Melanie. Sie kletterte an mir vorbei und überbrückte das letzte Stück, das sie noch vom Boden trennte, mit einem eleganten kleinen Sprung.

»Und? Macht doch Spaß, oder?«

»Ja. Unwahrscheinlich Spaß!«

»Du, Herbert?«, rief Hans dazwischen, »bist du schon beim ersten Basislager angekommen? Musst dich und deinen Körper erst an den veränderten Luftdruck gewöhnen, was?«

»Depp!«

Einige Kletterer, die herumstanden, wurden aufmerksam, schauten in meine Richtung und lachten blöde.

Melanie war ganz verzückt von ihrem Klettererlebnis und schickte sich an, die Wand ein zweites Mal zu erklimmen.

»Herbert sag Bescheid, wenn du Sauerstoff brauchst. Dann reichen wir dir eine Flasche hoch!«

Armselige Vollidioten! Jetzt erst recht! Ich nahm all meine Kraft zusammen und setzte meinen Anstieg fort. Ohne nochmals nach unten zu sehen, nahm ich die Herausforderung an. Es gab nur noch eins: hoch, bis ganz oben hin! Stück für Stück arbeitete ich mich voran.

Hans rief, ich solle langsamer machen. Ich nahm keine Notiz davon. Meine Finger brannten. In meinen Beinen spürte ich Muskeln, die mir bis dato fremd gewesen waren. Als ich die

Hälfte der Höhe geschafft hatte, registrierte ich in kurzer Entfernung schräg oberhalb von mir Melanie. Der Anblick ihres Hinterns lenkte mich für den Bruchteil einer Sekunde ab. Ich nahm mein Ziel wieder fest in die Augen, zog an Melanie vorbei und sah die Hallendecke näherkommen. Ganz oben hing eine Glocke mit Seil, das unter dem Rand hervorlugte. Ich musste unwillkürlich an eine Gameshow denken. Noch zwei Schritte und … Ich ergriff das Seil und schwenkte es hin und her.

Von unten hörte ich Applaus und Hans' undeutliche Stimme. Ich spürte, dass ich kaum noch Luft bekam, und hechelte.

Melanie tauchte neben mir auf. »Alles klar mit dir?«

»… klar … ich … Pause … doch … a … strengend!«

Hans schrie wieder irgendetwas Unverständliches.

Ich guckte nach unten. »Scheiße ist das hoch!« Ich klammerte mich krampfhaft an den obersten Griff und war nahe daran, zu hyperventilieren.

»Toll, oder?«, rief Melanie. »Da kommt einem unten alles so klein vor, nicht wahr?«

Klein? Ich stellte mir vor, wie die Ozonschicht eine winzige Helmbreite über mir hing. So musste sich Höhenangst anfühlen – ein Gefühl, das ich bisher noch nicht am eigenen Leib erlebt hatte.

»So, Herbert. Jetzt geht's abwärts. Du stößt dich jetzt immer wieder von der Wand ab, und der Hans lässt jedes Mal etwas vom Seil nach.«

»Klar! Sonst noch was?« Ich verstärkte meinen Klammergriff und drückte mich mit aller Kraft gegen die Wand.

»Herbert? Was ist los?«, brüllte Hans.

»Nix. Ist super hier!«

»Jetzt komm runter!«

»Nö! Geht ihr ruhig. Ich komm dann nach.«

Melanie sagte: »Hey, ich sag dir, wie du wieder runterkommst. Ich helfe dir!«

Klar, sie mit ihren gefühlten zwanzig Kilo. Die hielt ja ein Hans mit einer Hand am Seil. Aber ich?

»Ich lasse jetzt das Seil locker, und du lässt dich einfach fallen«, schrie Hans.

»Ja, freilich. Ich glaub, du spinnst!«

»Dann hol ich dich jetzt!«

Bloß nicht. Wie hätte das ausgesehen? Ich auf Hans' Rücken?

»Ich komme!« Ich ließ meine Schuhe von den Griffen rutschen, auf denen ich stand, versäumte es aber, mich vorher von der Wand abzudrücken. Während ich nach unten rutschte, holte ich mir etliche blaue Flecken und schmerzhafte Schrammen im Gesicht. Das hämische Gelächter der Zuschauer, die unten standen, wich einer gespannten Stille. Nachdem ich mein Gesicht mit wirklich jedem der Griffe radiert hatte, die sich unter mir im Lot aneinanderreihten, war ich endlich unten.

Die Vollidioten. Das war das erste und letzte Mal, dass ich so einen Dreck mitmache. Außerdem wird echte Männerfreundschaft total überbewertet.

»Ich wusste nicht, dass du Höhenangst hast«, sagte Hans sichtlich erschrocken.

Melanie half mir beim Lösen des Gurts.

»Hab ich doch nicht. Ich war mir einfach nicht sicher, ob deine Kraft reicht, um mich zu halten.«

Hans' Verunsicherung hielt nicht lange an. »Schmarrn«, erwiderte er, »du hängst doch hier an mir mit einem Sicherungsgerät. Und glaub mir, du könntest locker zwanzig Kilo schwerer sein als ich, dann könnt ich dich immer noch halten. Schiss hast g'habt. So schaut's aus. Das hab ich gemeint, als ich g'sagt hab, seinen eigenen Körper kennenlernen.«

Erst als ich wieder in der U-Bahn saß, spürte ich, dass ich komplett erledigt war. Meine Finger waren taub, die Schrammen in meinem Gesicht schmerzten. Meinen eigenen Körper kennenlernen, super!

Mir wurde klar, dass ich gar nichts schaffen konnte, rein gar nichts. Ich sollte die Sache mit dem Diplom-Finanzwirt sein lassen. Was nützte es, wenn ich aufstieg und dann irgendwann am Abgrund stand?

Ich nahm mir vor, meinen gerade entdeckten philosophischen Gedankenblitz zu einer schlagenden Ausrede auszubauen. Ich wollte diese Weiterbildung nicht machen. Ich hatte einfach keine Lust zum Lernen.

Spinning

Ich sperrte unsere Wohnungstür auf und war wieder in Sicherheit vor der bösen Welt mit ihren tückischen Herausforderungen. Ich musste mir nichts beweisen. Außerdem kannte ich mich ganz gut. Schließlich war ich bereits seit siebenunddreißig Jahren mit mir zusammen. Bewusstseinserweiterung durchs Klettern! Was für ein hanebüchener Blödsinn!

Anja würde mich jetzt verstehen. Mich in den Arm nehmen, mir den Nacken kraulen, mir ein Bad einlassen … Samstagabend. Gab es etwas Schöneres?

Anja hockte im Wohnzimmer auf dem Sofa. Irgendwo zwischen den Kissen im Schneidersitz, eine Riesentasse mit der Aufschrift TEE in der Hand.

Irgendetwas musste vorgefallen sein. Bestimmt trank sie einen Wohlfühltee. Da kam mir wieder der Tee in den Sinn, den ich beim letzten Einkauf im Regal gesehen hatte: *Erotic Moments.* Warum kaufen sich Männer blaue Pillen, wenn's doch ein Aufgussgetränk gibt?

»Hallo, Spatzerl!« Ich gab Anja einen Kuss.

»Hallo, Herbert. Na, wie war's beim Klettern?«

Das war Anja. Sie interessierte sich für mich. Jetzt konnte ich mich fallen lassen und von meinem schrecklichen Erlebnis erzählen. Vielleicht würde sie danach mit mir baden. Ich ließ mich vor dem Sofa nieder und atmete hörbar aus. »Totaler Reinfall. Ich hatte heute eine Nahtoderfahrung!«

»Hör bloß auf. Ich auch! Ich habe heute meine Mutter angerufen und ihr erzählt, dass ich gekündigt habe. Die hat vielleicht ein Fass aufgemacht. Und gleich vorbeikommen wollte sie. Ich habe ihr vorgeschwindelt, ich sei nicht zu Hause. Dummerweise hat sie aber unsere Nummer auf ihrem Display gesehen.«

»Und?«

»Ich habe ihr erklärt, dass ich das Festnetztelefon aus Versehen mitgenommen habe.«

»Das hat sie dir abgekauft?«

»Klar. Meine Mama und Technik! Ich soll mir das überlegen und die Kündigung zurückziehen, hat sie gesagt. Was sollen die Leute denken?, hat sie lamentiert. Ob ich wirklich so eine Kneipentante werden wolle. Es war schrecklich. Aber jetzt ist es raus! Und bei dir? Also, nicht so schön?«

»Nein. Ich war total genervt von …«

»Siehst du, ich auch. Und deshalb muss ich heute Dampf ablassen.«

»Soll heißen?«

»Spinning! Ich hab den Gutschein, den ich zum Geburtstag bekommen habe, eingelöst und uns eingeschrieben. Du hast doch Lust, oder? Klar hast du Lust!«

»Mensch, Anja. Ich bin total fertig!«

»Na, das bisschen Kraxeln. Der Hans hat dich doch bestimmt die ganze Zeit gezogen. Jetzt hab dich nicht so! Sei ein Mann! Wirst sehen, es wird dir guttun! Da kommst du mal an deine Grenzen!«

Wieso, bitte schön, dachten dauernd alle, sie müssten sich um meine Grenzen kümmern? Ich hatte nicht das Bedürfnis, ständig meine Grenzen zu erweitern. Auch im dritten Gang fühlte ich mich sehr wohl, und es durfte auch mal der Leerlauf sein. Völlig egal! Aber diese Scheißgrenzen. Eine Maschine, die unentwegt im roten Bereich fährt, die wird doch heiß. Darum sterben Männer früher. Weil Frauen wollen, dass wir an unsere Grenzen gehen.

»Na, wenn es denn unbedingt sein muss!«

»Klar muss es. Die Claudia freut sich schon. Sie gibt die Stunde. Vielleicht macht es uns ja so viel Spaß, dass wir anschließend gleich einen ganzen Kurs buchen.«

Aber sicher nicht. Ich erinnerte mich an meinen letzten Urlaub. Gymnastik im Pool. Ich schwöre, ich hatte im Wasser geschwitzt.

»Wann geht es denn los?«, fragte ich mit wehleidiger Miene.

»In einer halben Stunde. Ich zieh mir schon mal was Flottes an.«

»Ja, zieh dir was Flottes an. Ich sterbe solange hier!«

»Du stirbst nicht! Mach dir doch einen Fitnesstee!«

Genau. Dann sieht die Welt wieder ganz anders aus. Ein Tässchen und ab zum New-York-Marathon. Ich wollte gerade vom Boden aufstehen und mir auch etwas Flottes anziehen, als ich auf unserem Esstisch etwas stehen sah, das da nicht hingehörte. Einen riesigen Strauß roter Rosen.

»Du, Anja«, rief ich ins Schlafzimmer, »von wem sind die Rosen?«

»Ich dachte, die sind von dir. Da hab ich jetzt gar nicht mehr dran gedacht!« Sie schaute durch die Tür zu mir herüber. »Den hat ein Blumenservice vorbeigebracht!«, fügte sie an, während sie, nur in Unterwäsche, den Raum betrat.

»Da war kein Zettel oder Umschlag dabei?«

»Nein. Warum? Hast du mir noch eine Karte geschrieben?«

»Der ist nicht von mir!«

Sie schlang ihre Arme um meinen Hals.

»Kannst schon zugeben, du alter Romantiker!«

Verdammt. Von wem ist der Strauß? Sofort fiel mir Jens ein. Rasch blätterte ich wie in einer Kartei in Gedanken durch Anjas Bekanntenkreis, blieb aber wieder bei Jens hängen.

»Nun sag schon!« Meine Güte, wie sie da so leicht bekleidet vor mir stand.

»Na gut, ich geb's ja zu!«, ließ ich mich breitschlagen.

»Oh, danke, danke, danke!« Sie küsste mein ganzes Gesicht ab. Auch die Schrammen von den Klettergriffen. Da tat's ein bisschen weh. Aber ich nahm es hin wie ein ganzer Kerl, ohne eine Miene zu verziehen.

»Sorry noch mal, wegen gestern!«

»Ja Mensch, Herbert, wie hast du denn das so kurzfristig hingekriegt mit dem Strauß?«

»Tja, ich hab da so meine Connections!«

»Bist mein Held!«

»Weiß ich doch!«

»Komm, zieh dich um! Wir müssen!« Anja drehte sich um und kehrte ins Schlafzimmer zurück.

Nun ja, was hätte ich tun sollen, als klar wurde, dass der Strauß anonym geliefert worden war? Anja hatte mich förmlich dazu gedrängt, in die Rolle des Schenkers zu schlüpfen. Aber von wem waren diese Rosen tatsächlich? Ich musste es unbedingt herauskriegen. Auf die Spinningstunde hingegen hatte ich null Bock. Aber es half ja nichts.

Der Weg zum Fitnessstudio war für meine Beine eine Tortur; die Leopoldstraße erschien mir viel länger als sonst. Als wir im Studio ankamen, wurden wir von Claudia und Uwe, die in der Tür standen, überschwänglich begrüßt.

»Mensch, Herbert! Ich hätte einen Fünfer mitlaufen lassen, dass du nicht kommst!« Witziges Kerlchen, dieser Uwe. Ich für meinen Teil hätte einen Fünfziger dafür bezahlt, um nicht hierher kommen zu müssen.

»Ach, Uwe. Die Frauen, du weißt ja!«

Ich schaute mich um. Das Studio war voller Leute, die direkt einem Werbespot für Schlankmacher entsprungen zu sein schienen. Die meisten hatten einen perfekten Körper. Frechheit dachte ich, die sind bestimmt hier angestellt und laufen den ganzen Tag kreuz und quer durch die Räume, damit sie in uns unförmigen Mitmenschen das Verlangen wecken: Ja, ich will genauso aussehen, koste es, was es wolle. Ich gebe zu, ich hätte auch gerne so ausgesehen. Aber ich wollte nichts dafür tun.

Und wo, bitteschön, sind die Menschen wie du und ich? Zu welchen Tageszeiten trainieren die? In der Nacht? Am frühen Morgen, wenn die Reichen und Schönen noch schlafen? Dann, wenn diese Supermodels von ihren Personaltrainern sanft wachmassiert werden, während die Haushälterin in der Küche den Smoothie mixt?

Ich beschloss, trotz allem mit meinem Aussehen Frieden zu schließen. Anjas wegen. Unter welchem Druck würde sie denn stehen, wenn sie mich jeden Tag so sehen würde – mit gestähltem Körper, ohne auch nur ein Gramm überflüssiges Fett? Dann wäre Schluss mit Teilchen zum Kaffee. Sie würde keine Freude mehr an ihrer Mohnschnecke haben, wenn ich neben ihr meinen Eiweißshake trank. Ja, ich gab viel auf für die Liebe.

»Wo können wir uns umziehen?«, wollte Anja wissen.

Claudia zeigte uns den Weg und schlenderte anschließend in die Folterkammer, um passende Musikstücke für den Kurs zusammenzustellen. Hätte ich ihr noch sagen sollen, dass mir heute nach etwas Langsamem zumute war?

In der Umkleide suchte ich mir einen leeren Spind und setzte mich, um meine Schuhe zu wechseln. In dem Raum herrschte ein dicht gedrängtes Kommen und Gehen. Ständig baumelte irgendein fremder Schwengel vor meiner Nase. Ich packte meine Schuhe und verließ den Raum. Da drin war mir eindeutig zu viel Testosteron. In der Damenumkleide wäre ich sitzen geblieben.

Im Kursraum warteten ungefähr zwanzig Leute auf den Beginn der Übung. Anja hatte sich ein Spinning-Bike ganz vorn in der ersten Reihe ausgesucht. Ich begnügte mich mit einem der hinteren Plätze. Rechts von uns war eine riesige Scheibe, die den Blick in den Raum mit Cardiogeräten freigab. Die Leute, die dort trainierten, schauten zu uns herüber, was mir den Druck nicht wirklich von den Schultern nahm. Da ich nun schon einmal hier war, wollte ich auch einen guten Eindruck machen.

Direkt vor uns war eine riesige Spiegelwand, durch die mir Anja bereits zweimal zugewinkt hatte.

Claudia befestigte ein Funkmikrofon an ihren Ohren und startete mit einem hektischen Musikstück, das sie in einer Lautstärke abspielte, dass es bis zu uns nach Hause zu hören sein musste.

Ich stellte mir vor, wie im selben Moment unser Nachbar aus dem Dritten wütende Klopfsignale durch den Boden zu uns herunterschickte, und musste unwillkürlich grinsen.

Claudia instruierte mit einer sehr, sehr lauten Stimme: »So, Leute! Wir beginnen mit einem leichten Aufwärmtraining.«

Ungefähr sechzig Sekunden später war ich bereits bedient und wünschte mich zurück an meine Kletterwand. Ich wäre auch für neue Grenzen bereit gewesen. Das Angstgefühl, das mich vor wenigen Stunden an der Kletterwand ergriffen hatte, erschien mir eindeutig angenehmer als die heillose Strampelei, die mir noch bevorstehen mochte. Ich bin sicher: Wäre ich an ein EKG-Gerät angeschlossen gewesen, hätte mein Arzt den Test bereits abgebrochen.

»Bergauf geht's auf drei … auf zwei … auf eins … und …«

Ich kam mir vor wie beim Bund. Wir traten im Stehen in unsere Pedale. Hinter der Fensterscheibe sammelten sich ständig mehr Leute. Sie nuckelten an ihren Plastikflaschen und schauten uns vergnügt zu. So wie unser Spinning-Kurs, so mussten sich Affen im Zoo fühlen. Um nicht unangenehm aufzufallen, tat ich so, als würde es mir Spaß machen, und versuchte, ein Lächeln auf mein Gesicht zu zwingen.

Mein Nebenmann links von mir strampelte wie eine Maschine, mit abwesendem Gesichtsausdruck, wie in völliger Trance. Er trug ein komplettes Radleroutfit. Um seine Hüften hatte er einen Gurt geschnallt, in dessen Schlaufen kleine Trinkflaschen hingen. Am Flughafen wäre er mit dem Ding nicht durch die Sicherheitskontrolle gekommen. Das Einzige, was an seiner Ausstattung fehlte, war der Helm. Ganz schön fahrlässig, denn da wir gerade bergauf fuhren, musste es irgendwann wieder bergab gehen. Und wenn man da stürzte …

»Hey, du?«, rief ich zu ihm hinüber.

Er unterbrach sein Wachkoma und schaute mich mit blutunterlaufenen Augen an.

»Vorne hast du ein bisschen wenig Luft drin!«

Er guckte nach unten und stieß, als er seinen Irrtum bemerkte, ein paar abgehackte Wörter aus, die im Lärm der Musik untergingen.

Ich fragte mich bange, wie lange die Quälerei wohl noch dauern würde. Ein Blick auf die Uhr an der Wand verriet mir, dass seit dem Beginn des Trainings erst vier Minuten vergangen waren. Ich fluchte innerlich und wandte meinen Blick nach rechts.

Die Gestalt rechts neben mir erweckte einen äußerst traurigen Eindruck, während sie immer wieder den vorgegebenen Rhythmus verlor. Der Mann hatte einen hochroten Kopf. Er hatte sich für diesen Affenzirkus wohl kaum selbst angemeldet, genauso wenig wie ich.

Ich zog die Brauen hoch.

Der Versuch meines Nachbarn, sich mir mitzuteilen, bestätigte meine Vermutung.

»Ein Geschenk … zum Fünfzigsten … Von meiner Familie … Haben Sie Familie?«, japste er zu mir herüber.

Ich verneinte.

»Lassen Sie's!«

Ich schwankte zwischen Mitleid und Spott, denn zu allem Übel trug er auch noch ein Stirnband und einen Trainingsanzug aus den späten Fünfzigern. Das heißt, die Jacke hatte er schon nach einer Minute ausgezogen. Auf der Vorderseite seines T-Shirts, das er darunter trug, stand in Großbuchstaben: ICH SPINNE!

Anja winkte mir zu und lächelte fröhlich. Wie konnte sie sich nur dermaßen freuen? Offenbar war sie ganz in ihrem Element. Ich wäre jetzt auch gerne in meinem Element gewesen. In der Wanne, ein Bierchen in der einen, eine Zeitung in der anderen Hand. Von mir aus hätte ich auch eine Duftkerze genehmigt. Bei den vielen Kissen und Deckchen war unsere Wohnung sowieso keine Bude für Kerle mehr.

»Kurze Pause für fünf Minuten!«, schrie Claudia in ihr Mikrofon.

Anja stieg von ihrem Bike und hüpfte auf mich zu. Sie sah aus wie aus dem Ei gepellt. Kaum ein Schweißtropfen verriet ihre Anstrengung.

Ich für meinen Teil wechselte sekündlich meine Position, um zu verhindern, dass sich auf dem Boden unter mir eine Pfütze bildete.

»Mensch, das ist klasse, findest du nicht?«

»Unwahrscheinlich. Ich fühle mich schon viel beweglicher«, log ich. Meine Bandscheiben und Knie meldeten sich. Aber ich wollte nicht, dass Anja dachte, sie hätte sich einen alten Mann geangelt. Gerade als ich wieder einen lebensbejahenden Ruhepuls erreicht hatte, gab Claudia das Kommando zur Fortsetzung der Übung.

Anja küsste mich auf die Wange, wischte meinen Schweiß von ihrem Mund und kehrte zu ihrem Bike in der ersten Reihe zurück.

Mein Nachbar mit dem Stirnband warf mir einen Blick zu, der zu sagen schien: Gleich nachher steige ich direkt in einen Flieger in den Jemen. Dann sieht mich die ganze Bagage nie wieder!

Eine Dreiviertelstunde später war der ganze Zauber endlich vorbei. Claudia brachte uns nach draußen.

»Und? Hat es euch gefallen?«

»Mensch, Claudia, riesig! Das bringt uns in Form!«, freute sich Anja.

Höflichkeitshalber schloss ich mich Anjas Meinung an.

Claudia schlug uns vor, in die Sauna zu gehen.

Anja fragte sie, ob sie mitkäme.

Zu meiner Erleichterung hatte sie aber noch eine Stunde Pilates vor sich. Das hätte mir gerade noch gefehlt – mit der Fitnesstante von nebenan nackt in der Sauna zu sitzen und ihr unfreiwillig meine Problemzonen zu offenbaren. Am besten auch noch gleich Uwe. Damit wir zusehen konnten, wie sein Schweiß langsam über sein Sixpack lief, während sich bei mir alles im Bauchnabel sammelte. Nein danke!

Claudia händigte uns riesige Saunatücher aus. Darüber war ich sehr dankbar. Mein eigenes Handtuch saß etwas eng um die Hüften.

Wir hatten die Wahl zwischen einer finnischen Sauna, einer Biosauna und einem Dampfbad. Wir entschieden uns für die finnische Sauna, die schon gut gefüllt war, anders als die beiden anderen Abteilungen. Also konnte sie so schlecht nicht sein. Als ich die Tür öffnete, schlug mir die Hitze mit unvermuteter Heftigkeit entgegen. Da die unterste und die mittleren Sitzreihen schon besetzt waren, zwängten wir uns an den anderen Saunagästen vorbei nach oben. Mein Handtuch behielt ich schön keusch um meine Hüften – ich wollte keine überflüssigen Neidgefühle wecken. Anja tat es mir gleich. Alle anderen saßen genau so da, wie Gott sie erschaffen hatte. Das Thermometer zeigte neunzig Grad an.

Wir werden alle sterben!, dachte ich. Mein Schweiß drückte aus allen Poren.

Anja stand nach kurzer Zeit auf, um zu gehen, weil es ihr zu heiß war.

Ich blieb. Schließlich war nach uns kein weiterer Saunagast hereingekommen, also wollte ich mir nicht die Blöße geben, gleich als Zweiter wieder zu gehen.

Als ich zum Einatmen meinen Mund öffnete, hatte ich das Gefühl, meine Lungenflügel würden verbrennen. Ich schloss meinen Mund wieder und atmete weiter durch die Nase. Während ich verstohlen aus den Augenwinkeln die anderen Saunagäste musterte, kamen mir alle möglichen Synonyme für Schlappschwanz in den Sinn: Schattenparker, Foliengriller, Bergaufbremser … aha, und ja: Saunauntensitzer! Endlich begriff ich, was damit gemeint war: Unten kann jeder.

Ich stützte mich mit meinen Unterarmen auf meinen Oberschenkeln ab, senkte den Kopf und betrachtete meine Füße, in deren Umkreis mittlerweile eine kleine Pfütze entstanden war. Versonnen hob ich die Zehen meines rechten Fußes an und ließ sie leise platschend in die Pfütze zurückfallen.

»Hey, Meister!«

Ich blickte auf. Wer störte da die Ruhe? Hieß es nicht immer, dass man sich in einer Sauna nicht unterhielt?

»Hey, du!«

Mir wurde bewusst, dass ich gemeint war.

Ein Bulle mit geschätzten einhundertzwanzig Kilo Lebendgewicht deutete mit seinem Finger auf mich.

Fragend blickte ich ihn an.

»Die Füße stellt man aufs Handtuch. Dafür ist es da. Kannst doch hier nicht deinen ganzen Schweiß durch die Gegend schleudern!«

»Oh, sorry!«, sagte ich schuldbewusst und schaute die Saunagemeinde an. »Mein Fehler! Bin zum ersten Mal in einer Sauna.«

»Na, es tropft halt!«, murrte der Bulle.

Aller Augen ruhten auf mir; ich überlegte krampfhaft, wie ich das Handtuch unter meine Füße bekommen sollte, ohne zugleich meine Hüften entblößen zu müssen. Das war ein aussichtsloses Unterfangen. Immer noch schauten mich alle an. *Na gut, ihr Spanner, dann zeigt euch der Papa mal, was ein echter Mann ist.*

Ich nahm mein Handtuch von den Hüften, und zeitgleich wanderten alle Blicke eine Etage tiefer.

Zwei Frauen pressten ihre Lippen aufeinander, eine weitere zog die Augenbrauen hoch.

Ich sah an mir hinunter.

Verdammt! Wo ist er denn? Hat die Hitze den armen Kerl verschreckt? Also, wenn das das Ergebnis der Sauna ist, dann war dieser Saunabesuch der erste und der letzte! In Gedanken redete ich auf ihn ein, versuchte, ihn zu beruhigen. Aber er rührte sich nicht.

Ich breitete mein Handtuch aus, setzte mich wieder und stellte meine Füße aufs Textil. Dafür erntete ich zustimmendes Kopfnicken der Anwesenden. Die waren vielleicht kleinlich! Durch die ganze Herumhampelei war mir jetzt noch heißer.

Einer der Männer fragte in die Runde, ob es jemanden stören würde, wenn er einen Aufguss machen würde. Mir war das egal. Ob der jetzt seinen Tee trank oder nicht.

Der Mann griff nach einer Kelle und goss damit Wasser auf den Saunaofen. Es dampfte. Weil ihm das nicht genügte, stellte er sich in die Mitte und wirbelte sein Handtuch, das er an einem kurzen Ende hielt, schräg oberhalb von seinem Gesicht im Kreis herum. Dabei baumelte sein Gemächt lustig hin und her.

Ich wurde neidisch, weil bei mir zu diesem Zeitpunkt sicherlich nichts gebaumelt hätte.

Jetzt wurde es schier unerträglich heiß. Meine Haut brannte höllisch; mein Atem ging schwer. Ich kniff die Augen zusammen, weil ich befürchtete, dass mir andernfalls die Augäpfel herausfallen würden. Plötzlich musste ich an Trockenpflaumen denken. Abrupt stand ich auf, packte mein Handtuch und drückte mich an zwei Gestalten vorbei.

»Ich darf doch mal!«, bat ich und drehte mich, unten angekommen, nochmals um. »Ihr seid alle wahnsinnig! Das hält doch kein Mensch aus!«, rief ich der Meute zu, die mich mit hämischen Blicken bedachte. Ich stieß die Tür auf und verließ hastig den Raum.

»Tür zu!«, erscholl es hinter mir, die Rufe vermischten sich mit Gelächter.

»Anabolikaaffen!«

Außerhalb der Sauna fröstelte ich nach wenigen Sekunden.

Anja trocknete sich neben dem Duschbereich ab.

»Jetzt warst du aber lange da drin!«

»Tja, bis die Hitze durch meine dicke Männerhaut durch ist, das dauert!«

»Du meinst wohl eher den Speck!«

»Du bist gemein!«, schimpfte ich. »Worte können wehtun!«

»Ich zieh dich doch nur auf. Ich mag die Pölsterchen, mein kleiner Waschbärbauch! Sag mal, geht's dir gut? Du bist knallrot im Gesicht!«

»Können wir jetzt, bitte, bitte, heimgehen?«

»Gefällt es dir hier nicht mehr, Herbert? Willst du nicht mehr in den Ruheraum?«

»Nein, ich will daheim vor unserem Sofa meine Ruhe!«

»Und, wenn du dich heute vielleicht mal auf das Sofa draufsetzt?«

»Ich hab keine Kraft mehr für die Kissen!«

»Ich helf dir.«

»Gut.«

Wenn mir an diesem Tag noch einmal jemand etwas von Grenzen erzählt hätte, wäre ich zum Mörder geworden. Und jeder Richter hätte mich freigesprochen.

Wer ist da?

Auf dem Nachhauseweg vom Fitnessstudio hatte ich mich auf ein Schäferstündchen mit Anja gefreut. Allerdings war ich, nachdem wir zu Hause angekommen waren, sofort in ein tiefes Koma gefallen.

Anja zog mich deshalb beim Frühstück am nächsten Tag auf. Sie habe mir eine kräftigende Seniorenmahlzeit bereitet, frohlockte sie und verzog dabei schelmisch das Gesicht. War das zu fassen?

Später ging sie ins Badezimmer. Sonntags morgens ließ sie sich immer viel Zeit. Das sei ihr Wellnesstag, hatte sie mir erklärt. Da würde sie all das nachholen, wofür ihr unter der Woche die Zeit fehle. Wahrscheinlich Achselenthaarung, Peeling, Gesichtsmaske und so weiter.

Eines Tages, ein paar Wochen zuvor, war ich an einem Sonntagmorgen unvermittelt ins Bad geplatzt. Sie saß im Bademantel mit einem Turban auf dem Kopf auf dem zugeklappten Toilettendeckel und lackierte ihre Fußnägel. Ich musste lachen. Zwischen ihren Zehen steckten Wattepads.

Ich bot ihr meine Hilfe an. Schließlich war ich als Junge ein toller Modellbauer und hatte akribisch alles selbst bemalt.

Aber Anja ließ mich nicht. Es sei ihr suspekt, hatte sie gesagt.

Seitdem sperrte sie immer die Badezimmertür ab.

Ich stellte gerade den Klang meines Surroundsystems neu ein, weil die Bässe noch nicht so wummerten, wie ich es gerne hatte, als Anjas Handy klingelte.

»Anja, Telefon!«, rief ich in Richtung Bad, »Anja!«

Anja hörte mich nicht, weil der Föhn lief.

Ich ging ran. »Hier ist Herbert mit dem Rohr am Ohr!«, witzelte ich in meiner charmanten Art.

Am anderen Ende hörte ich ein kurzes Atmen, in der nächsten Sekunde legte der Anrufer auf. Ich schüttelte den Kopf. Wenigstens hätte er oder sie sagen können, dass er oder sie sich verwählt hatte, oder? Ich wollte einen Rückruf starten und sagen, dass es mir viel zu schnell gegangen sei und ich keinen Ton verstanden hätte. Aber leider schimmerte im Display lediglich das Wort *Anonym.* Ich stellte mir vor, ich würde Herbert Anonym heißen und meine Freunde würden meine Nummer unter meinem Namen in ihre Handys einspeichern. Niemand würde mich jemals zurückrufen.

Ich legte das Handy auf den Tisch und wandte mich wieder meiner Anlage zu.

Just in diesem Moment signalisierte Anjas Handy, dass eine SMS eingetroffen war. Was sollte ich tun? Wenn es nun etwas Wichtiges war? Nein. Das ging nicht. Das war Privatsache. Ich wäre auch nicht sonderlich erbaut gewesen, wenn Anja in meinem Handy …

Meine Neugierde siegte, und bevor ich mich versah, hatte ich Anjas Handy in den Fingern. Anja hatte weder einen Code festgelegt noch eine Tastensperre eingerichtet. Wie leichtsinnig von ihr. Ich tippte mich durch das Menü und öffnete die neu eingetroffene SMS. Sie stammte von einer mir nicht bekannten Nummer.

Hallo Anja – bist du da?

Anja war nach wie vor damit beschäftigt, ihre Haare zu trocknen. Während der Zeit, in der ihr Föhn lief, hätte ich mit dem Gerät eine überschwemmte Baustelle trockengelegt. Ich kann ja mal zurückschreiben, dachte ich. Irgendwas Unverfängliches.

Hallo.

Ja, das hätte Anja auch geschrieben.

Hast du die Rosen bekommen?

Ich stutzte. *Ach, sieh mal einer an. Der anonyme Rosenkavalier.* Ich überlegte nicht lange und beschloss, rotzfrech zurückschreiben, Privatsphäre hin oder her. Hier stieg jemand meiner Anja nach. Das war mein Revier. Da hatte keiner zu wildern. Also, so fand ich, stand es mir auch zu, etwas dagegen zu unternehmen.

Ja. Sie sind sehr schön. Du bist ja verrückt!

Wäre das zu dick aufgetragen? Egal, senden.

Das freut mich!

Mich auch!

Was machst Du heute?

Weiß noch nicht …

Wenigstens hatte dieser Jemand ein gewisses Niveau und schrieb beim Simsen nicht alles klein. Das mochte ich überhaupt nicht. Aus Angst, Fehler mit der Groß- und Kleinschreibung zu machen, lieber gleich alles kleinzuschreiben, das war mir zu billig.

Ist Dein Freund auch da?

Klar, wohnt ja hier.

Das Schwein wusste also, dass es mich gab, und trotzdem baggerte er meine Süße an.

Können wir uns treffen?

Ich richtete einen prüfenden Blick in den Flur und horchte. Der Föhn röhrte weiter.

Wann?

Am besten gleich

Wo?

Am Chinesischen Turm vielleicht?

Ok! In 30 Minuten

Freu mich!

Warte, Bürschchen, ich freu mich auch.

Ich tippte schnell die Nummer des Unbekannten in mein Handy. Glücklicherweise kann man SMS nicht anonym verschicken. Dann löschte ich die Unterhaltung und sprang in meinen Trainingsanzug.

»Du, Anja?«

»Nicht reinkommen!«, kam es aus dem Bad.

»Weiß ich doch! Du, ich geh 'ne Runde laufen!«

Die Tür öffnete sich einen Spalt weit: Anja steckte ihren Kopf in den Flur.

»Alles okay mit dir?«

»Ja, warum nicht?« Um überzeugend zu wirken, hüpfte ich ein wenig auf der Stelle.

»Na, du gehst laufen? So von selbst?«

»Klar. Muss ja fit bleiben, damit ich mit dir mithalten kann!«

»Wahre Worte! Hör auf deine Uhr. Wenn die piepst, läufst du langsamer, ja?«

»Dann kann ich ja gleich gehen! Tschüss!« Ich gab ihr einen Schmatz und sprang zur Wohnungstür.

Ich wollte vor meinem Nebenbuhler am Chinesischen Turm sein und gab kräftig Gas. Kaum zu glauben, ich joggte wirklich. Ja, manchmal braucht es einfach nur den richtigen Antrieb.

Ich beschloss, Hans anzurufen, und aktivierte die Kurzwahl 1.

»Hey, Hans!«, schnaufte ich in mein Handy.

»Na, was hast du gestern noch gemacht, du Tier? Bist im Anschluss noch auf den Mount Everest?«

»Lange Geschichte, erzähl ich dir später. Wo bist du?«

»Im Englischen Garten mit meiner Slackline!«

»Was ist denn das schon wieder?«, fragte ich und bekam Seitenstiche.

»Das ist wie Seiltanzen von Baum zu Baum!«

»Hans, du brauchst eine Frau!«

»Also, jetzt sag schon. Weshalb rufst du an?«

Ich erzählte ihm die Kurzversion. Hans, mein Bodyguard. Immer unsichtbar in meiner Nähe. Besser konnte es nicht laufen. Was, wenn da jetzt ein Schrank von einem Kerl wartete?

Ich hielt es für besser, mich langsam anzupirschen und mir zunächst in aller Ruhe ein genaueres Bild von dem Unbekannten zu machen.

Hinter dem Busch hatte ich einen tadellosen Blick auf den Chinesischen Turm. Außer ein paar älteren Leuten mit ihren Hunden und zwei joggenden Mädels war niemand zu sehen. Als ich genauer hinsah, entdeckte ich einen Penner und zwei Kiffer. Dass einer von den Dreien der unbekannte SMS-Tipper sein sollte, hielt ich für ausgeschlossen.

»Hände hoch, du Spanner!«

Mein Atem stockte, ich drehte mich vorsichtig um.

»Hans, du Depp! Ich hätte mir fast in die Hose gemacht.«

»Hähä. Und? Siehst schon was außer Schwabinger Hasen?«

»Nein. Alles ruhig!« Alles ruhig, ich hörte mich an wie bei *Aktenzeichen XY. … Ich war mit meinem Partner an diesem Morgen bei der Observation. Noch war alles ruhig! …*

»Und? Was machst, wenn da jetzt einer aufkreuzt?«

»Weiß noch nicht.«

»Ui, schau mal, wer da ist?«

Hans zeigte auf den Weg rechts von uns. Ich folgte Hans' Aufforderung. Ein Mann kam von rechts und steuerte auf den Chinesischen Turm zu. Es war Jens. *Schon wieder dieser Arsch*, dachte ich. Das konnte kein Zufall sein.

»Siehst du den, Hans. Der geht geradewegs zum Turm – und mir gewaltig auf den Sack!«

»Jetzt wart erst mal ab. Vielleicht hat er ja ein Date!«

»Klar hat er das. Mensch, Hans. Ich ruf den jetzt an. Wär doch gelacht, wenn das nicht seine Nummer wär.«

Ich wählte und wartete auf ein Freizeichen.

Jens blieb stehen und kramte in seiner Jacke. Er holte sein Handy heraus und nahm den Anruf entgegen.

»Wo bist du denn?«, fragte er und guckte sich um.

»Ich bin hier, du Arsch!«, brüllte ich und schoss hinter dem Busch hervor.

Hans versuchte vergeblich, mich zurückzuhalten.

Ich riss mich von ihm los.

Jens stand mit offenem Mund wie angewurzelt da. Wie ein Reh im Scheinwerferlicht bewegte er sich keinen Millimeter. Ich konnte förmlich riechen, dass er sich just in dem Moment, als ich auf ihn zulief, in die Hose geschissen hatte.

»Herbert!«, bellte Hans und folgte mir.

Ich näherte mich Jens, der immer noch wie versteinert war. Mit einem Satz sprang ich auf ihn zu und mähte ihn um. Wie ein nasser Sack ging er zu Boden. Sein Handy flog in hohem Bogen durch den Englischen Garten.

»Gell, da schaust, du Blödmann. Mit mir hast du nicht gerechnet!«, keifte ich, während ich auf seiner Brust saß.

»Geh sofort runter von mir, sonst …«

»Sonst was?«, fragte ich und klatschte mit meiner flachen Hand gegen seine Stirn.

Jens strampelte verzweifelt mit den Beinen.

Hans kam von hinten und versuchte, mich von Jens wegzuziehen.

Jens bemühte sich währenddessen, mich wegzustoßen.

Aus den Augenwinkeln sah ich eine ältere Dame mit ihrem Dackel vorbeigehen. Sie schüttelte den Kopf.

Hans legte sich ins Zeug und hielt mich in seinem festen Griff, nun in ausreichendem Abstand von Jens' Gesicht.

»Sei doch vernünftig!«, wollte er mich besänftigen.

Ich missachtete seinen Appell. Das war alles andere als das, was ich wollte. Das Fass war übergelaufen. Der Typ brauchte dringend eine Abreibung.

Es gelang mir, mich von Hans zu lösen, und ich klemmte Jens erneut zwischen meine Oberschenkel. Jens wand sich keuchend, doch es gelang ihm nicht, sich aus der Umklammerung zu befreien. Ich packte ihn am Kragen.

»Ich glaube, du hast es immer noch nicht kapiert! Die Anja ist jetzt mit mir zusammen, du Schleimer!«

»Geh sofort runter von mir!«, stammelte er gepresst.

»Ich gehe erst von dir runter, wenn du kapiert hast, dass die Anja nichts mehr von dir will!«, skandierte ich und schüttelte ihn im Takt.

»Das soll sie mir selber sagen!«

Ich schlug Jens von der Seite her ins Gesicht; damit er es begriff, schlug ich nochmals zu, dieses Mal von der anderen Seite. Zur Krönung verpasste ich ihm noch eine gepflegte Kopfnuss. Die kannte er ja schon von Hans.

Hans versuchte abermals, mich von Jens zu trennen. Da ich mich seinem Zug hartnäckig widersetzte, legte er sich auf mich und drückte mich mit seinem Körpergewicht von Jens weg.

»Nehmt euch ein Zimmer!«, rief jemand, den ich nicht sehen konnte.

Jens' Gesicht wechselte zwischen Knallrot und Schneeweiß. Es war ein heilloses Gerangel. Immer wieder versuchte Jens vergeblich, sich zu befreien.

Ich war völlig außer mir und hielt mit geschlossenen Augen grimmig alles fest, was mir in die Finger kam.

Irgendwie schaffte es Jens schließlich doch, sich aus meinem Griff herauszuwinden. Er stolperte über die Wiese und suchte den Boden nach seinem Handy ab. Es dauerte nicht lange, bis er es fand.

Hans hielt mich weiter fest am Boden und schrie Jens zu: »Los, hau ab! Lauf weg!«

Meine Empörung kochte wieder hoch. Nicht mit mir! Wenn man wütend ist, kann man enorme Kräfte entwickeln, wie ich in diesem Moment feststellte. Mit einem gezielten Schwung warf ich Hans zur Seite, stand auf und setzte mich in

Bewegung, um Jens zu verfolgen. Mein linkes Bein schmerzte, weil Jens mich in dem Gerangel wie ein Mädchen in die Wade gebissen hatte. Ich überlegte flüchtig, wie lang meine letzte Tetanusimpfung wohl zurücklag.

Jens hatte einen deutlichen Vorsprung. Ich war mir nicht sicher, ob es mir gelingen würde, ihn einzuholen. Ich dachte fieberhaft nach. Da hatte ich eine Idee. Es war Mittagszeit, und viele Hundebesitzer waren mit ihren Lieblingen unterwegs. Ich beschloss, einen von ihnen für meine Zwecke einzuspannen.

Eine ältere Dame war gerade im Begriff, ein Stöckchen für ihren Pudel zu werfen. »Ich darf doch mal!« Ich riss ihr das Stöckchen aus der Hand und lief weiter.

»Hey, Sie Rüpel!«

Ihr Hund sah das anders. Schwanz wedelnd lief er neben mir her und freute sich auf etwas mehr Action in seinem Hundeleben.

Ich holte aus und warf den Stock mit aller Kraft, die ich noch aufbringen konnte, Jens hinterher.

Der Pudel raste dem Stöckchen hinterher.

Frauchen rief: »Pauli, bleib hier! Pauli bleib hier!«

Aber Pauli flitzte unbeirrt weiter. So viel zum Thema *Sonst hört er immer.*

Mein Stöckchen flog auf Jens zu und traf ihn genau in dem Moment am Kopf, als er sich umdrehte, um sich zu vergewissern, dass er mich abgehängt hatte.

Ich triumphierte. Besser hätte man es in einem Film nicht darstellen können. Fast hätte es mich zerrissen.

Der Stock prallte an Jens' Kopf ab, Jens taumelte, stolperte über seine eigenen Füße und ging unsanft zu Boden.

Pauli bellte freudig, nahm das Stöckchen ins Maul und legte es vor mir auf den Boden.

»Brav ist der Pauli! Ja!« Ich tätschelte den Hund am Kopf.

Frauchen schloss zu mir auf, schnaubend und entrüstet, und schimpfte lauthals. Warum freute sie sich nicht, dass ihr kleiner Vierbeiner dieses Mal weiter als zwei Meter zu laufen gehabt hatte, um sein Stöckchen zu apportieren?

Auch Hans kam herangeeilt und hielt mich erneut fest, als er merkte, dass ich mich anschickte, meine Beute weiter zu bearbeiten.

»Jetzt lass gut sein! Der hat doch schon genug!«

Jens kam zu sich und taumelte in seinen Designerjeans von dannen.

»Wetten, der Typ hat das immer noch nicht kapiert«, wütete ich zu Hans.

Hans zuckte mit den Schultern und putzte sich das Gras von seiner Jacke.

Ich suchte den Englischen Garten ein letztes Mal mit den Augen nach Anjas Ex ab und motzte: »Siehst du, jetzt ist er weg!«

Durchgeknallt

Vielleicht war es gut, dass Hans dabei gewesen war. Wer weiß, was ich sonst mit Jens angestellt hätte.

Wenn ich etwas auf den Tod nicht ausstehen kann, sind es Typen, die in bestehende Beziehungen eindringen. Da werde ich fuchsig. Auch dann, wenn es nicht mich selber betrifft. Das Auto und die Frau eines Mannes rührt kein anderer an. Das war von jeher so. Und wenn, dann soll es wenigstens ein richtiger Kerl sein, der versucht, einem Mann seine Frau auszuspannen. Aber sicherlich kein Klimpergesicht wie dieser Jens. Ich jedenfalls fühlte mich nicht ernst genommen.

Hans ging zu seinem Seiltanz zurück – oder was auch immer er da machte. Er meinte, er müsse nach der ganzen Aufregung wieder zu seiner Mitte finden. Er brauche einen Ausgleich.

Den benötigte ich auch. Ich hatte das Gefühl, fremdgesteuert durch die Gegend zu rennen. Alle um mich herum bestimmten mein Leben. Das ging mir langsam auf den Sack. Mein Chef bestimmte, ich solle mich weiterbilden, wegen der Freundschaft mit Hans kletterte ich die Scheißwand hoch, und für Anja saß ich daheim vor dem Sofa, quälte mich beim Sport und genoss mein Surroundsystem nur halb, weil in Zimmerlautstärke. Zum Dank durfte ich mich von ihren Eltern noch dumm anmachen lassen, weil ich denen nicht gut genug war. Da lief irgendetwas falsch. Es ging hier weiß Gott nicht um mich, es ging nur um das Wohl aller Leute um mich herum. Um mich drehte es sich überhaupt nicht mehr. Das musste sich ändern. Das Fass war übergelaufen, und ich war stinksauer. Auf wen wusste ich noch nicht. Auch nicht, ob ich am Ende auf mich selbst sauer sein sollte, weil ich das Ganze zugelassen hatte. Ich nahm mir vor, ab jetzt nur noch das zu tun, was ich wirklich wollte.

Trotzdem war es an der Zeit, dass ich wieder nach Hause lief. Anja machte sich bestimmt schon Sorgen um mich, weil ich noch nicht zurück war.

Als ich unsere Wohnungstür öffnete, stand Anja wartend im Flur. Sie hatte ihr Handy in der Hand.

»Hey, Schatz. Hast du dir schon Sorgen gemacht? Wolltest du mich gerade anrufen?«, erkundigte ich mich scheinheilig.

Anja guckte mich kühl an. »Herbert? Warst du an meinem Handy?«

»Ich?«

»Ja, wer denn sonst?«

»Und wenn?«

»Sag mal, spinnst du? Was hast du mit dem Jens gemacht?«

Die Buschtrommeln hatten offenbar einwandfrei funktioniert.

»Drehst du jetzt völlig durch, oder was?«, fuhr sie fort.

»Anja, dein Handy ging, und ich bin dran gegangen. Außer Schnaufen war da nix! Und da kam eine SMS!«

»Du hast nicht an mein Handy zu gehen. Das ist meine Privatsache!«

»Ach ja? Und wenn sich dein Ex mit dir heimlich treffen will? Ist das auch privat, oder was?«

»Was ich tue, geht dich überhaupt nichts an.«

»Wenn dein Ex weiterhin an dir rumschraubt, geht mich das sehr wohl etwas an.«

Anja stampfte wutentbrannt ins Wohnzimmer.

Ich folgte ihr, denn diese Sache wollte ich jetzt endlich auf dem Tisch haben. *Ihr verarscht mich nicht mehr, ihr selbstherrliches Großstadtvolk. Ihr mögt euch ja auf euren Schicki-Micki-Partys durch die Bekanntschaft vögeln und eure Partner untereinander austauschen. Aber da, wo ich herkomme, hat Treue noch einen gewissen Stellenwert. Da ist für Exmänner einfach kein Platz mehr.*

»Wer an mir herumschraubt, das entscheide immer noch ich selbst. Sag mal, denkst du, ich wäre dein kleines Kind?«

»Nein, das bist du nicht. Aber du bist meine Frau!«

»Ha, das wüsste ich aber. Du windest dich doch um dieses Thema, genau wie um deine berufliche Zukunft!«

»Ach, Madame darf in meinem Leben herumstochern und mitbestimmen! Aber ich darf deinem tollen Jens keine auf seine Schwabinger Murmel geben?«

»Nein, das darfst du nicht!«

»Na gut, dass wir das jetzt mal geklärt haben. Am Ende sind wir verheiratet, und du und deine Mutter habt mich an den Eiern!«

»Was ziehst du denn jetzt meine Mutter hier mit rein?«

»Die ist an dem ganzen Schlamassel schuld. Würde die sich nicht ständig einmischen, hätten wir jetzt diesen Zirkus gar nicht.«

»Lass meine Eltern aus dem Spiel!«

»Ach ja, wer ruft deinen Ex ständig an und macht ihn scharf auf dich? Das ist doch deine Mutter. Nur, weil sie selbst unzufrieden in ihrer Ehe ist, gönnt sie dir das erst recht nicht. Tolle Eltern hast du. Vielleicht wäre es besser, wenn deine Mutter was mit dem Jens anfangen würde, so hätten alle was davon!«

»Wer sagt denn, dass ich den Jens sehen will?«

»Sag du es mir! Ich frag mich schon, warum du dich dauernd mit ihm triffst! Im Englischen Garten zum Beispiel! Oder erkläre mir doch mal, warum dich der Sack in seiner verdammten Bonzenkarre heimfahren muss? Machen das Expartner so?«

»Spionierst du mir nach?«

Endlich war das Thema, das mir schon seit Tagen unter den Nägeln brannte, auf dem Tisch.

»Ich brauch dir überhaupt nicht nachzuspionieren. Ihr beiden flaniert ja ungeniert zusammen durch die ganze Stadt!«

»Du spionierst mir wirklich nach. Ich glaub's nicht! Weißt du eigentlich, wie krank das ist?« Anja rannte wutentbrannt in den Flur zurück, um sich die Schuhe anzuziehen.

Ich folgte ihr.

»Was kann ich dafür, wenn du vor meinen Augen ständig mit diesem Typen rumspringst? Ich denke, es wäre mal an der Zeit zu entscheiden, was du wirklich willst!«

Anja stapfte wütend zurück ins Schlafzimmer, zog ihren Koffer unter dem Bett hervor und riss die Schränke auf.

»Da redet der Richtige! Du weißt doch nicht, was du willst. Denkst du, mir macht es Spaß, neben jemandem zu leben, der nicht mal für fünf Minuten in die Zukunft plant?«

»Ist ja toll, dass du neben mir lebst und nicht mit mir! Anja, was machst du da?«

»Ich schaffe Platz für dich und dein Ego!« Anja warf wahllos Klamotten in den Koffer.

Das wurde mir nun auch zu blöd, und ich suchte nach meiner großen Sporttasche. Auf dem Kleiderschrank wurde ich fündig.

»Das wird nicht passieren. Du wirst mich hier nicht zurücklassen. Ich gehe. Kannst ja den Jens fragen, ob er mit seinem Bett hier einziehen will!«

»Wenn überhaupt, würde ich zu ihm ziehen.«

»Oh, na klar. Altbau mitten in Schwabing – das ist ja wie eine Sozialwohnung. Da muss die feine Dame mit ihrem Wasserbett schon nach Grünwald ziehen! Lass aber das Wasser vorher ab, damit ihr beiden es dann mit Crémant auffüllen könnt. Ihr seid ja alle dermaßen selbstherrlich!«

Ich kramte Jeans und Hemden aus meinem Schrank und verstaute sie in der Sporttasche, während Anja ins Bad rauschte. Ich folgte ihr mit meinem Kulturbeutel.

Anja griff energisch in die Regale und packte alles ein, was ihr unter die Finger kam. Ob sie am Ende fünf Eyeliner mitnahm, aber keinen Lippenstift, schien ihr egal zu sein. *Nicht mein Problem!*

Ich griff in ihr Beautycase und nahm meinen Rasierer wieder heraus, den sie gerade eingepackt hatte.

»Und überhaupt! Wer sagt mir denn, dass du nicht derjenige von uns beiden bist, der sich nebenbei mit anderen vergnügt. Jetzt, wo der Hans wieder solo ist, da zieht er doch die Hühner nur so an. Da wird schon für dich was abfallen!«

»Glaub bloß nicht, dass ich den Hans brauche, um Mädels kennenzulernen. Stell dir vor, vor ein paar Tagen erst hab ich die Meike aus der Schule getroffen. Die wollte unbedingt mit mir was trinken gehen.«

»Und? Warum hast du's nicht gemacht?«

»Weil ich bis vor zwanzig Minuten noch dachte, dass ich in einer glücklichen Beziehung stecke!«

»Oh! Der Herr steckt in einer Beziehung! Sag doch gleich, dass du gefangen bist! Aber jetzt bist du ja vogelfrei! Da kannst du dich ja mit deiner Meike treffen!«

»Vielleicht mach ich das sogar!«

Wir musterten beide unser Gepäck, griffen danach und steuerten nebeneinander auf die Wohnungstür zu.

Ich öffnete sie und wies mit der Hand nach draußen. »Nach dir!«

»Wirklich nicht. Du schmeißt mich hier nicht raus! Nach dir!«

»Das ist auch meine Wohnung!«

»Na, dann gemeinsam.«

Seite an Seite drückten wir uns durch den Türrahmen und steckten für den Bruchteil einer Sekunde fest. Ich schaute Anja in die Augen.

»Hast du zugenommen?«

»Arsch!«, fauchte sie.

Wir drehten uns gleichzeitig um und zogen Koffer und Tasche aus der Wohnung.

Vor dem Treppenabgang warf ich meine Tasche zu Boden und kehrte um, weil ich meinen Schlüssel und das Handy vergessen hatte.

»Na, beginnende Demenz?«

»Ja. Ich hab sogar meinen Namen vergessen. Wer bin ich denn? Jens oder Herbert?«

»Warte, lass mich nachdenken! Da du ziemlich kindisch und peinlich bist, kannst du nur der Herbert sein!«

Wir waren beide in unseren Schlagabtausch vertieft und bemerkten nicht, dass die Beckmanns in ihrer Wohnungstür standen.

»Alles klar bei euch?«, wollte Claudia wissen.

Wir unterbrachen unsere hitzige Diskussion, sahen die beiden an und lächelten wie auf Kommando.

»Hey, na ihr beiden? Alles fit? War echt super, das Spinning! Nicht wahr, Anja?«

»Ja, echt toll!«

Claudia und Uwe guckten sich an und wandten sich wieder in unsere Richtung.

»Sagt mal, ist alles okay bei euch?« Uwe neigte seinen Kopf psychologisch einwandfrei zur Seite.

»Klar, alles bestens!« Ich hatte nicht die geringste Lust, zwischen Tür und Angel mit den beiden unsere Probleme zu wälzen.

»Nichts ist okay!« Anja wollte sich offenbar Unterstützung holen, damit ich am Ende dumm dastand. »Dieser Typ hier leidet an Wahnvorstellungen und Vergesslichkeit!«

Claudia zog die Brauen hoch: »Kommt doch erst mal rein. Ich gieß dir einen Ginsengtee auf, Herbert!«

»Nee, lass mal, Claudi, danke. Für den Aufguss ist die Anja zuständig.« Ich wandte mich wieder Anja zu. »Wie wäre es denn mit der Jensmischung? Lieblich, mit einem Hauch Feige. Nur im Abgang ist er ein bisschen fade und schmeckt nach Austernkacke!«

Ich knallte unsere Wohnungstür zu und ging zur Treppe.

Anja folgte mir und zog ihren Trolley nach.

Die Beckmanns stierten uns irritiert hinterher.

»Vielleicht hätte ich ja bei Jens bleiben sollen. Der wusste wenigstens immer, was er wollte!«, schrie Anja.

»Genau, es war so schön mit euch, dass du dich hast scheiden lassen.«

»Stell dir vor, er hat mich sogar zu einem Trip nach London eingeladen!«, trumpfte Anja auf.

»Ach ja? Und was will er da mit dir? Will er sich in Wachs gießen lassen und bei Madame Tussaud blöd in der Gegend rumstehen? Ich schwör dir, in dem Fall bin ich der Erste, der rüber fliegt, ihm einen Docht in den Schädel dreht und den Arsch anzündet!«

Mit lautem Getöse erreichten wir den ersten Stock. Anjas Trolley knallte von Stufe zu Stufe abwärts. Die Wohnungstür unter uns öffnete sich: Frau Weber steckte ihren Kopf heraus.

»Vielleicht hab ich mich ja nur von Jens scheiden lassen, damit ich ihn noch mal heiraten kann. Weil die Hochzeit so schön war! Guten Tag Frau Weber. Schicker Pulli. Schönen Sonntag noch!« Anja stapfte weiter.

»Super! Heirate ihn doch wieder! Dann kannst du endlich das verkorkste Leben deiner Mutter weiterführen! Hallo, Frau Weber. Na? Heute wird's warm. Aber am Spätnachmittag soll's ein Gewitter geben, hab' ich gehört!«

Frau Weber blickte uns wortlos nach.

»Ist denn endlich Ruhe?«, rief eine Stimme aus dem dritten Stock. Wir drückten uns nebeneinander weiter durchs Treppenhaus ins Erdgeschoss.

»Wenn ich das Leben meiner Mutter weiterführen wollte, müsste ich ja nur bei dir bleiben!«

Wir erreichten die Haustür. Sie war breiter als unsere Wohnungstür. Ohne Rempelei verließen wir das Haus. Schwabing hatte bereits seinen sonntäglichen Normalpuls erreicht. Ich dagegen hatte Bluthochdruck. Nur so konnte ich mir erklären, weshalb Passanten mich ungeniert anstarrten.

Auf der Straße schleuderte mir Anja entgegen, dass sie mich nicht mehr sehen wolle.

»Dann musst du entweder die Augen zumachen, oder gehen!« Ich bohrte meinen Blick in ihre Augen.

Anja erwiderte meinen Blick. »Ach, mach doch, was du willst!«, sagte sie dann in leiserem Ton, umklammerte den Griff ihres Trolleys und ließ mich stehen.

Ich hob meine Sporttasche vom Boden auf, schulterte sie, drehte mich um und marschierte in die entgegengesetzte Richtung. Ich war wütend und kämpfte mit widerstreitenden Gefühlen. In dem Moment fiel mir ein, dass Hans' Wohnung genau in der Richtung lag, aus der ich gekommen war. Ich blieb stehen und drehte mich um. In der Ferne entdeckte ich Anja. Ich wartete, bis sie nicht mehr zu sehen war. Danach wechselte ich meine Richtung. In die Wohnung wollte ich an diesem Tag nicht mehr zurück. Aus den Augenwinkeln sah ich Claudia und Uwe oben aus dem Fenster starren.

Die hatten es gut. Wenn die solche Probleme hatten, machten sie sich einfach einen Tee. Ein Tässchen Harmonie, und schon zog es ihnen die Mundwinkel nach oben. Wenn's doch so leicht wäre! Dann hätte ich in diesem Augenblick gerne eine Tasse von Anjas *Land des Lächelns* genommen. First Flush!

Zwei Bier auf dem Balkon

Unterwegs schrieb ich Hans eine SMS. Ich wollte nicht plötzlich und überraschend vor seiner Tür stehen. Mit einem Taxi wäre ich schneller gewesen, aber nach dem Streit mit Anja brauchte ich frische Luft. Wenn man die Schwabinger Luft überhaupt als frisch bezeichnen konnte. Immerhin war Sonntag. Und das bedeutete: Schaut alle her, was ich für einen tollen Wagen habe!

Als ich an den Cafés und Eisdielen vorbeiflanierte, fühlte ich mich in mein Singleleben zurückversetzt. Wo ich hinschaute: Pärchen. Verliebtheit im Endstadium, knutschend und streichelnd im Wettstreit mit den Pärchen von den Nebentischen. Ich verspürte ein würgendes Gefühl im Magen. Besser für einen Single, nichts im Magen zu haben, wenn er vor die Tür geht.

Aber halt! War ich jetzt schon wieder Single? Oder war ich Teil eines Paares, das in einer Krise steckte? Ich wusste es nicht. Dabei hätte ich mich entschieden wohler gefühlt, wenn ich mich hätte einordnen können. Nichts ist beschissener, als in der Luft zu hängen, mit ungewissen Zukunftsaussichten.

Ich fragte mich, wie es jetzt weitergehen sollte. Musste ich mir eine neue Wohnung suchen? Würde ich zurück nach Freising gehen? Den nächsten Urlaub wieder alleine verbringen? Was sollte ich auf der Arbeit sagen? *Ach ja, übrigens: Ich bin wieder Single!?*

All diese Fragen trieben mich um, während ich mit gesenktem Kopf durch die Straßen schlich. Für kurze Zeit verwarf ich den Gedanken, wieder Single zu sein. Es konnte doch nicht sein, dass bei unserem ersten handfesten Streit gleich alles vorbei war, oder? Für Anjas Treffen mit Jens musste es eine Erklärung geben. Letztlich konnte ich mir nicht ernsthaft vorstellen, dass Anja mich heimlich mit ihrem Ex betrog. Nein. Nicht Anja. Die hatte ja schon ein schlechtes Gewissen, wenn im Fernsehen jemand gelogen hatte. Aber weiß man das wirklich so genau?

Es gibt Ehemänner, die über Jahrzehnte hinweg zwei Familien haben. Und keine weiß von der anderen. Die haben sogar mit beiden Frauen Kinder. Aber gut, das sind die Männer. Frauen machen so etwas nicht, oder? Ach, ich weiß überhaupt nichts mehr.

Während ich den Knopf der Fußgängerampel drückte, bemerkte ich auf der gegenüberliegenden Straßenseite eine ziemlich heiße Schnitte.

Sie lächelte mich an.

Ich lächelte zurück. Wie in Zeitlupe nahm ich wahr, wie sie ihre lange, blonde Mähne nach hinten warf. Bekleidet mit Top und Minirock, stand sie da. In Ballerinas. Gut, es konnte ja nicht alles perfekt sein.

Die Lady winkte. *Kennen wir uns?*

Ich winkte zurück und erntete dafür einen verwunderten Blick. Es wurde grün. Ich beschloss, sie anzusprechen. Wir gingen beide los. Laut meiner Berechnung würden wir uns auf der Mitte der Fahrbahn treffen. Plötzlich beschleunigte sie ihre Schritte.

Mädchen, kannst es ja gar nicht abwarten!, dachte ich und breitete vorsichtshalber die Arme aus. Wir waren fast auf Augenhöhe.

Sie lächelte wieder.

Ich auch.

Sie guckte an mir vorbei. Gut. Dann hatte sie eben einen leichten Silberblick. Diesen Makel sortierte ich sofort neben den Ballerinas ein und ließ ihn auf sich beruhen. *Jetzt komm her, du …*

Die Lady lief an mir vorbei und einem Typen, der die ganze Zeit hinter mir gestanden hatte, genau in die Arme.

Schöne Scheiße! Aber wenigstens hatte ich kurz ihr Höschen gesehen, als sie ihn ansprang. Während ich frustriert meinen Weg fortsetzte, vibrierte mein Handy in meiner Hosentasche. Es war Hans. Er sei zurück, und ich könne gern kommen.

»Hey, Alter. Komm rein! Magst ein Bier?«

»Es ist Nachmittag!«

»Sorry. Mein Fehler!«, entschuldigte er sich. »Magst einen Schnaps?«

»Na, dann eher doch ein Bier!« Ich schmiss meine Tasche in die Ecke und ging auf den Balkon.

Hans hatte eine Wohnung im obersten Stockwerk eines Mehrfamilienhauses. Das Haus an sich war nicht mein Fall, aber die Aussicht war gigantisch. Hans ist jetzt auch nicht der Typ für einen Wohnblock, aber er hatte die Wohnung damals genommen, weil an dem Tag, als er sie besichtigt hatte, Fön gewesen war. Als er in der Ferne seine geliebten Alpen gesehen hatte, war es um ihn geschehen gewesen.

Hans kam dazu und drückte mir eine Flasche in die Hand.

»Hast du einen Öffner?«

»Gib schon her, du Stadtkind!« Hans nahm mir die Flasche wieder ab, hielt sie unterhalb des Kronkorkens gegen die obere Querstrebe des Balkongeländers und versetzte ihr einen sanften Hieb. »Hier!«

Wir prosteten uns zu.

»Auf das Singleleben.«

»Hans, es ist noch nicht klar, ob ich wieder Single bin.«

»Ach, was habt ihr denn sonst? Trennung auf Zeit?«

»Na, von Trennung haben wir jetzt noch nicht gesprochen.«

Wir haben nur gemeinsam die Wohnung verlassen. Nicht jeder für sich. Wir haben etwas gemeinsam unternommen. Also bin ich noch kein Single.

Mir schien, als ob Hans die Gunst der Stunde witterte. Jedenfalls versuchte er, mir meine neu gewonnene Freiheit schmackhaft zu machen.

»Hier, Herbert.« Er brachte mir ein zweites Bier und sich selbst ein Drittes. »Jetzt sei ehrlich. Könntest du das, was wir gerade tun, mit der Anja auch machen?«

»Was meinst du? Bier trinken? Klar!«

»Du Dödel. Am Sonntagnachmittag auf dem Balkon sitzen und zwei Bier in dich reinkippen.«

»Weiß nicht. Hatte bisher noch kein Bedürfnis danach!«

»Aber doch nur, weil du es von vornherein ausschließt!«

Hans rückte den Sonnenschirm zurecht, um den Schattenwurf zu vergrößern. Unten spielten ein paar Kinder Fußball. Wir lagen nebeneinander auf unseren Liegestühlen und schwiegen. Hin und wieder seufzte Hans zufrieden. Ich sagte nichts und bemühte mich, seinen Sonntagsflow nicht zu stören.

»Schau, Herbert. Das kannst du mit einer Frau auch nicht.«

»Was meinst du?«, fragte ich, ohne die Augen zu öffnen.

»Einfach so daliegen und mal die Schnauze halten!«

»Doch, doch. Mit der Anja geht das gut.«

»Du und deine Anja. Mensch, sieh ein, dass die in einer anderen Liga spielt. Die geht zu ihrem Jens zurück und gut is'! Die ist die High Society gewöhnt. Da haben so Affen wie wir beide keinen Platz!«

»Die geht nicht zu dem Jens zurück. Der hatte sie sogar nach London eingeladen, stell dir vor. Aber macht sie nicht.«

Hans setzte sich auf und nahm seine Sonnenbrille ab. »Na, herzlichen Glückwunsch. Da bist du mit ihr zusammen, und der Ex hat sie nach London eingeladen. Aber die Anja fliegt nicht mit. Toll von der Anja! Mensch, da hat sie ja was gut bei dir!«

Ich sah ein, dass Hans recht hatte. Sollte ich es bereuen, dass ich im Englischen Garten, vor einigen Tagen, als ich Anja zum ersten Mal mit Jens gesehen hatte, meinen Mund gehalten hatte? Wäre es, wenn ich Anja um Aufklärung gebeten hätte, niemals so weit gekommen?

»Hörst du dir eigentlich selbst zu?« Hans redete sich in Rage. »Mann, Herbert! Wach auf! Du stellst sie auf so ein hohes Podest, dass sie dich gar nicht mehr sehen kann. Die verarschen dich doch.«

»Nein, das tut sie nicht!«, gab ich entrüstet zurück. Am liebsten wäre ich abgehauen, um sie zu treffen. Aber es schien mir zu früh. Außerdem würde sie bestimmt nicht an ihr Handy gehen. Auch wusste ich nicht, wohin sie verschwunden war. Obwohl – es gab nicht viele Möglichkeiten … Entweder war sie bei ihren Eltern oder bei Franzi. Letzteres lag für mich näher. Ich konnte mir nicht vorstellen, dass sie in diesem Zustand bei ihrer Mutter unterschlüpfen wollte. Diese Genugtuung, was mich betraf, wollte Anja ihrer Mutter sicherlich nicht geben.

»Wahrscheinlich ist sie gerade bei ihrem Jens!«, warf Hans ein.

»Jetzt hör auf, Hans! Außerdem ist das nicht *ihr* Jens.«

»Und warum schleicht sie dann immer noch mit ihm spazieren oder fährt mit ihm mit?«

»Das weiß ich nicht, aber auch dafür wird es wohl eine Erklärung geben.«

Ich kämpfte gegen Hans' Argumente und wollte mich nicht von ihm überreden lassen. Aber Hans hatte schon sehr gute Argumente.

»Hast du Hunger? Ich grille uns was.«

»Was hast denn da?«

»Fleisch und Fleisch, mit Fleisch. Oder magst du lieber Fleisch?«

»Wenn du mich so fragst, nehme ich Fleisch!«

»So gefällt mir der Herbie!«

Wir standen auf und nahmen unser Bier mit in Hans' Küche.

Ich machte mich nützlich und ging Hans aus dem Weg. Hans holte drei Steaks aus dem Kühlschrank, die so groß waren, dass man hätte meinen können, er hätte von dem Rind einfach nur die Hufe abgenommen.

»Was gibt's dazu? Soll ich irgendwas schnibbeln?«, bot ich Hans an.

»Was gibt's dazu! Was gibt's dazu! Mann, du bist ja schon total beziehungsversaut. Barbecuesoße, Ketchup und Bier. Kannst ja irgendwo klingeln und nach Zucchini fragen. Die kannst du dann würfeln und einen Dip für uns zwei Hübschen machen!«

»Ist ja wieder gut, du alter Balkongriller!«

Ja, das war Hans' Welt. Witze auf meine Kosten.

»Gibt's Teller, oder essen wir gleich vom Grill?«

»Klar gibt's Teller. Ich hab doch Stil! Mach du schon mal den Grill an.«

Wenig später hatten wir unsere Teller geleert und unsere Wampen gefüllt. Mir war ein wenig übel.

»Da hilft nur ein Schnaps!«

»Nee, lass mal. Ich hatte jetzt schon vier Bier!«

»Und? Das sind auf der Wies'n genau zwei Maß!«

Gegen Hans kommt keiner an. Am besten in die Duldungsstarre gehen und alles mitmachen.

»So, mein Lieber!« Hans klatschte in die Hände. »Weißt du, was du jetzt brauchst?«

»Nö!«

»Eine Frau! Komm, wir geh'n auf die Piste und lassen 's mal so richtig krachen!«

Hans war voller Tatendrang. Mir hingegen war nicht im Geringsten nach Feiern zumute. Am liebsten hätte ich mich für ein paar Tage irgendwo verkrochen und wäre in Selbstmitleid versunken.

»Hans, ich weiß nicht. Ich möcht gerne hierbleiben und ein wenig fernsehen. Ich bin jetzt echt nicht so in der Stimmung zum …«

»Oh, der Herr hat Stimmungsschwankungen. Jetzt komm, zieh dir was Anständiges an! So schaut dich keine an.«

»Mensch, ich muss morgen auf die Arbeit. Außerdem weiß ich gar nicht, ob ich überhaupt irgendwas Brauchbares eingepackt habe.«

»Ich muss morgen auch arbeiten. Stell dir vor. Wenn du was für dein Finanzamt eingepackt hast, passt das auch für die Disco.«

»Ach Hans, ich …«

»Keine Widerrede, auf geht's! Wasch dir deine hässliche Visage, stink dich ein, und auf geht's!«

Ich gab widerwillig nach. Gegen Hans' Pläne anzukämpfen, war noch nie meine Stärke. Am Ende gewinnt er stets.

Bevor wir die Wohnung verließen, drückte mir Hans ein Schnapsglas in die Hand: »Zum Vorglühen!«

Bei mir glühte schon lange nichts mehr, ich brannte förmlich. Früher Abend, und ich war schon ziemlich gut dabei.

Hans hielt ein Taxi an; wir fuhren ins Zentrum. Das Gute daran, mit Hans auf die Piste zu gehen, ist, dass er jeden kennt. Seien es Bedienungen, Türsteher oder DJs. Hans wird überall begrüßt. Wenn er in Begleitung erscheint, dann ist er eben in Begleitung. Das hatte sich seit damals nicht geändert.

Wir landeten in einem Schuppen, in dem an diesem Abend Ballermannnacht war. Das versprach, heiter zu werden.

»Noch einen!«, schrie Hans der Bedienung zu. Keine Ahnung, ob wir schon den dritten oder vierten Eimer Sangria geleert hatten. Die Stimmung war ausgezeichnet. Ich hatte sogar schon die Tanzfläche getestet. Bei *Zehn nackte Friseusen* hatte es mich gepackt, und ich führte eine Polonaise an.

»Ist doch geil, oder, Herbert?« Hans prostete mir mit einem Pils zu. Er brauchte zwischendurch was Richtiges.

»Ja! Schau, die Zwei da hinten. Die schauen dauernd zu uns rüber! Huhu!« Ich winkte und vermied mit knapper Not einen Sturz.

»Was meinst? Bist bereit, du Hengst? Ich saus' schnell rüber und hol die beiden her.«

»Mir wurst! Ich geh eh gleich. Langsam, aber sicher reicht's!«

»Nix da, Herbert! Jetzt, wo es erst richtig losgeht. Du bleibst schön hier stehen und siehst weiter gut aus. Ich hol derweil die zwei Süßen rüber. Glaub mir, da geht was!«

»Will ich doch gar nicht!«

Hans winkte ungeduldig ab, stand auf und steuerte auf den Tisch zu, an dem die beiden Mädels saßen.

Er quatschte sie an; es dauerte nicht lange, bis sie anfingen zu kichern. Danach bugsierte er sie auf die Tanzfläche, und zwei Songs später stand das Trio vor mir, Hans in der Mitte, die Frauen hatten ihre Arme bei ihm eingehakt. Hans' Dreistufenplan hatte wieder einmal funktioniert.

»Schau, Herbert, was ich gefunden hab! Sind die nicht schön?«, bemerkte er. »Schaut's Mädels, das ist der Herbert. Den Herbert, den müssen wir heute ein bisschen aufmuntern, weil der nämlich seit heute wieder Single ist!«

»Ich …«

»Jetzt schau, Herbert, das hier ist die Cindy, das hier ist die Moni. Sag doch mal Grüß Gott zu den beiden!«

»Grüß Gott!«, sprach ich in leicht schleppendem Tonfall. Aber, das schien den beiden Mädchen nicht im Geringsten aufzufallen. Ich hielt es für möglich, dass auch sie nicht mehr ganz nüchtern waren.

»Mögt ihr was trinken?«, fragte ich.

»Herbert, wir nehmen vier Caipirinhas!«, entschied Hans.

Ich orderte, während die beiden Mädels aufs Klo gingen. Wahrscheinlich beratschlagten sie sich, um zu entscheiden, wer von ihnen wen von uns nehmen sollte. Wenn ja, dann waren sie naiv. Hans ist der Letzte, der sich einteilen lässt.

»Und, was sagst? Die beiden sind doch zu schnuckelig!«

»Ja, die sind schon der Knaller! Aber ich weiß nicht, ob ich wirklich bereit bin für …«

»Jetzt hör mir mal zu, heut Nacht bist du auf einer fernen Insel, niemand kennt dich. Und alles, was du heute treibst, erfährt kein Schwein!«

Hans' Stimme hatte eine unwiderstehliche hypnotisierende Wirkung. Mechanisch wiederholte ich: »Insel – niemanden kennen – Schwein!«

»Ganz genau, Herbert. Schau, da sind sie ja wieder. Und übrigens.« Hans neigte seinen Kopf und flüsterte in mein Ohr: »Die Moni gefällt dir doch auch gut, oder? Weißt, ich würde heute schon gerne noch der Cindy den Bert machen!«

Ich schaute ihn an, im nächsten Moment brachen wir in lautes Gelächter aus. Ich rang nach Luft und warf alle Bedenken über Bord.

»Prost Mädels!«

Nach Mitternacht kochte die Stimmung. Es gab niemanden mehr, der saß. Alle waren entweder auf den Tischen oder auf der Tanzfläche.

»Hans!«, brüllte ich über ein paar Köpfe hinweg.

»Was?« Er tänzelte zu mir rüber.

»Heute mach ich blau!«

»Jaaa! Das ist mein Herbie! Was du kannst, kann ich schon lange. Ich habe eh keinen Bock. Dann bleib ich auch daheim.« Wir prosteten uns zu.

Hans überredete Cindy und Moni, zu einem Schlummertrunk mitzukommen. Das heißt, da gab's nicht viel zum Überreden.

Da war grad so 'ne Tussi da!

Ein Knall. Mein Schädel explodierte. Nein. Ich muss geträumt haben. Ich versuchte, herauszufinden, wo ich war. Ich fühlte mich verloren und fremd und fragte mich, ob ich tot war. Ob sich so der Tod anfühlte?

Ich hatte immer gehofft, dass nach dem Tod das Paradies auf mich warten würde, und war herb enttäuscht. Werden wir nicht alle von vorn bis hinten beschissen?

Ich beschloss, nicht tot zu sein. Meine Gedanken kreisten chaotisch und sperrten sich gegen meinen Versuch, sie in eine grobe Ordnung zu bringen. Die Menge an Daten, die ich am Vorabend und in der Nacht vernichtet und neu gespeichert haben musste, war wohl zu groß für meine Hirnzellen.

Irgendjemand schlich um mich herum. Ich schaffte es nicht, meine Augen zu öffnen. Mir war speiübel, mein Rachen brannte.

Ich hatte nicht die leiseste Ahnung, was in der letzten Nacht passiert war. Ist vielleicht alles nur ein Traum? In meinem Kopf blitzten Fetzen von Bildern auf, die ich in keinen sinnvollen Zusammenhang bringen konnte. Ich hatte einen faden Geschmack im Mund und dachte an Anja. Bevor ich sie wachküsste, musste ich unbedingt meine Zähne putzen. War Anja am Ende schon wach?

In meinen Ohren rauschte es. Welcher Wochentag ist überhaupt? Verdammt. So sehr ich mich auch anstrengte, ich bekam meine Augen nicht auf. Sobald ein schmaler Streifen Licht unter meine Lider drang, wurde der Druck auf meinen Schläfen schier unerträglich; ich stellte mir vor, wie er meinen Kopf auf Erbsengröße verdichtete. Habe ich Migräne?

Anja litt häufig unter Migräne. Aber nie dann, wenn ich mit ihr schlafen wollte. Also war diese Migränegeschichte entweder ein Mythos oder ich ein guter Liebhaber. Jedenfalls hatte mir Anja Letzteres schon öfter bestätigt. Okay, was hätte sie aber auch sonst sagen sollen? *Du bist fast so gut, wie mein damaliger zweiter Freund, aber immer noch besser als der Vierte?* Nein, nie im Leben hätte sie etwas Derartiges gesagt.

Ich tastete nach meiner Armbanduhr. Vielleicht sollte ich doch kurz ins Bad! Verwundert stellte ich fest, dass das Bett, in dem ich lag, nicht mein eigenes war. Hat Anja mich aus dem Schlafzimmer verbannt, weil ich angeblich wieder geschnarcht habe? Das müsste ich wissen. Ich habe noch nie gehört, dass ich in der Nacht schnarche.

Wieder spürte ich, dass jemand neben mir war. Das wilde Chaos in meinem Kopf ebbte ab. Die Gedanken, die übrig blieben, waren keine schönen. Warum konnte ich nicht ausschließlich schöne Träume haben? Auf diesen Traum in der gerade vergangenen Nacht konnte ich gerne verzichten. Ich hatte geträumt, Anja und ich wären getrennt. Anschließend war ich mit Hans auf der Piste, und wir hatten zwei Perlen abgeschleppt. Wie armselig!

»Bist du schon wach?«, flüsterte ich mit geschlossenen Augen, weil ich Anja nicht aufschrecken wollte. Außerdem, wenn schon mein eigener Schädel dröhnte, wie würde es dann erst Anja gehen? Anja vertrug Alkohol nur in geringen Dosen.

Ich bekam keine Antwort. Wieder versuchte ich mühsam, meine Lider anzuheben.

»Psst! Hey! Schon wach?«

»Mhhh!«

»Mensch du, totaler Albtraum.«

»Mhhh!«

»Stell dir vor, ich hab geträumt, wir hätten uns getrennt. Hörst du?«

»Mhhh!«

»Dann bin ich zum Hans, und wir haben uns total abgeschossen. Und weil das nicht gereicht hat, haben wir noch zwei so Bordsteinschwalben aufgegabelt. Total Assi!«

»Wie nennst du mich? Bordsteinschwalbe?«

Dies war eindeutig nicht Anjas Stimme. Ich erschrak bis ins Mark, setzte mich auf und riss die Augen auf. »Was?«

»Ja, was? Ich glaub, du spinnst wohl!«

Vor mir stand eine Brünette, Ende zwanzig, Slip, ein nicht zum Slip passender BH und halterlose Strümpfe. Krampfhaft fing sie an, ihre Klamotten zusammenzusuchen.

»Sorry. Ich hab das nicht so gemeint. Ich dachte, ich hätte das alles ... Scheiße! Was war denn gestern Nacht? Haben wir etwa ...«

Die Kleine hielt kurz inne und blickte mich mitleidig an.

»Gott bewahre! Du hattest ja im Taxi schon zweimal gekotzt. Vielen Dank noch mal für die tolle Nacht!«

»Gern geschehen!«

»Das war ironisch gemeint, du Knallfrosch! Ich geh doch nicht nachts um vier wieder los, um mir jemand Neues zu suchen!«

Nein, wie romantisch das klang. Da hatte ich doch glatt in meinem Rausch eine junge Frau todunglücklich gemacht, weil ich meinen Mann nicht gestanden hatte.

»Sorry. Du musst verstehen, meine Freundin und ich haben uns gestern getrennt.«

»Ach nee, erzähl mir was Neues!«, grummelte sie und schloss den Reißverschluss ihres Rockes. »Hast ja hier die ganze

Nacht von nichts anderem gestammelt. Ein schöner Gentleman bist du!«

Entschuldigung! Gentleman? Ich bezweifelte, dass die Kleine in der Lage war, einen Gentleman von einem Zuhälter zu unterscheiden – mit Verlaub.

»Tja, Anja war schon was ganz Besonderes!«

Sie hielt erneut kurz inne, während sie ihre Bluse zuknöpfte.

»Sorry, wie hieß deine Tussi noch mal?«

»Anja. Und sie ist keine Tussi!«

»Sag ja schon nichts mehr. Ich mein ja nur, weil so eine vorhin hier war!«

»Was?«

»Na, so eine Anja halt.«

Plötzlich begriff ich: Das also war der Knall gewesen. Anja hatte die Tür hinter sich zugeknallt.

»Und, was hat sie gesagt?«

»Na, so einen Herbert hat sie gesucht. Wie heißt du noch mal?«

»Herbert! Und? Weiter?«

»Hi, ich bin die Moni!« Sie streckte mir ihre Hand entgegen.

»Jetzt sag schon!«

»Nichts weiter. Ich hab zu ihr gesagt, den gibt's hier nicht. Da ist sie einfach an mir vorbeigerauscht und zu dir rüber.«

»Verdammt! Verdammt! Wenn die mich so gesehen hat, dann, dann …«

»Was regst du dich denn so auf? Wenn ihr doch zusammen wart, dann weiß sie doch, wie du drunter aussiehst!« Sie zog ihre Stiefel an.

Monika war ganz offensichtlich schwer von Begriff.

»Hat sie was gesagt?«, bohrte ich ungeduldig.

»Lass mich mal überlegen …«

Super!, dachte ich, *das kann dauern.*

»Nur, dass ja jetzt alles klar sei. Ach ja, und eine Karte wollte sie dir noch schreiben. Zu mir war sie aber nett. Sie hat gemeint, wir würden ein schönes Paar abgeben. Da wusste ich ja noch nicht, dass du kein Gentleman bist!«

»Verflixt! Die wird doch nicht … Hans!«

»Ach, jetzt ist mir einiges klar. Der Typ heißt Hans. Meine Freundin hat heute Nacht immerzu den Namen gerufen!«

Ich sparte mir einen Kommentar.

Im Laufschritt eilte ich zum Schlafzimmer. Als ich die Tür aufriss, blitzten mir zwei Hintern entgegen. Perfekt, die beiden hatten eine Gemeinsamkeit: beide Bauchschläfer.

Ich war heilfroh. Nicht auszudenken, wenn mir der kleine Yogi von Hans schon den Sonnengruß gemacht hätte. Bei ihr war die Bauchlage halt schade.

»Hans! Aufwachen! Wir müssen los!«

»Sag mal, Burschi! Hast du heute schon einen Clown gefrühstückt, oder was? Wo willst denn so früh hin? Ich dachte, du machst heute blau?«

Ich erinnerte mich an meine Ankündigung vom Vorabend. Ein Blick auf die Uhr verriet mir, dass ich drei Stunden zu spät war.

»Stell dir vor, die Anja war hier.«

»Und? Vertragt ihr euch jetzt wieder?« Hans zeigte mit seinem Finger auf den Hintern seiner Gespielin. »Cool, oder?«

»Ja, super. Die Anja hat mich im Wohnzimmer gesehen, und die, die …«

»Moni!« Moni war mir lautlos ins Schlafzimmer gefolgt.

»Danke, die Moni hat ihr aufgemacht. Die meint doch jetzt weiß Gott was, die Anja!«

»Ja, dann hat's halt nicht sollen sein!«

»Spinnst du? Die fliegt jetzt vielleicht wirklich mit dem Jens nach London!«

»Und du willst ihr nachfliegen, oder was?«

»Schmarrn. Wenn wir uns beeilen, erwischen wir sie vielleicht noch. Du fährst, ich telefoniere!«

Hans kam endlich in die Gänge und stand auf. Seine Begleitung rekelte sich und breitete die Arme aus.

»Mensch, Herbert. Du hast vielleicht Nerven.«

»Na eben nicht, jetzt komm!«

Auf dem Weg zur Wohnungstür verabschiedeten wir uns von den beiden Grazien.

Hans plärrte durch die Wohnung: »Ihr zwei Hübschen zieht einfach die Wohnungstür zu, wenn ihr geht, gell? Bussi!«

Für Romantik war jetzt keine Zeit mehr. Außerdem hatte Cindy, wenn sie ähnlich beschaffen war wie Moni, schätzungsweise ohnehin nicht vor, mit Hans in den Sonnenuntergang zu reiten.

Im Treppenhaus blieb Hans vor dem Aufzug stehen und drückte den Knopf.

»Sag mal, geht's noch?« Ich zog ihn am Arm in Richtung Treppe. »Bis wir mit dem Aufzug unten sind, ist die Anja schon in der Luft!«

Go! Go! Go!

»Du weißt schon, dass ich eigentlich noch gar nicht fahren darf. Bei dem, was wir beide gestern gesoffen haben?«

»Jetzt hab dich nicht so. Wer soll uns denn Montagmittag aufhalten? Du sagst doch dauernd, man muss was riskieren.«

Mann, ein Königreich für einen Kaugummi!

In Hans' Auto wurde ich fündig. Ein Kaugummi. Wie viele Sommer der schon hinter der Windschutzscheibe lag, wollte ich gar nicht wissen.

Hans schwor, dass er ihn nicht gekauft hatte.

Ich markierte das Thema als nebensächlich. Hauptsache, wir bewegten uns endlich vom Parkplatz der Siedlung weg.

Hans ließ den Motor an, setzte den Wagen zurück und wich mit knapper Not zwei Mitarbeitern der Standwerke aus. Ich schob den zwei Typen die Schuld zu: Warum auch passten sie nicht auf!

»Hol alles aus der Karre!«

»Du kannst ja fahren, du Schlaumeier!«

Das wäre sicherlich besser gewesen. Aber ich musste versuchen, Anja zu erreichen. Ich wählte ihre Nummer und nahm erleichtert zur Kenntnis, dass ihr Handy nicht ausgeschaltet war. Es klingelte. Kurze Zeit später schaltete sich der Anrufbeantworter ein. Ich vermute, sie hatte meine Nummer auf dem Display ihres Handys erkannt und hatte deshalb nicht abgenommen. Ich wartete die Ansage ab.

Hallo, hier ist der Anrufbeantworter von Anja Schönborn. Wer mir etwas Nettes drauf spricht, wird ganz bestimmt zurückgerufen. Herbert, wenn du es bist, ich will dich nie wieder sehen! Und ja, du schnarchst! – PIEP!

Ich schluckte. Dann sprudelte ich los: »Anja, ich bin es. Dein Herbert. Du pass auf, das, was du da heute gesehen hast, das war ganz anders, als du denkst. Ich kenne die Moni überhaupt nicht, die war wegen dem …«, ich schaute auf mein Display. »Scheiße, Funkloch!«

Es musste so kommen. Da fliegen sie zum Mond, aber ein flächendeckendes Handynetz ist Science-Fiction. Wahrscheinlich war das Absicht.

Hans schaute mich mitleidig an. »Was war denn das jetzt?«, fragte er. »Also, armseliger geht's ja wirklich nicht, gell! Du kennst die Moni nicht! Woher kennst denn ihren Namen, du Blitzmerker? Und es war alles ganz anders … Mann, das sagen sie jedes Mal alle!«

Hans hatte recht. Aber zu meiner Entschuldigung muss ich sagen, dass ich nach wie vor leicht angetrunken war und dass ich mich außerdem in einem akuten Ausnahmezustand befand. Erst in dem Moment, wenn man etwas verloren hat, weiß man, wie sehr man es vermisst. Wie damals mit meinen Comics.

»Sei still, Hans! Ich muss telefonieren!«

Ich beschloss, meinen Kollegen anzurufen. Vielleicht hatte Kuhn noch nicht gemerkt, dass ich fehlte.

»Lucas? Ich bin es. … Na, der Herbert. Du pass auf, hat der Kuhn schon nach mir gefragt? … Scheiße! Und? Was hast du ihm gesagt? … Ah, du bist ein Goldschatz! … Klar. Hast was gut bei mir! … Ja, klar. Bring ich nach. Tschau!« Ich atmete auf.

»Und? Was war?«, wollte Hans wissen.

»Klar hat der Kuhn gemerkt, dass ich noch nicht da bin. Wahrscheinlich wollte er mit mir wegen des Diplomzeugs reden! Aber der Lucas war so helle und hat gesagt, dass ich beim Arzt sei, weil mir heute Morgen beim Aufstehen schlecht war!«

Hans guckte mich an und richtete seinen Blick wieder auf die Straße.

»Stimmt ja auch. Du siehst total beschissen aus! Verdammt, ich muss mich auch noch krank melden!«

»Du bist auch nicht gerade eine Schönheit!«

»Na, wer hat mich denn heute Morgen …«

»Jetzt fahr! Wir haben keine Zeit für Diskussionen.«

Immerhin hatten wir eine Mission zu erfüllen. Wo war Anja?

Mir fiel Franzi ein. Ich musste sie fragen. Glücklicherweise hatte ich ihre Nummer in meinem Handy gespeichert, allerdings unter ihrem Nachnamen, und an den erinnerte ich mich nicht. Ich verfluchte mich. Warum hatte ich Dödel aber auch manche Leute mit ihrem Vornamen abgespeichert und andere mit ihrem Nachnamen? Stöhnend ging ich alle Namen durch.

»Und? Wolltest du nicht die Franzi anrufen? Hast du's bald?«, fragte Hans.

»Sekunde! Ah, da ist sie.«

»Was willst sie denn jetzt fragen?«

»Psst, es klingelt! … Ja, hallo, Franzi! Und, wie g…«

Die Verbindung brach abrupt ab.

»Hans stell dir vor, die hat aufgelegt.«

»Ja, was dachtest du denn? Dass sie dir anbietet, du sollst auf 'ne Latte vorbeikommen? Apropos Latte! Hoffentlich räumen mir die beiden Mädels nicht die ganze Bude aus.«

»Die hat aufgelegt!«, wiederholte ich klagend.

Ich wählte ein weiteres Mal Franzis Nummer.

Sie nahm ab.

»Hallo, Franzi! Nicht wieder auflegen, bitte! Lass dir erklären, was gestern … Was? …«

Ich reichte Hans mein Handy. »Sie will dich sprechen!«

Hans nahm das Handy und schaute mich mit großen Augen an. Ich langte ihm ins Lenkrad und rettete damit den Spiegel eines Audi, der dicht neben uns fuhr.

»Ja, hallo, hier ist der Hans mit dem Rohr am Ohr.«

Aus dem Handy vernahm ich Kichern.

»Servus, Franzi. Na, was hast denn heute Schönes an?«

Wieder hörte ich sie kichern.

Ich war fassungslos. Wie die Zwölfjährigen.

»Was sagt sie?«

»Psst!«

Welche Art von Gespräch führte Hans da? Er hörte aufmerksam zu. Anschließend äußerte er: »Klar, Franzi. Ich weiß genau, was du meinst. Ich habe ihm auch schon öfters gesagt, dass … Ja, genau!«

»Hans! Was sagt sie?« Hans wechselte das Ohr und schaltete einen Gang tiefer.

»Die Franzi meint, dass dich die Anja nie wieder sehen will! Du bist ein Schwein, meint sie, und es geschieht dir ganz recht!« Hans blickte mich vorwurfsvoll an, und ich fragte mich, ob er jetzt ebenfalls gegen mich war.

»Gib sie mir mal!«

»Du, Franzi, der Herbert will dich ganz kurz … Jetzt gib ihm doch eine Chance! Weißt, er hat halt einen Fehler gemacht. Aber die Liebe kennt viele Wege. Das weißt du doch am besten, Franzi. Du bist doch auch so eine Liebe!«

Franzi kicherte erneut.

Hans zwinkerte mir zu.

»Warte, Franzi, ich geb ihn dir mal!« Hans reichte mir das Handy zurück und schaute mich triumphierend an.

Ich wusste, das würde ich mir jetzt wieder jahrelang anhören müssen.

»Hallo, Franzi. Herbert hier. Du lass dir erklären! Das war ein ganz, ganz großes Missverständnis. Der scheiß Jens nämlich, der hat …«

Ich erzählte Franzi die ganze Geschichte von Anfang an. Zu meiner Erleichterung hörte sie mir zu; ich gewann den Eindruck, dass sie verstand, was passiert war.

»… Und deshalb muss ich jetzt unbedingt wissen, wo die … Was? Sie macht was?«

Ich legte auf.

»Hans! Jetzt geht's um alles. Wir müssen sofort zu mir nach Hause. Die Anja packt und will mit dem Jens wegfliegen!«

»Warum will sie denn jetzt mit dem wegfliegen?«

»Die Franzi meint, sie müsse was in London regeln. Ist ja auch scheißegal. Aber nicht mit dem! Komm, gib Gas!«

»Du weißt schon, dass wir hier in der Innenstadt sind, gell?«

»Gell, gell. Quatsch nicht, gib Gummi!«

Drei Querstraßen später hielten wir vor der letzten Ampel, die mich von Anja und unserer Wohnung noch trennte. Mir schossen tausend Dinge durch den Kopf. Wenn sie jetzt wirklich flog, dann war sie in einem fremden Land, in einer fremden Stadt. Mit einem bekannten Gesicht. Bei Wein, Musik und … Ach! Ich mochte gar nicht weiterdenken. Wir hatten an der Ampel Pole Position. Das scheiß Ding wollte einfach nicht umspringen. Ich verlor die Geduld.

»Hans, du wartest vor der Tür. Ich steig aus!«

Ich stürzte aus dem Volvo und rannte auf die Verkehrsinsel. Die Fußgängerampel zeigte Rot an, doch ich lief unter lautem Gehupe über die Straße. Ein Fahrer richtete eine unfeine Geste an mich. Ich erwiderte sie und setzte meinen Weg auf der anderen Seite der Fahrbahn fort. Geschafft! Jetzt vielleicht noch zweihundert Meter. Ich rannte immer schneller. Zum ersten Mal in meinem Leben ging es um etwas wirklich Bedeutendes. Es ging um den Rest meines Lebens. Und den wollte ich mit Anja verbringen. Auf ihrem Sofa, unter tausend Kissen, mit dem Kaffeevollautomaten auf dem Schoß.

Hosenträger stramm ziehen

Nur noch wenige Meter trennten mich von der Chance, Anja alles zu erklären. Ich schöpfte Zuversicht, doch da merkte ich, wie Anja aus dem Haus trat und dabei war, in Jens' Auto zu steigen. Ich holte das Letzte aus mir heraus, um Anja zu erreichen, bevor sie die Tür zuschlug. Aber Jens hatte mich offenbar gesehen, denn er ließ den Motor an und trat wie ein Irrer aufs Gas. Mit quietschenden Reifen brauste er an mir vorbei. Hinter ihm wirbelte der Staub auf, der sich in den Tagen zuvor im Rinnstein gesammelt hatte.

Ich blieb mit hängenden Schultern zurück. Klar, der Idiot hatte mich gesehen. Und dann hatte er mir zu allem Überfluss auch noch zugewinkt. Hinter Anjas Rücken, der Wicht.

Okay, noch kein Zieleinlauf. Jetzt erst recht. *Und wenn ich mich vor den Flieger werfen muss.* Mit Anja an Bord würde er niemals abheben, schwor ich mir.

Zwischenzeitlich war Hans eingetroffen. Er parkte seinen Wagen auf der anderen Straßenseite, stieg aus und schrie zu mir herüber: »Hast gesehen? Da war die Anja mit ihrem Jens!«

»Das ist nicht *ihr* Jens! Steig ein, wir müssen hinterher!« Ich überquerte die Straße und verfehlte nur knapp die Stoßstange eines Lasters. Der Fahrer gestikulierte wild. Ich nahm keine Notiz von ihm, sprang zu Hans ins Auto und schnallte mich an.

»Jetzt geht's drum, Hans. Wir oder der! Zeig mir, ob du 's noch drauf hast!«

Mir war klar, dass ich Hans anspornen musste. Immerhin war er saumäßig müde – und Anja war eben nun einmal nicht *seine* Freundin. Aber für seinen Kumpel sollte er sich schon einmal bequemen, die Hosenträger stramm zu ziehen.

Hans reagierte sofort. Er hechtete in den Wagen zurück, legte entschlossen den Vorwärtsgang ein, warf mir einen kurzen prüfenden Blick zu und raste mit quietschenden Reifen los.

»Du weißt schon, dass wir in die andere Richtung müssen, oder?«, schrie ich Hans an.

»Immer mit der Ruhe. Wer fährt hier, hä? Irgendwo muss ich ja wohl wenden.«

Hans fuhr linker Hand in eine Einfahrt, schrammte dabei eine Mülltonne und setzte zurück. Danach bremste er scharf.

Ich drehte mich um und sah ein anderes Auto, das knapp hinter uns stand. Offenbar war es gerade noch rechtzeitig vor einem Aufprall auf das Heck von Hans' Volvo zum Stehen gekommen, denn der Fahrer blickte empört in unsere Richtung.

Hans gab kurz ein klärendes Handzeichen in den Rückspiegel. Wieder drehten beim Anfahren die Räder durch.

Dreißig Meter vor uns sprang eine Ampel auf Gelb. Nein, bitte nicht!

»Hans, das schaffst du!«, schrie ich.

Hans schloss sich glücklicherweise meiner Meinung an und trat das Gaspedal voll durch. Leider erkannte der Blitzer, dass wir es nicht geschafft hatten, und warf einen kurzen grellen Schein auf die Windschutzscheibe.

»Hat das jetzt geblitzt?«, fragte Hans. Er war einen Hauch blasser geworden und blickte sich um.

»Wo geblitzt?«

»Na, da eben, an der Ampel!«

»Ach, Hans, du siehst Gespenster. Komm, gib Gas!«

Was passiert war, war passiert. Nichts wäre unsinniger gewesen, als Hans in diesem Moment unnötig zu beunruhigen.

»Komm, da vorne, da geht's auf die Autobahn Richtung Flughafen. Jetzt mach!«, trieb ich ihn an.

Hans wechselte die Spur und wirkte weiterhin unsicher wegen der Ampel, die auf Rot geschaltet hatte, während wir die Kreuzung überquert hatten. In waghalsigem Tempo kurvten wir auf die Auffahrt zur Autobahn.

»Scheiße, mein Auto! So viel Stress ist das gar nicht gewöhnt!«

»Ach, das gefällt deinem Volvo. Endlich darf er mal laufen. Immer der Stadtverkehr!«

Hans fuhr von der Auffahrt direkt auf die linke Spur. Ich spürte die aggressiven Blicke der Fahrer schräg hinter uns im Nacken. Was wollen die denn? Hans hat geblinkt, Ihr Idioten!

»Hans!« Ich schlug auf Hans' rechten Oberschenkel. »Da vorne, da sind sie. Komm, den hast du gleich!«

»Mensch Herbie, das ist ein Porsche.«

»Ja, aber es kommt immer drauf an, wer ihn fährt. Der Schleimer findet doch den vierten Gang nicht. Außerdem ist die Anja sehr empfindlich, wenn es ihr zu schnell wird. Also mach hin!«

»Ich mach ja schon!«

Fahrerwechsel

Lange hatte es so ausgesehen, als würde unsere Aufholjagd gelingen. Wir waren nahe daran gewesen, Jens zu überholen. Und auch kurz zuvor, vor unserem Haus, hatte nicht viel gefehlt, und Anja hätte mich gesehen. Und jetzt? Jetzt saß ich hier in meinen miefigen Klamotten, irgendwo auf der Autobahn, und beobachtete, wie Hans ins Röhrchen blies. Das konnte es noch nicht gewesen sein. So etwas gab es nur in schlechten Filmen, solche Aneinanderreihungen von Missverständnissen und unglücklichen Zufällen. Das konnte nicht die Realität sein.

Während ich in Selbstmitleid ertrank, bemerkte ich rechts neben mir ein Taxi. Der Fahrer war nirgends zu sehen. Ich überlegte, die Verfolgungsjagd ohne Hans fortzusetzen. Würde er es mir verzeihen, wenn ich ihn seinem Schicksal überließe?

Ein Mann trat aus der Tür des Toilettenhäuschens und zündete sich eine Zigarette an. Das musste der Fahrer des Taxis sein, denn sonst war weit und breit kein anderes Auto zu sehen. Menschen ohne Fahrzeug trifft man bekanntlich auf Autobahnparkplätzen eher selten an. Ich musste mich schnell entscheiden. Anja oder Hans?

Vorsichtig öffnete ich die Beifahrertür, ohne die beiden Polizisten und Hans aus den Augen zu lassen.

Hans blickte flüchtig auf und registrierte, wie ich den Wagen verließ. Er verwickelte die beiden Polizisten, die mit dem Rücken zu mir standen, in eine hitzige Diskussion. Auf Hans war selbst in dieser beschissenen Situation Verlass.

»Hey! Pst! Sind Sie frei?«

»Wo soll's denn hingehen?«

»Zum Flughafen!«, flüsterte ich.

Der Taxifahrer musterte mich misstrauisch. »Warum fahren Sie nicht selbst, Mann? Sie haben doch ein Auto!«

»Kaputt!«

»Na, dann hüpfen Sie rein!«

Ich schlich um das Taxi herum zur Beifahrerseite und stieg ein.

»Hören Sie, ich gebe ihnen zwanzig Euro extra, wenn Sie draufdrücken!«

»Na, wie stellen Sie sich das denn vor …«

»Okay, fünfzig Euro. Aber jetzt fahren Sie, um Himmels willen! Sonst ist meine Freundin weg.«

»Gut, das ist ein Wort!«

Er startete das Taxi, setzte zurück und fuhr an. Wir mussten das Polizeiauto passieren.

Die beiden Polizisten und Hans standen weiterhin vor dem Kofferraum des Wagens.

Ich zog die Schultern ein und drückte mich in meinen Sitz, um nicht aufzufallen. Als sich das Taxi direkt auf der Höhe der Dreiergruppe befand, drehte sich einer der Polizisten um und blickte mir direkt ins Gesicht. Er tippte auf den Arm seines Kollegen. Ich setzte einen harmlosen Gesichtsausdruck auf und grüßte mit erhobener Hand.

Hans schrie uns hinterher: »Schnapp sie dir, du Wahnsinniger!«

Im rechten Außenspiegel sah ich, wie die zwei Polizisten uns das Zeichen gaben, zurückzukommen.

»Sie haben aber nichts ausgefressen?«, fragte der Taxifahrer, wieder misstrauisch geworden.

»Nein. Ich kenn die!«

»Bringen Sie mich bloß nicht in Schwierigkeiten!«

Ich schaute ihn treuherzig an und erzählte ihm, was vorgefallen war, seit Anja und ich uns zerstritten hatten. Ich konnte es nicht riskieren, dass der Taxifahrer aus lauter Pflichtbewusstsein meinen Plan zerschoss. Mittlerweile waren ungefähr zwanzig Minuten vergangen, seit Hans und ich Jens' Porsche aus den Augen verloren hatten, und der Weg zum Flughafen zog sich in die Länge. Während meines Berichts bat ich den Fahrer dauernd, Gas zu geben.

»... und so kam es, dass wir angehalten wurden!«

»Jungchen«, sagte der Taxifahrer und wechselte zum vertraulichen Du, »da haste dir aber jede Menge Ärger eingehandelt, so viel ist sicher! Wie heißt denn die Kleine?«

»Anja!«

»Na, dann lass uns mal zusehen, dass du deine Anja wieder zurückkriegst. Welche Fluggesellschaft nimmt sie denn?«

»Was weiß ich!«

»Und welches Gate?«

»Keine Ahnung!«

»Na, du machst mir Spaß! Weißt du was? Ich schmeiß dich bei Terminal A raus, dann kannst du sie suchen, deine Kleine!«

Ich nickte zustimmend und rutschte unruhig auf meinem Sitz hin und her. Endlich erreichten wir die Zubringerstraße zum Flughafen. Der Verkehr war dicht, aber der Taxifahrer nutzte geschickt die Lücken, die sich zum Überholen boten. Ich schwor mir, nie wieder auf Taxifahrer zu schimpfen.

»So, mein Junge, hier sind wir. Jetzt sieh zu, dass du deine Anja findest.«

Ich schnallte mich ab.

»Vielen Dank! Hier sind Ihre fünfzig Euro!«

»Jetzt mach, dass du Land gewinnst. War sowieso eine Rückfahrt hierher!«

»Oh, danke, danke, danke!«

»Schon gut, hau ab!«

Ich stieg aus, warf die Tür zu und rannte zum Eingang von Abflug A. Ich betete darum, dass die ganze Mühe der letzten Stunden nicht umsonst sein würde, jetzt, so kurz vor meinem Ziel. Wie ferngesteuert wetzte ich geradeaus, den Blick auf die Anzeigetafel geheftet. Ich rempelte einen Mann mit einem Turban auf dem Kopf an, der unversehens mit seinem Gepäckwagen vor mir auftauchte.

Der Inder nickte mir zu und lächelte gequält.

Ich spurtete kurzerhand weiter zu den Bildschirmen, auf denen die bevorstehenden Abflüge angezeigt wurden.

Zeile für Zeile scannte ich die Monitore ab. Dann entdeckte ich den Flug:

London, Heathrow Airport, Abflug 15:20 Uhr,
Gate 24, Boarding.

Mist, die Fluggäste hatten schon begonnen, einzusteigen! Ich war buchstäblich *last minute.*

Warum, bitteschön, geht es an einem Montagnachmittag so zu, auf diesem verdammten Flughafen? Es sind keine Ferien, es ist kein Wochenende! Und trotzdem so viele Menschen …

Ich blendete alles in meiner Umgebung aus und konzentrierte mich auf Gate 24. Unwillkürlich schoben sich Szenen aus *Rocky, Teil I* vor mein geistiges Auge. Ich hörte Glocken, Fanfaren, sah mich die Treppe hochlaufen, oben Anja, alle jubelten mir zu, Menschenmassen strömten zusammen und …

Ich stand immer noch vor den Bildschirmen. Verflixt!

Ich flitzte los. Meine Beine waren schwer wie Blei. Ich schwitzte und spürte am Rand meines Bewusstseins, dass mir leicht schwindlig war. Mir fiel ein, dass ich verkatert war. Ich schob den Gedanken rasch beiseite. Später war noch Zeit genug, um ins Koma zu fallen. Vor mir tauchte ein Gepäckwagen auf. Ich zwängte mich an ihm vorbei. Der Nächste war weit sperriger. Ich fasste den Mann, der ihn schob, an der Schulter und schüttelte ihn grob. Bevor er reagieren konnte, drängte ich ihn zur Seite und hastete weiter. Jemand rief unschöne Namen, die nur mir gelten konnten. Es war mir egal. Ich drückte mich durch Schlangen von Menschen hindurch, die ihre Koffer aufgeben wollten. Ich schoss vorbei an Reinigungskräften, Autovermietungen, Geldautomaten, Verkaufsständen für Kreditkarten, Süßigkeiten …

Anja war weit und breit nicht zu sehen. In der Ferne erblickte ich den Eingang zum Sicherheitsbereich.

Nur jetzt, auf den letzten Metern, nicht schlappmachen. Wenn ich die Anja jetzt noch erwische, gibt sie mir vielleicht noch eine Chance.

Die Aussicht auf eine Versöhnung mit Anja verlieh mir neue Kräfte, und ich legte einen Zahn zu. Endlich vor der Flugsicherung angekommen, musterte ich die Gesichter der in den Reihen Stehenden und hielt Ausschau nach Anja und Jens. Dessen glänzende Milchfresse würde direkt aus der Masse herausstechen.

Ich ging an den Schlangen vorbei und blieb am Eingang zu den Gates stehen.

»Ihre Bordkarte, bitte!« Die Dame von der Security guckte mich an.

»Ich habe keine«, stammelte ich und schaute mich weiter um, ohne, sie weiter zu beachten.

»Dann treten Sie bitte zurück. Hier geht es für Sie nicht weiter!«

»Schon klar.«

Hinter der Kontrollschranke erkannte ich die Tür zu Gate 24. Die Anzeige über dem Gang zum Flugzeug war bereits erloschen; eine Stewardess zählte die Abschnitte der Bordkarten. Ich war zu spät.

Ich stand minutenlang auf der Stelle, unfähig, mich zu rühren. Wie hatte ich nur diese Sache mit Anja dermaßen verbocken können! Ich liebte sie, doch das konnte ich ihr jetzt nicht sagen. Sie wäre bei mir geblieben, hätte mir eine zweite Chance gegeben. Während Anja bereits mit Jens im Flieger saß, stand ich hier. Stinkend, unrasiert, mit offenem Schuhband, meinem Hemd über der Hose und einer Fahne, die mir bei jeder Selbsthilfegruppe sofort einen Platz in der ersten Reihe beschert hätte.

Ich hatte die Liebe meines Lebens direkt in die Arme ihres Exmannes getrieben. Ich war selbst schuld.

»Fliegen Sie weg?«

Wer störte meine Trauer? Ich wollte in Selbstmitleid ertrinken und dabei um alles in der Welt nicht gestört werden. Wen geht es, bitteschön, etwas, an, ob ich …

Ich horchte auf. Die Stimme kam mir bekannt vor. Ich verwarf meinen Verdacht. Der Gedanke war absurd. Dann drehte ich mich um.

Da stand sie. Schöner denn je. In Jeans, mit hellblauer Bluse und weißen Leinenschuhen. Neben ihr stand ein Trolley. Meine Anja.

Ich wusste nicht, wie ich reagieren sollte. Ich war überrascht und verunsichert und suchte hektisch nach den richtigen Worten. Mein Kopf war leer.

Wenn ich jetzt einen Fehler mache, ist alles vorbei. Ein für alle Mal. Ein falsches Wort, und wir können wieder in einem See aus Missverständnissen ertrinken.

»Hallo!«, stammelte ich.

Ein einfaches und klares Hallo wirkt unverfänglich und passt bei jeder Gelegenheit.

»Na, du Held? Wo hast du denn deinen Hans?«

»Ach, der hat auf der Autobahn ein paar Freunde getroffen.«

»Muss ich das jetzt verstehen?«

»Lange Geschichte. Erzähl ich dir später!«

Ich ging einen Schritt auf sie zu und nahm ihre Hände. Dann schaute ich ihr lange in die Augen und fragte: »Ich dachte, du wolltest nach London?«

»Wollte ich auch!«

»Und? Was hat dich abgehalten?«

»Ich hatte was vergessen!«

»Was?«

Anja neigte ihren Kopf zur Seite, kniff ihre Augen zusammen und sah mich an. »Einen riesigen, eifersüchtigen Dickkopf, der mir manchmal tierisch auf den Wecker geht.«

»Aber … So jemanden lässt man doch normalerweise zurück, oder?«

»Stimmt schon. Dummerweise vermisse ich den Dickkopf aber schon, wenn er nur den Müll runter trägt.«

Ich griff um ihre Hüfte und zog sie an mich. Dann strich ich ihr eine Strähne aus dem Gesicht und küsste sie.

Anja legte ihre Arme um meinen Hals, sprang an mir hoch und umklammerte mich mit ihren Beinen wie ein Grundschulkind, das seinen Vater begrüßt, der abends von der Arbeit nach Hause kommt. Abrupt rümpfte sie die Nase und fragte: »Sag mal? Wann hast du eigentlich das letzte Mal geduscht?«

Ich überging Anjas Frage. Glücklicherweise roch Anja gut für zwei. Ich wechselte das Thema, weil mir eine bestimmte Sache heftig unter den Nägel brannte. »Anja, bitte lass dir das von heute Morgen erklären. Zwischen mir und dieser Moni ist wirklich nichts gelaufen. Ich habe nur beim Hans übernachtet. Ich könnte doch niemals …«

Anja unterbrach mich: »Weiß ich doch schon!«

»Woher?«

»Die Franzi hat mir alles erzählt. Auch, wie verzweifelt du mich gesucht hast.«

Franzi, die Gute! Ich musste mir unbedingt etwas einfallen lassen, um mich angemessen bei ihr zu bedanken.

»Du, Anja versprichst du mir was?«

»Was denn?«

»Besprichst du deine Mailbox neu?«

»Oh, Mist. Das hab ich ganz vergessen. Klar doch. Jetzt darfst du mich ja wieder anrufen!« Sie gab mir einen Kuss.

»Na, dann lass uns mal nach Hause fahren. Komm, wir nehmen uns ein Taxi. Ich habe jetzt keine Lust auf S-Bahn!«

Anja willigte ein, ich ergriff den Bügel ihres Trolleys; wir schlenderten in Richtung Ausgang.

So sieht man sich wieder

Am Ausgang stutzte ich. Die beiden Polizisten, die Hans auf der Autobahn angehalten hatten, marschierten durch die Tür herein. Sie erkannten mich sofort. Was kein Wunder war, denn ich wirkte wie ein Obdachloser inmitten einer Schar von Operngästen im Foyer.

»Ja, wen haben wir denn da!«, rief einer der Beamten, während die beiden vor uns stehen blieben.

Ich versuchte, mich unauffällig aus der Affäre zu ziehen, und entgegnete mit gespielter Freude: »Zu Ihnen wollte ich gerade!«

»Ja, da sind wir uns auch ganz sicher!«, meinte sein Kollege. »Und weil wir Ihnen den Weg ersparen wollten, dachten wir uns, wir fahren Ihnen einfach entgegen. Nett, oder?«

Ich nickte zustimmend und grinste peinlich berührt.

»Herbert kennt ihr euch?«

»Nicht so direkt. Darf ich vorstellen? Anja von Schönborn, Polizei. Polizei, Anja von Schönborn.«

Wir gaben einander die Hände. Wenn die Lage nicht so beschissen gewesen wäre, hätte ich das Ganze komisch gefunden.

»So, Herr Neumann. Genug der Worte! Sie kommen jetzt bitte mit uns mit, es gäbe da noch ein paar offene Fragen, gell?«

Gell! Die beiden hatten eindeutig zu lange mit Hans zu tun gehabt. Ich fragte mich, woher sie wussten, wo sie mich finden würden. Hans musste alles ausgeplaudert haben.

»Du, Anja, fahr doch schon mal vor. Ich muss noch was regeln mit den Herrschaften hier!«

»Äh, aber warum musst du …«

»Das erklär ich dir, wenn ich wieder daheim bin!«

Anja gab sich mit meiner Ankündigung zufrieden. Wir verließen gemeinsam das Flughafengebäude und verabschiedeten uns.

»Herr Neumann, wir sparen uns die Handschellen. Obwohl Sie die verdient hätten. Einfach abhauen und den Freund im Stich lassen. Das geht wirklich nicht!«, belehrte mich der eine der beiden Beamten. Daraufhin schauten mich beide vorwurfsvoll an.

Vor der Tür stand, halb auf dem Gehweg geparkt, der Dienstwagen meiner neuen Freunde. Durfte man das? Ohne Warnblinkanlage? Reiß dich zusammen, Herbert!, ermahnte ich mich. Jetzt ist keine Zeit für Späße.

Anja ging an dem Polizeiauto vorbei und bemerkte staunend, dass Hans ihr durch die Scheibe hindurch zuwinkte.

Zum x-ten Mal konnte ich nicht umhin, ihn zu bewundern. Er wirkte gelöst und locker. Hans konnte eben jeder Situation etwas Positives abgewinnen.

Ich winkte Anja nach, während sie zum Taxistand marschierte. Immer noch verwirrt, winkte sie zurück.

»So, Herr Neumann. Dann steigen Sie doch mal hinten zu Ihrem Spezi ein, und passen's auf, dass Sie sich den Kopf nicht stoßen!«

Der Polizist öffnete die Tür, und ich kroch zu Hans auf die Fahrgastbank.

»Sie beide kennen sich ja bereits!«, konstatierte der Polizist, bevor er die Tür schloss.

»Servus, Herbert!«, grüßte Hans, »hast dich ja sauber aus dem Staub gemacht!«

»Servus, Hans. Sorry, aber du musst verstehen, das war halt wichtig!«

»Schon klar. Stell dir vor, wir hatten das Blaulicht an. Und? Hat die ganze Aktion jetzt wenigstens was gebracht? Hast dich vor den Flieger geschmissen, oder was?«

»Nein. Sie ist gar nicht eingestiegen!«

»Ja und? Ist jetzt alles wieder gut? Lass dir doch nicht alles aus der Nase ziehen!«

»Ja, alles wieder gut. Das heißt, ein paar Sachen wegen dem Jens müssen schon noch geklärt werden, weil …«

»So, die Herren. Jetzt ist erst mal Funkstille!« Der Polizist auf dem Beifahrersitz drehte sich zu uns um. »Das ist hier kein Beichtstuhl, geschweige denn ein Kaffeekränzchen. So lustig ist das hier nämlich auch wieder nicht.« An Hans gerichtet, fuhr er fort: »Immerhin haben Sie in alkoholisiertem Zustand ganz gefährlich in den Verkehr eingegriffen.« Anschließend wandte er sich mir zu: »Und Sie, Sie waren zumindest schon mal nicht angeschnallt.«

Der Polizist am Steuer setzte den Wagen in Bewegung, und ich beobachtete, wie Anja in das Taxi des freundlichen Fahrers einstieg, der mich zum Flughafen gebracht hatte.

War es Zufall? Nein, es gibt keine Zufälle. Das war eindeutig Schicksal. Jetzt würde es wieder aufwärtsgehen in meinem Leben. Dafür hatte ich heute gekämpft. Und es hatte sich gelohnt. Um ein Haar hätte ich Anja verloren. Nun konnte mich nichts mehr erschüttern. Egal, was mich jetzt bei der Polizei noch erwarten würde, es konnte mir nichts anhaben, weil ich wusste, dass ich ein Zuhause hatte, ein Zuhause, in dem Anja auf mich wartete. Auf dem Sofa, mit den Kissen. Auf einem Deckchen eine riesige Tasse mit der Aufschrift KAFFEE. In der Tasse ein frisch aufgebrühter Kaffee aus unserem frisch entkalkten Kaffeevollautomaten. Und in Zukunft würde ich all diese Dinge lieben. Weil sie eines bedeuteten: Ich war nicht allein!

Glückskleeblatt

»Herbert? Ich gehe dann. Kommst du nach der Arbeit ins Café?«

»Klar. Ich werde so gegen fünf da sein!«

Ich war noch im Bad. Für Anja gab es viel zu tun, weil sie und Franzi für den Mittag das Catering für eine Werbeagentur organisierten. Vor einem Monat hatten die beiden ihr neues Café eröffnet, und es lief bombig.

Zuckerrübe – Café & mehr hatten die beiden es getauft. War meine Idee. Ich hab aber nichts dafür verlangt. Es blieb ja quasi in der Familie.

Meine Güte, endlich war ein wenig Ruhe in mein Leben eingekehrt. So viel wie in den letzten Monaten hatte ich als Single über Jahre nicht erlebt. Ich war spät dran. Ich musste Hans bei ihm zu Hause abholen und zur Arbeit fahren. Sie hatten ihm für ein halbes Jahr den Führerschein abgenommen. Punkte hatte er auch gekriegt. Mensch war der sauer gewesen. Besonders, als er erfuhr, dass ich mit lumpigen dreißig Euro davonkam, weil ich nicht angeschnallt gewesen war. Natürlich musste ich ihn chauffieren. Immerhin hatte ich es zum großen Teil ihm zu verdanken, dass sich Anja mit mir ausgesöhnt hatte.

Hans nutzte mein schlechtes Gewissen bis ins Kleinste aus. Er ließ sich buchstäblich jeden Meter von mir fahren. Ach Gott, es stand ihm zu. An den Wochenenden jedenfalls musste ich ihn nicht mehr kutschieren. Das hatte Franzi übernommen. Zwischen den beiden hatte es nämlich während der Renovierung der Räume für das neue Café endlich gefunkt. Das heißt, sie waren noch nicht so richtig zusammen, aber er war fast jeden Abend in der *Zuckerrübe* und ließ sich verwöhnen. Dafür nahm Hans Franzi am Wochenende mit auf irgendeinen Berg. Außerdem hatte er seitdem keine anderen Frauengeschichten mehr am Laufen. Mir und Anja war das nur recht. So unternahmen wir immer mehr zu viert. Vorausgesetzt natürlich, die Vertretung für das Café hatte Zeit. Für eine Vollzeitkraft reichte es leider noch nicht.

Nach unserem Wiedersehen am Flughafen hatte es zwischen Anja und mir eine lange Aussprache gegeben. Dabei hatte ich erfahren, dass Anja und Jens gemeinsam ein Haus besaßen. Erst war ich sauer gewesen. Immerhin waren wir seit einem Jahr zusammen. So ein Haus war ja keine Nebensächlichkeit. Das erzählt man doch! Um Anschaffungen für das Café zu bezahlen, wollte sie ihren Anteil an dem Haus verkaufen. Auch hatten Anja und Jens zur damaligen Hochzeit eine Wohnung in London von Jens' Vater bekommen. Die war nun verkauft. Na bitte, ging auch ohne meine Anja. Wollte der doch glatt meine Liebste mit nach London schleppen. Zur Unterstützung! Pah! Wer war denn hier der Immobilienmakler? Jens wollte die Angelegenheit hinauszögern, um die endgültige Trennung von Anja so lang wie möglich zu umgehen. Ihre Eltern konnte Anja nicht fragen. Sie hätten ihr niemals Geld geliehen oder gar geschenkt. Vielmehr wäre es ihnen am liebsten gewesen, wenn Anja zu Jens zurückgegangen wäre. Außerdem wollte Anja auf eigenen Beinen stehen.

Ach ja, gleich am Tag nach diesem Gespräch habe ich meinem Chef abgesagt, die Fortbildung zum Diplom-Finanzwirt in Angriff zu nehmen. Ich war und bin glücklich mit meinem Leben. Es ist mir scheißegal, was andere von mir erwarten. Ich bin Herbert. Man bekommt mich so, wie ich bin oder gar nicht.

Anja hatte erst geschluckt. Ich denke, sie war von meiner Entscheidung beeindruckt. Das hatte Anja von mir nicht erwartet. Meine Entscheidung hat ihr wahrscheinlich imponiert, weil sie damals auch das getan hatte, was alle von ihr erwarteten. Jetzt mit dem Café zeigt sie es allen.

Anjas Eltern haben wohl mittlerweile eingesehen, dass ich kein schlechter Fang war. Anjas Mutter hörte auf, Jens auf uns zu hetzen. Anjas Vater hatte mich sogar schon einmal eingeladen, mit ihm zum Golfen zu gehen. Zwar hatte er zu seinen Golfkumpel gesagt, ich wäre *ein* Freund von seiner Tochter und nicht *der* Freund, aber ich ließ ihm diesen kleinen Seitenhieb. Schließlich hatte ich ihm sein Neunereisen zu Schrott gehauen.

Jens hatte sich seitdem nicht mehr gemeldet. Wahrscheinlich hatte er schon längst ein neues Opfer gefunden. Standesgemäß natürlich. Aus der Bussi-Bussi-Gesellschaft.

Mein Vater erzählte weiterhin jedem, der es hören wollte, dass sein Sohn am liebsten Schreiner geworden wäre. Als ich meinen Eltern mitgeteilt hatte, dass ich mich doch nicht weiterbilden werde, überlegten sie nur: »Passt schon Bub. Man muss es ja nicht noch schlimmer machen!«

Ja, sie hatten immer noch so ihre Schwierigkeiten mit meinem Beruf.

»Guten Morgen, Herr Chauffeur!«

»Servus Hans, steig ein, wir sind spät dran!«

»Nicht meine Schuld, dass du mich rumkutschieren musst!«

»Hans, jeden Morgen dieselbe Leier.«

Hans grinste und schnallte sich an.

»Fährst du heute nach der Arbeit ins Café?«, wollte er wissen.

»Klar. Kommst du mit?«

»Mal sehen. Ich weiß noch nicht, ob ich … Okay, hol mich um fünf von der Arbeit ab!«

»Das ändert sich aber wieder, wenn du übernächsten Monat deinen Lappen zurückhast!«

»Ach, ich könnt mich dran gewöhnen! So kann ich mir wenigstens hin und wieder am Abend ein Bierchen gönnen!«

Hans und seine Bierchen. Wenn's nur bei einem Bierchen geblieben wäre, dann hätte ich ihn nicht herumfahren müssen.

»Sag mal, Hans, was ist das eigentlich zwischen der Franzi und dir?«

»Was soll da schon sein. Wir unternehmen einfach hin und wieder was zusammen.«

»Ich würde sagen, immer öfter, oder?«

»Jetzt hör du nicht gleich wieder die Hochzeitsglocken läuten.«

»Könntest du dir nicht vorstellen, mit der Franzi mehr anzufangen?«

»Herbert! Die redet so viel! Letztens sind wir so eine schöne Wanderung gegangen. Da siehst du normalerweise einen Haufen Viecher. An dem Tag: nichts! In einer Tour hat die gequatscht.«

»Aber Hans, ich muss dir doch nicht sagen, wie man eine Frau ruhigstellst, oder?«

»Spinnst du, ich kann der doch keine drüberziehen!«

»Mann, du Spinner! Du sollst sie küssen!«

»Meinst wirklich? Und? Wie genau geht das so?«

»Hans sei ehrlich: Da läuft doch schon längst was zwischen euch, oder?«

Hans schaute mich an und schmunzelte. »Jetzt fahr zu! Sonst kommen wir nie mehr an. Und sei nicht so neugierig!«

»Hans! Du bist echt ein Hund!«

Ich schaltete hinunter und trat aufs Gas. Wahrscheinlich lief da schon seit Wochen etwas zwischen den beiden, und keiner hatte es gemerkt. Ich fragte mich, ob Anja schon davon wusste. Wahrscheinlich noch lange vor Hans.

Am Abend im Café outeten sich die beiden. Schon seit zwei Wochen waren sie zusammen. Hans hatte eisern geschwiegen. Die beiden wollten einfach noch eine Weile warten, bevor sie es bekannt gaben. Sie wollten sichergehen, dass es ihnen tatsächlich ernst war.

Anja nahm einen Crémant aus dem Kühlschrank, und wir stießen auf das junge Glück an.

Ich nahm mir Hans zur Brust. »Du, Hans?«

»Ja, Herbert?«

»Du, wenn ihr zwei zusammenzieht, nimmst du dann deine Ledercouch mit?«

»Das weiß ich noch nicht. Noch ziehen wir nicht zusammen!«

»Du, Hans?«

»Ja, Herbert?«

»Das Bett bei der Franzi daheim. Ist das noch aus der Zeit mit ihrem Exfreund?«

»Warum?«

»Du weißt doch, in jedem Möbel steckt eine Erinnerung!«

Hans guckte erst mich an, danach Franzi, die hinter der Theke stand, dann wieder mich. Er stand auf.

»Du, Franzi?«, schrie er durchs Café und marschierte schnurstracks in ihre Richtung.

Na bitte, geht doch. Was du kannst, kann ich schon lange.

Ihr alle habt mich ständig aufgezogen. Habt mir Horrorgeschichten über das Zusammenleben erzählt. Schlechte Gefühle verbreitet, damit es euch besser geht. All ihr lieben Menschen in meinem Dunstkreis. Allen voran du, lieber Hans. Aus Angst, anderen könnte es besser gehen als euch, gönnt ihr einem das Glück nicht. Jetzt wird abgerechnet. Jetzt ist meine Stunde. Auf Heller und Pfennig gebe ich euch alles zurück. Von mir aus auch in Euro. Und wenn Anja einmal schwanger ist und einer von euch sagt: Genießt die Zeit noch, denn wenn das Kind erst mal da ist … Dann flippe ich aus!

Bin gleich wieder da!

»Anja, ich mach Frühstück!«

»Supi!«, kommt es aus dem Bad.

Samstagmorgen, Anja hat frei. Wir sind mittlerweile schon seit fast zwei Jahren zusammen. Gestern kam wieder einmal das Thema »Hochzeit« auf den Tisch. Da ich Anja die Auswahl aus dem Fernsehprogramm überlassen hatte, sahen wir uns *Die Hochzeit meines besten Freundes* an. Erst dachte ich Dödel, es wäre wegen Hans. Dass es sich dabei um uns drehte, hatte ich mitnichten auf dem Schirm gehabt. Gegen Ende der Sendung hatte ich mich schlafend gestellt. Ich befürchtete, dass der Film die Einleitung für ein einschlägiges Gespräch zwischen Anja und mir sein könnte.

Lange kann ich mich dem Thema jedenfalls nicht mehr entziehen.

Ich mustere die Frühstückstafel und überlege, ob noch etwas fehlt. Ach ja, der Kaffee. Im Vorbeigehen schalte ich unsere Maschine ein. Wie gewöhnlich rappelt sie, um den Spülvorgang zu starten. Ich lege derweil unsere Semmeln ins Körbchen und stelle sie auf den Tisch.

Der Kaffeeautomat verstummt. Ich drehe mich verwundert um. An der Maschine blinkt ein Lämpchen im Sekundentakt. Rechts oben. In Rot!

Plötzlich wird mir klar, dass ich niemals in ein harmonisches Eheleben starten kann, solange diese Maschine in unserer

Küche weilt. Irgendwann, in ein paar Jahren, werde ich einen Tobsuchtsanfall bekommen. Ich werde auf die Maschine eintreten, Anja wird in der Küchentür stehen und unseren gemeinsamen Kindern die Augen zuhalten, damit sie ihren Papa nicht in diesem Zustand erleben müssen. Anja wird erschrocken und empört sagen »So kenne ich dich gar nicht!« und sofort mit unseren Kindern zu ihren Eltern ziehen. Ich werde mich in eine Therapie begeben müssen und wahrscheinlich mit dem Trinken anfangen … Nein, nicht mit dir, Herbert!

»Anja, ich bin kurz weg. Bin gleich wieder da!«

Ich schließe die Wohnungstür. Es ist so weit. Ich werde sie mir holen. Die Zeit der Entbehrungen ist vorbei. Meine vierzig Euro in der Hosentasche werden reichen. Vierzig Euro für ungezügelte Freiheit. Ohne Trester, ohne Brühgruppe, ohne BITTE-ENTKALKE-MICH-GENAU-DANN-WENN-ES-AM-UNGÜNSTIGSTEN-IST-LÄMPCHEN!!!

Ja, ich komme, meine große Liebe. Verweile noch ein bisschen im Regal. Du hast bald eine neue Familie. Und ich werde dich jeden Tag mit einem feuchten Lappen abwischen. Mich jeden Tag über dein eines und einziges Lämpchen freuen. EIN – AUS.

Meine heiß geliebte Filterkaffeemaschine.

Lesen Sie auch von diesem Autor:

Ich bin Single, Kalimera

Roman, 243 Seiten

Sommer, Sonne, Strand, Meer.
Wie man sich als Single in einem Familienhotel durchschlägt.
Wie man die beste Liege am Pool sichert.
Warum es sinnvoll ist, beim Baden im Meer Schuhe anzuziehen.

Herbert ist Spießer aus Überzeugung, Mitte dreißig, Bayer. Wie jedes Jahr reist Herbert im Urlaub in den Süden. Dieser Herausforderung stellt er sich, ausgerüstet mit einer gesunden Portion Selbstbewusstsein und Durchhaltevermögen. Denn Herbert weiß aus Erfahrung, dass Urlaub auch anstrengend sein kann – erst recht dann, wenn man alleine reist.

Ob Herbert seinen Urlaub auch als Single beendet?

Ein Roman, auch für Männer.

»*Ich mag deine Schreibe, sie ist echt rotzigfrech!*«,
sagt Rita Falk (Bestseller-Autorin).